KB129572

오래된생각

오래된 생각

초판 1쇄 인쇄 2017년 3월 10일 초판 1쇄 발행 2017년 3월 17일

지은이 윤태영
펴낸이 연준혁

출판 2본부 이사 이진영
출판 2분사 분사장 박경순
책임편집 윤서진
디자인 하은혜

펴낸곳 (주)위즈덤하우스 **출판등록** 2000년 5월 23일 제13-1071호
주소 경기도 고양시 일산동구 정발산로 43-20 센트럴프라자 6층
전화 031)936-4000 **팩스** 031)903-3893 **홈페이지** www.wisdomhouse.co.kr

값 14,000원 ISBN 978-89-6086-326-2 03810

오래된 생각 / 지은이: 윤태영. ― 고양 : 위즈덤하우스, 2017
p. ;   cm

ISBN 978-89-6086-326-2 03810 : ₩14000

한국 현대 소설[韓國現代小說]

813.7-KDC6
895.735-DDC23   CIP2017002779

오래된 생각

위즈덤하우스

차례

일러두기

'프롤로그', '결혼', '에필로그' 첫머리에 실린 구절들은
가수 송창식의 노래 〈잊읍시다〉에서 인용한 것입니다.

프롤로그

선뜻선뜻 잊읍시다.

간밤 꾸었던 슬픈 꿈일랑

아침 햇살에 어둠 가시듯

잊어버립시다.

2016년 가을. 시월의 마지막 날 저녁이었다. 일산천에 저녁 어스름이 깔릴 무렵, 오리들이 다시 쫓기고 있었다. 전성기에는 열다섯까지 불어났지만, 이제는 네 마리뿐인 오리들이었다. 그 숫자로 혹독한 겨울을 제대로 이겨낼지 진익훈의 걱정이 커져 가던 때였다. 녀석들은 많은 숫자가 뭉쳐 있을수록 유리했다. 추위를 이기기 위해서도, 사나운 동물의 공격을 피하기 위해서도 그랬다. 살아남고 싶다면 약한 존재들은 최소한 뭉쳐 있어야 했다. 하지만 숫자도 공간도 마땅치 않았다. 일년생 풀들이 바싹 말라버린 늦가을의 일산천 비탈은 그나마 머리를 들이밀 공간조차 없었다.

'오리를 보는 것도 이번 가을이 마지막일까?'

그런 생각으로 진익훈은 천변 산책로를 걸었다. 날씨가 제법 쌀쌀해져 인적이 드물었다. 맞은편 산책로에서는 흰 오리 두 마리가 익훈의 진행 방향으로 뒤뚱뒤뚱 걸었다. 늘 그랬듯 그는 녀석들을 향해 다정스러운 시선을 보냈다. 그 순간이었다. 뒤편에서 커다란 개 한 마리가 갑자기 나타나더니 오리들을 덮쳤다. 검고 하얀 털이 어우러져 복슬복슬했는데 도무지 종을 알 수 없는 개였다. 크기가 어른만 했다. 산책로에서 자주 보아왔던 녀석이다. 혼비백산한 오리들은 힘껏 날아오르더니 이내 물속으로 뛰어들었다. 전에도 보았던 광경이다. 한 달 전에도 익훈은 똑같은 상황을 목격했다. 개를 동반한 사람들은 대부분 산책로에 오면 목줄을 풀어놓았다. 좁은 실내에서 키우는 데 대한 보상심리로 보였다. 개에게 주어진 자유는 오리에게는 공포를 의미했다. 목줄이 풀린 개들은 오리를 공격했다. 일 년 전에는 오리를 뒤쫓아 물속까지 뛰어든 사냥개도 있었다. 깜짝 놀란 오리들이 물속에서 분주하게 자맥질을 했다. 큰 개는 금방이라도 뛰어들 태세로 물가에서 짖어댔다. 가을 개천은 바닥이 드러날 만큼 말라 있었다.

그때였다. 익훈이 개천을 건너 큰 개가 있는 곳으로 향했다. 조금 더 가면 징검다리도 있었지만, 그는 우회로를 선택하지 않았다. 그럴 여유가 없었다. 신발이 물속에 빠지는 것을 기꺼이 감수했다. 큰 개는 여전히 오리들을 향해 크게 짖어대고 있었다. 익훈이 개천을 다 건널 무렵, 개 주인으로 보이는 중년 남자가 느린 걸음으로 나타났다. 남자는 보던 신문을 접고는 개와 오리를 번갈아 보았다. 몇 번 접했던 얼굴이다. 남자의 얼굴을 흘끗 쳐다본 익훈은 곧바로 점퍼의 안주머니에서 무언가를 꺼내 들었다. 칼집이 있는 접이식 과도였다. 그는 익숙한 솜씨로 칼집에서 칼을 꺼낸 다음 오른손으로 단단히 움켜쥐었다. 그러고는 지체 없이 큰 개의 뒷목을 향해 칼끝을 세게 내리쳤다. 이 순간을 위해 수없이 연습해온 솜씨로 보였다. 칼은 정확히 털과 가죽을 뚫고 들어가 꽂혔다. 익훈이 손을 떼자 큰 개는 외마디 비명을 지르며 쓰러졌다. 뒷목에서 붉은 피가 쏟아져 나왔다. 진익훈이 이상야릇한 웃음을 지었다. 깜짝 놀란 주인이 급히 익훈에게 다가오더니 보던 신문을 내팽개치고는 그의 얼굴을 향해 주먹을 날렸다. 순간 익훈의 정신이 아득해졌다. 하늘이 핑그르르 돌았다. 그는 어지럼을 이기지 못한 채 그 자리에 주저앉았다. 옆에서는 쓰러진 큰 개가 고통스러운 비명을 지르며 사지를 바르르 떨고 있었다. 잠시 앉아 있던 익훈의 몸이 이내 산책길 위로 맥없이 쓰러졌다. 익훈이 고개를 살짝 들더니 개 주인을 향해 묘한 웃음을 지었다. 그러고는 다시 힘없이 고개를 옆으로 떨어뜨렸다. 개 주인이 내던진 신문이 마침 익훈의 얼굴 앞에 떨어져 있었다. 굵은 활자의 제목이 그의 시야에 들어왔다.

"김인수 의원, 오늘 대권 도전 선언."

제목 밑에 달린 부제도 선명했다.

"최초의 검찰 출신 대통령 탄생할까?"

세게 얻어맞은 뺨이 얼얼했다. 정신도 혼미했다. 그런 와중에도 진익훈은 기사의 제목이 의미하는 바가 무엇인지 헤아리고 있었다. 골똘히 생각할수록 정신이 더욱 아득해졌다. 무엇이 꿈이고 무엇이 현실인지 알 수 없었다. 그의 생각은 십여 년 전의 현실 속에서 헤매고 있었다.

이지원

2006년 3월의 마지막 날. 절정으로 가는 봄을 시샘하듯 새벽부터 장대비가 쏟아졌다. 빗줄기가 제법 굵었다. 일출 시간을 넘어 일곱 시가 가까웠지만 다른 날에 비하면 어둠이 물러가는 속도가 현저히 늦었다. 물러나려는 어둠을 잔뜩 몰려온 먹구름이 엄호하고 있었다. 그 무렵 대통령의 연설기획비서관 진익훈을 태운 관용차가 청와대로 접근하고 있었다. 빗길 탓에 관용차는 평소보다 십 분 늦은 시각에 효자동 삼거리에서 좌회전을 했다. 대체로 이 시간에는 진익훈의 집인 일산에서 청와대까지 삼십 분이면 올 수 있었다. 그의 일과는 집 앞에서 차를 타는 순간부터 시작되었다. 집으로 배달된 조간신문 뭉치를 차 안에서 살피는 게 시작이었다. 관용차 라디오의 주파수는 언제나 조간 브리핑을 전하는 채널에 맞추어져 있었다. 그러나 이날 진익훈은 신문을 볼 수도, 라디오를 들을 수도 없었다. 청와대까지 오는 내내 출입기자들의 전화 취재에 시달려야 했기 때문이다.

스무 달 넘게 대통령과 호흡을 맞춰온 실세 총리가 엊그제 물러나

자, 기자들은 후임 총리 후보를 취재하는 데 집중했다. 혹여 다른 언론에 유력 후보의 이름이 오르기라도 할까 노심초사하고 전전긍긍하는 것이었다. 권력의 이인자인 만큼 후임 총리 인선은 최고의 인사 기사였다. 특종을 하면 더할 나위 없는 기쁨이겠지만 최소한 낙종하는 일이라도 없어야 했다. 초조해진 기자들은 하루에도 몇 차례씩 관계자들에게 전화를 걸었다. 비서실장, 인사수석, 인사비서관, 대변인 등 공식 라인이 일차 취재 대상이었다. 그다음 이차 취재 대상은 단연 진익훈이었다. 연설기획비서관은 대통령의 공적·사적인 일정에 모두 배석하여 기록하는 자리다. 대통령의 의중을 누구보다 잘 파악할 수 있는 위치였다. 제1부속실장과 함께 사실상의 문고리 권력이었다. 게다가 진익훈은 이 정부에서 일 년 넘게 대변인을 지낸 경험이 있어 기자들과의 관계가 각별했다. 기자들로서는 핵심 정보를 터놓고 물어볼 수 있는 취재원인 셈이었다. 기자들은 작성한 기사를 출고하기 전 마지막 검증을 위해 진익훈에게 전화를 걸었다. 기자들로서는 오보를 방지하는 시스템이었고, 진익훈으로서는 기사 내용을 사전에 파악하는 장치였다.

아침마다 몇몇 기자는 출근하는 진익훈을 상대로 전화 취재를 했다. 특별한 취잿거리가 있어서가 아니고 기자들의 언어로 일종의 '마와리'였다. 하루의 일정과 그날의 메시지를 챙겨보려는 기본 취재였다. 두어 군데의 석간과 통신사 기자들이었다. 이날은 달랐다. 집을 나서는 순간부터 진익훈은 휴대전화를 귀에 붙이고 있어야 했다. 조간인 〈강남일보〉가 특종이라며 보도한 총리 내정자 기사의 사실 여부를 확인

하려고 기자들의 전화가 줄을 이었기 때문이다. 이날 아침 〈강남일보〉
는 '현 정책실장이 사실상 다음 총리로 내정되었다'고 기사를 내보냈
다. 누가 이야기한 것인지, 누구의 귀띔을 받은 것인지 근거는 없었다.

석간 〈동해일보〉여기자의 전화가 시작이었다. 여기자는 첫마디부
터 하이 톤이었다. 불만을 절제하지 못했다. 용건은 분명했다. 기사의
사실 여부를 당장 밝히라는 것이었다. 진익훈은 '알아보겠다'는 말을
열 번도 넘게 되풀이해야 했다. 여기자는 진익훈이 〈강남일보〉에 흘려
준 것 아니냐는 물음을 끝으로 전화를 끊었다. 석간 기사를 마감하기
전까지는 반드시 대변인을 통해 사실 여부를 확인해주겠다는 대답을
들은 뒤였다.

숨 돌릴 틈도 없이 진익훈은 다음 전화를 받아야 했다. 신문을 일별
한 뒤 잠시 꿀 같은 토막잠을 청하려던 꿈은 이미 산산조각 난 상태였
다. 이번에는 방송국이었다. 〈강남일보〉기사가 사실이라면 아침 뉴스
가 끝나기 전에 내보내야 한다는 것이었다. 뉴스전문 유선 채널도 다
급한 목소리로 물었다. 신문은 마감까지 기다릴 여유가 있었지만, 방
송은 지금 당장이 중요했다. 앵커 멘트를 빌려서라도 뉴스를 내보내야
했다. HBS의 1진은 평소와 다름없이 침착하고 점잖았다. 이런 톤에는
덩달아 약해지는 것이 인지상정이었다.

"진 비서관, 아침부터 죄송합니다. 기사 보셨지요?"

"아, 네. 안 그래도…."

"사실입니까?"

"저도 모릅니다. 확인해봐야 합니다."

"진 비서관이 모르면 사실 아니지요. 모르실 수가 있나요?"

기자들의 질문에는 〈강남일보〉 기사가 제발 오보이기를 바라는 심정이 녹아 있었다.

"제가 모르는 것도 많습니다."

"언제까지 확인해주시렵니까?"

"예예, 대변인 통해 될 수 있는 대로 빨리 알려드리겠습니다."

"이미 일곱 시 뉴스는 틀렸고 최소한 여덟 시 뉴스에는 들어가야 합니다. 사실이라면…."

"네, 알겠습니다."

"꼭 부탁드립니다."

"최대한 노력하겠습니다."

"그러시는 걸로 알고 기다리겠습니다."

수십 통의 전화를 받는 사이에 진익훈을 태운 관용차는 금화터널을 지나고 다시 사직터널을 통과했다. 그는 전화를 걸어온 모든 기자에게 짧고 굵게 '아니오!'라고 말해주고 싶었다. 그가 아는 한 〈강남일보〉의 총리 내정자 기사는 오보였다. 이틀 전만 해도 '후임에 현 정책실장 내정'은 팩트였다. 그런데 이틀 사이에 대통령의 마음이 바뀌었다. 비서실장과 몇몇 수석이 여성 총리 기용을 적극 검토하자고 대통령을 설득한 결과였다. 최종 낙점은 아니었지만 대통령의 의중은 어느 정도 굳어진 것으로 보였다. 하지만 그것만 가지고는 기자들에게 '〈강남일보〉 기사는 명백한 오보'라고 강력히 부인할 수 없었다. 이 퍼센트가 부족했다. 적절한 답변이 없을까 궁리해보았지만 좋은 아이디어가 떠오르지 않았다. 운전하던 기사가 그에게 물었다.

"본관으로 모실까요?"

연설기획비서관실은 본관에 있었다. 대통령의 지근거리였다. 이날은 일찍부터 사무실 책상에 앉아 청와대 문서보고 시스템인 이지원e_{知園}에 접속하여 문서들을 검토할 작정이었다. 대통령에게 보고될 문서들이 적체되어 있었는데 며칠간 제대로 열람하지 못한 상태였다. 특히 전날 저녁 늦게 스쳐 지나가듯 보았던 문건이 뇌리에 계속 남아 신경을 자극했다. 민정수석실에서 작성한 보고서였는데, 제목이 'A지검장 이치훈의 범죄행위에 대한 보고'였다. '비리'도 아니고 '범죄'였다. 제목을 클릭하고 첨부파일을 열자 한글 워드프로세서로 작성된 내용이 화면에 떠올랐다. 시간은 없었지만 호기심이 발동했다. 그는 마우스 휠을 급히 돌려가며 내용을 얼추 살펴보았다. '미성년자'라는 낱말이 보였고 '성추행'이라는 표현도 있었다. '쯧쯧' 소리와 함께 진익훈은 파일을 닫았다. 이제 1부속실이 문서를 추려 올리면 대통령이 곧 보게 될 터였다. 대통령이 어떤 반응을 보일지 궁금했다. 검찰과는 담을 쌓은 채 살아온 대통령이기에 더욱 그랬다.

"비서동에 잠깐 들릅시다. 여민2관으로 갑시다."

진익훈은 정문을 통과해 본관으로 가는 길 대신, 면회실 옆문을 통과해 비서동으로 가는 길을 선택했다. 대변인을 만나 답변을 상의하는 게 좋겠다는 판단이었다. 빗줄기가 여전히 굵었다. 관용차가 여민

2관 앞에 멈추려는데 진익훈의 휴대전화가 진동했다. 잠시 소강상태인가 싶었는데 다시 전화가 걸려온 것이다. 무심코 휴대전화의 폴더를 여는 순간, 진익훈은 긴장했다. 청와대 교환이 발신자였다. 대통령의 전화일 가능성이 컸다. 진익훈은 멈추어 선 관용차 안에서 전화를 받았다.

"진익훈 비서관님이시지요? 대통령님 전화십니다."

교환의 안내가 끝나자 대통령의 목소리가 들렸다.

"날세, 너무 일찍 전화했는가?"

대통령의 목소리는 비교적 가벼웠다. 최소한 저기압은 아니라는 뜻이었다. 아무리 우울한 시절에도 그의 목소리는 특유의 톤을 유지했다. 듣는 사람을 기분 좋게 하는 톤이었다.

"아닙니다. 지금 막 출근했습니다."

뒷좌석에 앉은 채 익훈은 통화를 계속했다. 차 문 밖에서는 기사가 우산을 든 채 기다리고 있었다. 하지만 대통령의 전화를 이동하며 받을 수는 없었다. 대통령이 곧바로 용건을 꺼냈다.

"총리 내정자 기사, 자네가 이야기한 건 아니지?"

"네, 아닙니다. 저도 누가 그랬는지 모릅니다."

누설자를 찾는 건 아니었다. 국가기밀이 아닌 한 대통령은 누설자를 찾지 않았다. 용건은 기사에 대한 대응이었다.

"기자들에겐 뭐라고 대답할 생각인가?"

"예, 아직 결정되지 않았다는 정도로 대답할까 생각 중입니다."

"그래서 되겠나? 사람 이름이 나왔는데, 기자들이 가만히 있지 않을걸세."

"네, 그런 점도 있기는 합니다만."

통이 큰 대통령이었지만 디테일은 디테일대로 강했다. 진익훈이 퇴근한 이후에 생긴 일정이나 전화통화는 그 내용을 다음 날 아침 상세히 그에게 전달해줄 정도였다. 기록을 위해서도 업무의 효율을 위해서도 필요하다는 것이었다. 대통령이 말했다.

"마음을 굳혔네. 여성 총리를 기용하기로…. 그러니 오보라고 분명히 말해주게."

대통령이 그의 고민을 일거에 해결해주었다. 전화를 끊은 진익훈은 차에서 내려 대변인실로 향했다. 비가 내린 탓인지, 아침 여민2관의 복도에서는 인기척을 만나기가 쉽지 않았다. 복도의 초입, 시민사회수석실은 불이 꺼져 있었다. 그때였다. 누군가가 수석실의 문을 조심스럽게 열며 밖으로 나왔다. 시민사회비서관 이형철이었다. 대통령과 함께 청와대에 입성한 386 참모였지만 항상 자신의 보직을 못마땅해하는 후배였다. 대통령의 지근거리나 정치적으로 주목받는 자리를 욕심내는 눈치였다. 동료들과의 술자리에서 "도대체 내가 진익훈보다 못한게 뭐냐? 대변인이나 1부속실장을 시켜주면 훨씬 잘할 텐데"라며 볼멘소리를 토로한 것이 귀에 들릴 정도였다. 그런 진익훈을 어두컴컴한 복도에서 조우한 탓일까? 이형철은 화들짝 놀라는 모습이었다.

"수석님도 없는 방에서 뭐하다 나오는 건가?"

진익훈이 이상하다는 시선을 보내며 물었다. 이형철의 손에는 CD 한 장이 들려 있었다. 얼핏 보기에도 설치용 프로그램 CD는 아니었다. 데이터 저장용이었다. 진익훈이 고개를 갸우뚱하자 이형철이 대답했다.

"음, 수석님께서 자료 하나를 복사해달라고 해서 왔는데… 아직 안 나오셨네요."

더 추궁하면 분위기가 이상해질 듯싶었다. 진익훈은 복도 중간쯤에 있는 대변인실로 발걸음을 재촉했다. 대변인 역시 자신의 방에서 기자들의 전화 공세에 시달리고 있었다. 이제 대통령이 가닥을 잡아준 만큼 더는 시달릴 일이 아니었다. '전면 부인 지침'을 대변인에게 전달한 후 진익훈은 방을 나섰다. 차를 타기 위해 입구로 향하던 중 그는 문득 요의를 느꼈다. 복도 끝 화장실로 가려면 왔던 길을 되돌아가는 수밖에 없었다. 볼일을 보고 나오던 진익훈은 화장실 옆 사무실에서 수상한 인기척을 느꼈다. 전산실이었다. 실내 형광등은 분명히 꺼져 있는데 벽 위쪽의 유리창을 통해 은은한 빛이 새어 나오고 있었다. 컴퓨터 모니터의 빛으로 보였다. 누군가가 자판을 두드리는 소리도 들렸다. 소리는 아주 낮고 조용했다. 노크와 함께 진익훈은 출입문의 손잡이를 돌려보았다. 문은 안으로 잠겨 있었다. 다시 노크를 하자 잠시 후 문이 열리고 삼십 대 초반으로 보이는 젊은 남자가 밖으로 나왔다.

"아, 진익훈 비서관님. 저는 며칠 전에 들어온 전산실 직원입니다."

"그렇군요. 몰랐습니다. 그런데 이 시간에 왜 불을 꺼놓고…?"

진익훈이 묻자 젊은 직원이 약간 긴장한 표정으로 대답한다.

"예. 제가 들어온 지 얼마 안 되어서 이지원 시스템을 열심히 공부하는 중이었습니다. 일찍 나와서 해야 할 것 같아서요."

진익훈이 고개를 끄덕였다. 실제로 그랬다. 이지원은 적어도 일주일 이상 따로 학습해야 활용할 수 있는 시스템이었다. 청와대 내부망에서만 작동되기 때문에 학습하려면 일찍 출근하거나 늦게 퇴근하는 수고를 감수해야 했다. 그런 만큼 신입 직원이 이 시간에 나와서 남몰래 시스템을 공부하고 있다는 것은 백번 칭찬해야 마땅한 일이었다. 진익훈은 젊은 직원과 힘차게 악수를 나눈 뒤, 차를 타고 본관으로 올라왔다.

　자리에 앉자마자 서둘러 이지원에 로그인한 그는 대통령에게 보고되기 위해 대기 중인 문서의 제목들을 일별했다. 그런데 없었다. 바로 전날 저녁, 얼핏 보았던 그 문서가 보이지 않았다. 유독 'A지검장 이치훈의 범죄행위에 대한 보고'라는 제목의 문서만 사라지고 없는 것이다. 한 가지 가능성이 있었다. 지난밤 어떤 이유에서든 1부속실이 문제의 문건을 추려 대통령에게 보고했을 가능성이었다. 진익훈은 혹시 하는 마음으로, 이번에는 지시처리를 위해 대기 중인 문서목록을 열었다. 지난밤까지만 해도 대기 중인 문서가 한 건도 없던 페이지였다. 놀랍게도 그곳에 문서 하나가 내려와 있었다. 바로 문제의 문서였다. 결국 대통령이 밤사이에 이 문서를 열람한 뒤 지시사항과 함께 1부속실로 내려보낸 것이었다. 진익훈은 우선 문서카드를 열었다. 중단쯤에 대통령의 지시메모가 있었다. 길지 않은 내용이었다.

　"검사장의 범죄나 비리 혐의에 대해 대통령은 크게 관심 없습니다. 검찰이 알아서 처리할 일입니다. 비서실도 이러한 자세를 견지하기 바랍니다. 저는 끝까지 검찰 독립이라는 입장을 유지할 것입니다."

진익훈은 고개를 갸웃했다. 선뜻 이해가 되지 않는 지시였다. 독립은 독립이고 범죄는 범죄 아닌가? 평소의 대통령답지 않은 생각이고 표현이었다. 실세 총리의 낙마로 원하든 원하지 않든 이제는 레임덕에 접어들었다고 판단한 것일까? 대통령이 남긴 짧은 지시메모에는 이상하게도 특유의 원칙과 상식이 보이지 않았다. 상념 끝에 자리에서 일어난 진익훈은 큰 창문 앞으로 다가섰다. 여전히 굵은 빗줄기가 세차게 창을 때리고 있었다.

갈등

"정말 왜 이러시는 겁니까?"

대통령이 전화기에 대고 소리를 질렀다. 얼굴이 벌겋게 상기되어 있었다. 뜻밖의 호통에 깜짝 놀란 진익훈이 손에 들고 있던 서류를 떨어뜨렸다. 대통령의 큰소리가 이어졌다.

"법무부 장관 기용 문제에 대해 언론에 보도된 것처럼 이야기하신 게 사실입니까? 대통령 인사를 당 대표가 거부할 권한이 있습니까?"

2006년 8월 초, 청와대 관저의 응접실이었다. 대변인 진익훈은 일정을 점검하기 위해 아침 일찍 관저로 올라왔다. 식사를 마친 대통령은 1부속실장과 함께 이날 예정된 행사 관련 자료를 챙겨 보기 시작했다. 삼복더위가 아침부터 기승을 부리고 있었다. 휴가도 떠나지 못한 대통령이지만 소화해야 할 일정은 평소와 다를 게 없었다. 1부속실장이 잠시 다른 용무로 자리를 비운 사이 대통령은 탁자 위에 놓인 전화기를 들고 교환을 찾았다. 여당 한민영 대표를 연결해달라는 것이었다. 그사이 진익훈은 대변인으로서 기자들에게 답해야 할 사항들을 챙겼다. 그의 손에는 '일일 주요 언론보도' 문건이 들려 있었다. 새벽에 대변인실에서 작성한 것이었다. 문건은 첫 줄부터 자극적이었다. 야당 대변인 김인수의 입에서 나온 말이었다.

"임진혁 대통령과 여당은 콩가루 집안. 공생할 수 없는 철천지 원수지간!"

그렇지 않아도 출입기자들은 아침부터 대통령의 반응을 묻고 있었다. 점잖은 한마디로 반격하라는 조언도 있었다. 대체로 언론은 싸움을 붙이는 쪽이었다. 전쟁과 갈등은 기사가 되지만 평화와 화해는 기삿거리가 아니었다. 기사가 없으면 만들어서라도 써야 하는 것이 언론의 일상이었다. 답변을 구상하던 중 진익훈은 대통령의 느닷없는 호통에 혼비백산하고 말았다. 상대와 전화가 연결되자마자 대통령이 화가 섞인 말을 쏟아내기 시작한 것이다. 평소답지 않게 얼굴까지 붉어져 있었다.

대통령이 잠시 말을 멈추더니 당 대표의 이야기를 듣기 시작했다. 얼마나 지났을까. 그래도 그의 흥분은 쉽게 가라앉는 분위기가 아니었다.

"아니면 도대체 왜 그러시는 겁니까? 지금 대통령이 어떤 상황인지 알고는 계십니까?"

작정하고 나온 모습이다. 때로는 마음이 급하기도 하고 때로는 격정을 억제하지 못하기도 했다. 그런 성격의 대통령이었지만, 그래도 이 정도까지는 아니었다. 쉽게 접하기 어려운 장면이었다. 옆에 앉은 진익훈은 그저 난감할 뿐이었다. 당장 무엇을 어떻게 해야 하는 것인지 갈피를 잡을 수 없었다. 대통령의 큰소리가 관저 응접실의 아침 공기를 크게 흔들어놓았다.

대통령의 인사를 놓고 당·청, 즉 여당과 청와대 사이에 갈등이 증폭되고 있었다. 언제부터인가 여당은 대통령의 인사에 민감하게 반응하기 시작했다. 주요 직책에 대통령의 측근을 앉히려는 움직임이 보이면 적극적으로 견제하고 나섰다. 한 달 전에는 대통령이 지명한 교육부총리 후보가 논문 표절 시비에 휘말리면서 낙마한 일이 있었다. 대통령의 오랜 측근이었다. 그러자 당의 분위기가 더욱 날카로워졌다. 지지도 낮은 대통령이 오기로 인사를 한다는 비판이 제기되면 여당의 인기도 동반 하락하기 때문이었다. 야당과 언론의 공격은 당·청의 틈새를 더 크게 벌리는 데 집중되었다. 언론보도에 자극을 받은 당·청은 서로에게 날 선 공격을 퍼부으며 생채기를 냈다. 당의 누군가가 언론을 통해 대통령에게 불만을 표하면, 다음 날에는 청와대 참모가 참지 않고 반격에 나섰다. 직접 소통은 없고 언론을 통한 감정적인 공방만이 난무했다. 상황을 악화시키는 데는 대통령의 캐릭터도 한몫했다. 부당하다고 생각되는 공세 앞에서 쉽게 물러서는 성격이 아니었다. 여당은 그런 대통령과 어느 정도 선을 긋고 싶어 했다. 그러던 중 대통령이 교체 예정인 법무부 장관에 측근인 민정수석을 기용할 예정이라는 보도가 나왔다. 당 대표는 언론과의 인터뷰에서 대통령의 인사 방침에 불만을 표시했다. 그것이 결국 이날 아침 전화로 언쟁을 벌이는 사달로 번진 것이다.

"대통령의 인사까지 반대하면 어떡하라는 거야?"

수화기를 내려놓으며 대통령이 혼잣말을 내뱉었다. 이마 주름이 유난히 굵고 곧은 직선을 그려내고 있었다. 진익훈은 아무런 대꾸도 하지 않았다. 어색한 침묵이 흘렀다. 볼일을 마치고 돌아온 1부속실장도 특별한 반응을 보이지 않았다. 섣부르게 무슨 말을 할 상황이 아니었다. 대통령의 노기에 무조건 공감을 표할 수는 없었다. 이유야 충분히 이해할 수 있는 것이었다. 그러나 섣부른 공감의 표현은 자칫 대통령의 분노를 더욱 부추길 가능성이 컸다. 우선은 화가 가라앉기를 기다릴 필요가 있었다. 감정이 격앙된 대통령에게 다른 사안을 보고하며 결정을 내려달라 하는 것도 사리에 맞지 않았다. 진익훈은 1부속실장에게 눈짓을 보냈다. 일단 자리를 파하자는 뜻이었다. 1부속실장이 고개를 끄덕였다.

"본관으로 가실 준비 하셔야겠습니다."

흥분이 덜 가신 대통령이 자리를 털고 일어났다. 긴 복도를 걸어 내실로 향하는 그의 모습 뒤로 우울한 그림자 하나가 마지못해 끌려가고 있었다. 손님용 출입구를 통해 관저를 나온 진익훈은 내실 현관 앞쪽으로 이동했다. BMW 승용차가 시동을 걸고 대기 중이었다. 차 옆에는 경호실 수행부장이 대통령에게 인사를 하며 일과를 시작하기 위해 서 있었다. 진익훈을 본 수행부장이 물었다.

"옆자리 동승하십니까?"

"네, 그렇습니다."

진익훈이 짧게 대답하자 수행부장은 무전에 대고 무어라 알아듣기 어려운 메시지를 보냈다. 잠시 후 현관문이 열리고 차량이 관저를 나섰다. 여름 햇볕이 뜨거웠다. 관저에서 본관까지는 승용차로 오 분 거리였다. 시간에 여유가 있을 때면 대통령은 걸어서 이동했다. 염천의 날씨도 크게 개의치 않았다. 하지만 이날은 이래저래 그럴 분위기가 아니었다. 진익훈은 대통령의 옆자리에 동승했다. 육중한 방탄차가 한옥 대문인 인수문을 통과할 무렵, 대통령이 진익훈의 무릎을 치며 말했다.

"그렇게 말한 건 사실이지만, 어쨌든 실수라고 하네."

진익훈은 상의 안주머니에서 포켓수첩을 꺼내 들었다. 그러나 곧바로 대통령의 말을 받아 적지는 않았다. 기록해놓으라는 뜻인지도 불분명했다. 판단은 자신의 몫이었다. 분명 적어둘 필요가 있는 언급이긴 했다. 장차 중요한 기록으로 남을 것이 틀림없었다. 다만 감정에 기복이 있는 시점이었다. 상황이 일단락된 후에 차분히 정리하며 기록해도 늦지 않을 것이었다. 그때까지는 대통령이 아침에 쏟아놓은 많은 말과 표현을 머릿속에 고스란히 담아두어야 했다. 잊지 않고 기억하기 위해 되뇌어야 했다.

"도와주지는 못할망정…."

대통령이 다시 입을 여는가 싶더니 말끝을 흐렸다. 말은 더 이어지지 않았다. 그는 창밖을 내다보고 있었다. 방탄유리 너머로 한여름의 녹지원이 시야에 잡혔다. 푸름의 절정이었다. 기상청은 이날이 무더위의 고비가 될 것으로 전망했다. 끈적대고 질척이는 느낌의 더위가 며칠째 살갗에 달라붙어 있었다. 대통령이 크게 한숨을 내쉬었다. 진익훈은 꺼내 들었던 수첩을 안주머니에 다시 집어넣었다. 손에는 여전히 검정 플러스펜이 쥐어져 있었다. 절정이든 고비든, 모두 내리막의 시작을 의미하는 표현이다. 오르막은 언제나 힘들고 더뎠다. 그러나 내리막은 순식간이었다. 정치도 권력도 예외가 아니다.

생각할수록 인연이 아니었다. 임진혁 대통령과 한민영 당 대표는 칡과 등나무처럼 까다로운 꼬임과 엇갈림을 거듭해온 사이였다. 그러나 정확히 십 년 전만 해도 두 사람은 당내에서 둘도 없는 동지적 관계였다. 상대방의 후원 행사에 참석해 축사를 전할 때면 최대한의 찬사를 동원했다. 둘에게는 동질감이 있었다. 최루탄의 매캐한 연기가 자욱한 아스팔트 위에서 1980년대의 한 시절을 함께 싸웠다는 동질감이었다. 둘은 쉽게 의기투합할 수 있었다. 다만 정치권에서 만나 동지가 되기까지 각자가 뛰었던 무대는 확연히 달랐다. 지금의 당 대표는 중앙이었다. 중앙이라는 표현이 부족하다 싶을 만큼 중심이고 핵심이었다. 운동을 기획하고 지휘하며 조직하는 사령부에서도 가장 중추적인 인물이었다. 남다른 고난의 이력이 말해주듯 민주화운동의 상징과도 같은 존재였다. 1970년대와 1980년대에 독재와 싸웠던 학생운동권 출신들에게 그는 존경의 대상이었고 우상이기도 했다. 그에 비하면 지금의 대통령에게는 화려한 이력이 없었다. 어쩌면 초라하고, 어쩌면 보잘

것없는 것이었다. 물론 부산 민주화운동의 야전사령관으로 불릴 만큼 그에게도 남다른 투쟁 경력이 있었다. 하지만 부산은 아무리 제2의 수도라 해도 서울에 비하면 한참 변방이었다. 운동의 대세를 주도하는 곳이 아니었다. 더욱이 그는 상고 출신 변호사였다. 당시 운동의 대세는 대학생이나 대학 출신이었다. 야전사령관이라는 별칭이 말해주듯 그는 물불 가리지 않고 치열하게 싸우는 투사였지만, 운동 이론에 정통한 것도 아니었고 든든한 동료들이 받쳐주는 것도 아니었다. 조금 더 탁월한 부산의 82학번일 뿐이었다.

그렇게 차이는 있었지만 둘은 민주화운동 경력과 진보의 대의로 하나가 될 수 있었다. 그러나 녹록지 않은 정치 현실은 두 사람을 하나로 묶어두지 않았다. 당내 정풍운동과 대통령 후보 경선 과정을 거치면서 둘 사이에는 작은 틈이 생겼다. 언제나 그랬듯 틈은 시간과 세월을 먹으며 자라났다. 봉합되지 않은 그 틈에 원심력이 작용했다. 간격은 조금씩 더 멀어졌다. 대통령 당선 후에도 둘의 관계는 좀처럼 회복되지 않았다. 오히려 서로에게 작은 상처를 내는 일이 거듭될 뿐이었다.

가장 가까운 길을 걸을 것으로, 그래서 최고의 협력관계를 유지할 것으로 보였던 두 사람은 그렇듯 팽팽한 긴장을 유지하는 관계가 되었다. 어쩌면 그렇게 알게 모르게 쌓여온 감정들이 폭발한 것이 이날 아침의 사달일 수도 있었다. 어쨌든 한민영 당 대표는 신사 정치인으로 세상에 소문난 사람이었다. 매사를 처리하는 모습이 차분했고 사람을 대하는 자세도 겸손했다. 반면 대통령에게는 질풍노도와 같은 성정이 있었다. 스스로 평하듯이 풍운아 기질도 다분했다. 결이 다른 두 사람이었다. 어쨌든 아침의 일이 바깥에 알려지기라도 하면 좋을 일은 하나도 없었다. 어쩌면 대통령에게 불리하게 작용할 가능성이 커 보였다. 우선은 이야기가 세상 속으로 퍼져가지 않도록 관리하는 것이 중요했다.

BMW가 녹지원을 지나자 방문객 행렬의 뒤꽁무니가 시야에 들어왔다. 이른 시각이었지만 비교적 큰 규모의 단체 방문객이었다. 휴가철이면 멀리 남쪽에서 수도권 곳곳을 둘러보기 위해 며칠간의 일정으로 올라오는 여행객들이 있었다. 그들은 시내에서 숙박한 후 첫 일정으로 청와대를 관람하곤 했다. 승용차가 행렬의 옆을 통과할 무렵 대통령은 차창을 내리고 묵례한 후 가볍게 손을 흔들었다. 대통령을 목격한 중년의 남녀들이 신기하다는 표정으로 파안대소했다. 답례로 손을 흔드는 이도 있었고, 꾸벅 인사를 하는 사람도 있었다. 평소 같으면 차를 잠시 멈춰 세운 뒤 방문객들과 악수도 나누고 기념촬영도 했을 것이다. 오늘은 아무래도 그럴 분위기가 아니었다. 진익훈은 굳이 권하고 싶지 않았다. 앞자리에 앉은 1부속실장도 같은 생각이었는지 미동조차 하지 않았다. 잠시 후 대정원을 우회한 BMW는 본관 현관 앞에 멈추어 섰다. 대기하던 경호관이 다가와 차문을 열었다. 열었다기보다는 자동으로 열리는 문에 손을 갖다 댄 것이었다. 차에서 내린 진익훈이 현관으로 들어서는 대통령을 부지런한 걸음으로 뒤따랐다. 현관에서 기다리던 경호실장과 의전비서관이 대통령을 맞았다. 의무경찰의 거수경례에 대통령이 가벼운 묵례로 화답했다. 상황이 아무리 심각해도 절대 거르지 않는 인사였다. 권력자였지만 권력의 문화에 발을 담그려 하지 않는 대통령이었다. 그는 권력을 얇은 유리처럼 대했다. 권력이란 언제든 자신에게 꽂힐 수도 있는 '양날의 칼'임을 잘 알고 있었다. 그에게 권력은 누림이 아닌 경계의 대상이었다.

붉은 카펫 위를 걷는 동안 그는 침묵했다. 언제나 가벼운 유머나 객쩍은 농담을 던지는 자리였지만 이날은 무거운 헛기침이 대신했다. 일행은 이 층으로 오르는 엘리베이터에 몸을 실었다.

이 층 집무실로 들어서며 대통령이 1부속실장에게 지시했다.

"비서실장 좀 올라오라고 하게."

그는 집무실을 가로질러 소집무실로 향했다. 예닐곱 명이 대화를 나눌 수 있는 공간이었다. 소파에 앉자마자 대통령은 탁자 서랍을 열고 담배를 꺼냈다. 당 대표에 대한 이야기를 이어가려는 것인지 진익훈은 그것이 궁금했다. 본관 건물은 층고가 높아서 담배 연기가 밑으로 깔리진 않았다. 그런데도 대통령은 늘 높은 천장을 향해 담배 연기를 내뿜었다. 8월의 뜨거운 햇볕이 뒤창을 뚫고 들어와 실내를 달구었다. 진익훈이 창으로 다가가 커튼을 여미었다. 대통령이 사람들과 대화를 나누기 시작할 때면 그는 으레 커튼부터 쳤다. 청와대에 들어오기 전부터 몸에 밴 습관이었다. 그러면 이야기가 바깥으로 새어 나가는 것을 조금이라도 막는다는 기분이 들었다. 특별한 근거는 없었다. 일종의 강박이었다.

대통령은 화가 많이 누그러진 모습이었다. 가끔 대통령의 화를 목격한 사람들은 등 뒤에서 '불같은 성정'을 이야기하며 수군대곤 했다. 때로는 그것이 학력 때문이라고 서슴없이 주장하는 사람도 있었다. 대학 생활이 '불편함의 인내와 타인에 대한 배려를 배우는 시간'이라는 주장이었다. 그런 소리를 들을 때면 진익훈은 실소를 금할 수 없었다. 참으로 천부당만부당이었고 황당무계한 논리였다.

"내가 너무 심했던 것 같군."

대통령의 한마디였다. 진익훈은 미처 답을 못한 채 고개만 끄덕이며 수첩에 말을 받아 적었다. 문장 하나가 그의 입안을 맴돌며 바깥으로 튀어나가고 싶어 했다.

'한번 참으시는 게 좋았을 것 같습니다.'

진익훈은 가까스로 입을 다물었다. 옆에 앉은 의전비서관이 이날의 공식 일정을 보고하기 시작했다. 문득 어떤 기자의 이야기가 진익훈의 머릿속을 점령했다.

'나는 지금 대통령이 참 대단한 사람이라고 생각해요. 사실 변호사가 된 후로는 대학 졸업장을 취득할 기회가 많았던 게 사실 아닌가요? 형편이 정 안 되면 야간대학이라도 다닐 수 있고요. 저렇게 치열한 사람이니 마음만 먹으면 충분히 할 수 있었던 일인데…. 결국 안 한 거예요. 왜 안 했을까? 나는 대통령이 대학 나온 사람 이상의 자부심을 갖고 있다고 봐요. 어떻게 보면 대통령의 무의식 속에는 흔히 말하듯 열등감이 있는 게 아니라, 우월의식이 있다고 봐야 돼요. 내가 대학은 안 나왔지만 대학 나온 사람 이상이라는….'

호출을 기다리고 있었는지 비서실장이 금세 모습을 나타냈다. 진익훈은 자리에서 일어났다. 보고를 끝낸 의전비서관도 소집무실을 나서고 있었다. 진익훈은 맞은편 자신의 사무실에 들러 아침에 있었던 사달의 전말을 상세히 기록해둘 작정이었다. 자리에서 일어나 문으로 향하는 그를 대통령은 굳이 붙잡지 않았다. 평소에도 대통령은 진익훈이나 1부속실장의 집무실 출입에 대해 조건을 붙이지 않았다. 최대한 자유로운 출입을 허용했다. 게다가 지금은 비서실장이라는 훌륭한 말상대가 동석한 상황이었다. 어떤 대화가 오갔는지는 1부속실장에게 나중에 물어보면 될 일이었다. 진익훈이 출입문의 손잡이를 잡는 순간, 대통령이 비서실장에게 말했다.

"제가 조금 전에 한민영 대표에게 심한 말을 좀 했습니다."

다시 그 이야기였다. 진익훈은 손잡이에서 손을 떼었다. 받아 적어야 할 이야기가 오갈 가능성이 컸다. 일단락되었다고 생각한 것이 오판이었다. 대통령은 언제나 자신의 감정이나 생각을 새로운 사람을 만날 때마다 똑같이 털어놓았다. 수첩을 꺼내 든 진익훈이 다시 소파에 앉았다. 비서실장이 말했다.

"저희가 해야 할 일이었는데요. 죄송합니다. 대통령님께서 나설 일은 아니었는데…"

이미 누군가한테 귀띔을 받았는지 크게 놀라는 표정은 아니었다. 비서실장의 짧은 말 속에 작금의 청와대 현실이 정확히 반영되어 있었다. 돌발 사안이 생길 때면 언제나 참모들보다 대통령의 대응이 반 발자국 앞서나갔다.

"비서실장이 해도 적절하지는 않지요."

대통령이 헛헛한 웃음으로 새 담배에 불을 붙이더니 1부속실장에게 말했다.

"당 대표에게 다시 전화 연결해주게나."

긴 호흡으로 담배 연기를 내뿜은 뒤 대통령이 말했다.

"아무래도 제가 심했던 것 같네요. 사과해야겠습니다. 따지고 보면 한 대표만큼 훌륭한 사람이 또 어디 있습니까? 함께 가야 할 사람입니다."

지난봄, 정권의 한 축을 담당해온 국무총리가 교체되었다. 삼일절에 기업인들과 골프를 친 사실이 논란을 불렀다. 지방선거를 코앞에 두고 있던 터라 여당의 요구는 결연했다. 실세 총리지만 즉각 해임해야 한다는 주장이었다. 끝까지 버티려던 대통령이 결국 두 손을 들고 말았다. 상황을 수습하기 위해 그는 당의 여성 의원을 총리로 임명했다. 그녀는 기대 이상의 솜씨를 발휘했다. 원만하고 부드러운 품성으로 유연하게 일을 처리했다. 그녀를 보면서 대통령은 자신의 부족한 측면을 새삼스럽게 발견했다. 그는 총리와 함께 임기를 마무리하겠다는 생각을 굳혔다. 그렇게 우여곡절 끝에 다시 안정궤도로 올라선 권력이었다. 그런데 그로부터 몇 달이 채 지나지 않은 이 한여름에 권력은 다시 휘청거리고 있었다. 대통령에게는 특유의 동물적 감각이 있었다. '공격이 최선의 방어'라는 본능이었다. 수성에 몰두하다 보면 정권은 일순간에 무너질 수도 있었다. 이십 년 전 부산의 뜨거운 아스팔트 바닥을 뛰어다니며 외칠 때부터 체득해온 감각이었다. 이날 아침 당 대표와의 충돌은 그 연장선상에 있는 것이었다. 비서실장이 수첩을 꺼내 들자 대통령이 제지했다.

"적을 것 없습니다. 그냥 옛날이야기 좀 하려고요."

비서실장이 수첩을 내려놓자 대통령이 가벼운 미소로 말했다.

"1987년 부산에서 정말 열심히 뛰었습니다. 최루탄이 터지면 대부분 도망갔어요. 대학생도 그렇고 대학 나온 사람들도 많이 그랬지요. 나는 그렇게 하지 않았습니다. 끝까지 버티고 싸웠습니다. 정말 목숨 걸고 했어요."

대변인

　이날 진익훈은 청와대 대변인에 다시 임명되었다. 일주일 전에 확정되었고 언론에도 이미 발표된 사실이라 특별한 절차는 필요 없었다. '돌고 돌아 다시 대변인'이라는 말이 청와대 안팎에 돌아다녔다. '다시 대변인' 이야기가 처음 나왔을 때 진익훈은 고사했다. 같은 직책을 다시 맡는다는 게 아무래도 어색했다. 연설기획비서관으로서 대통령의 말과 글을 기록하고 관리하는 일만으로도 시간이 부족했다. 비서실장은 누구보다 그 점을 잘 알고 있었다. 그래도 마땅한 대안이 없다고 대통령에게 보고했다. 언론의 스포트라이트를 받는다는 점에서 장차 정치할 생각이 있다면 누구나 욕심낼 만한 자리였다. 하지만 하겠다고 나서는 사람은 한 명도 없었다. 살얼음판 같은 대언론관계 때문이었다. 작은 실수도 치명적인 타격이 될 위험성을 안고 있는 자리였다. 다른 대안을 더 찾아보라고 대통령이 권했다. 무게를 실은 이야기는 아니었다. 진익훈이 맡을 여력만 있다면 대통령으로서도 나쁠 것이 없는 선택이었다.

대통령의 철학을 잘 알수록 대변인직을 수행하는 데 유리했다. 기자들의 궁금증이 대통령의 말과 생각에 집중되기 때문이다. 많이 알수록 정확하게 답변할 수 있었다. 하지만 대변인은 일과의 절반을 기자들과 보내야 했다. 될 수 있는 대로 식사도 기자들과 함께해야 했다. 그렇게 소통해야 대통령의 생각을 제대로 전달하면서 오보를 방지할 수 있었다. 대통령의 일정에 배석할 기회는 당연히 제한될 수밖에 없었다. 그런 면에서는 역시 진익훈이 대변인으로 나서는 게 가장 효율적이었다. 지난 이 년 동안 1부속실장과 연설기획비서관을 지내면서 대통령의 말과 생각에 정통한 상태였기 때문이다. 또 대통령의 말을 기록하는 연설기획비서관을 여전히 겸하고 있어서 그의 모든 것을 소상히 파악할 수 있는 위치였다. 결국 진익훈이 총대를 멨다.

대변인 내정 사실이 알려지자 야당은 이렇게 논평을 내보냈다.

'386 측근들의, 386 측근들에 의한, 386 측근들을 위한 회전문 인사의 완결판!'

논평의 명의도 대변인이 아니고 부대변인이었다. 대변인이 나서서 논평할 감이 아니라는 뜻이었다. 김인수 대변인의 논평이 아니라는 사실에 진익훈은 오히려 안도했다. 김인수가 논평했다면 더 섬뜩한 독설을 감내해야 했을 것이다.

이 년 만에 진익훈은 춘추관 연대에 다시 섰다. 첫 대변인 시절에 문답을 주고받은 기자들 가운데 상당수가 다른 출입처로 떠나고 없었다. 기자 한 명이 오 년 대통령 임기를 꼬박 채워 출입하는 경우는 거의 없었다. 임기 초에 비하면 출입기자의 숫자도 많이 줄어들었다. 그때는 대통령이 한숨만 쉬어도 가십 기사였다. 농담을 하면 박스 기사였고 하소연을 하면 일 면 스트레이트였다. 일 년이 가고 이 년이 지나면서 그런 내용은 기사로서의 가치를 상실했다. 기사의 절대량이 줄어드는 것이었다. 당연히 출입기자의 숫자도 줄어들 수밖에 없었다. 임기 초에는 방송사들이 3진 기자까지 투입했지만 이제는 두 명도 많아 보였다. 어쩌면 임기 마지막 해에는 2진 기자까지도 철수할 가능성이 컸다.

출범하는 날부터 언론과 일정한 긴장관계를 유지해온 정부였다. 임진혁 대통령은 취임하자마자 기자들의 청와대 경내 출입을 금지했다. 반발이 컸다. 그는 개의치 않았다. 직원들이 자유롭게 일하는 분위기가 더 중요하다는 판단이었다. 권력과 언론이 유착하는 시대를 끝내겠다는 상징적인 조치였다. 뒤이어 가판 구독을 중지하라는 지시가 각 부처에 내려졌다. 다음 날 지면을 저녁에 미리 보고 기사를 빼달라고 청탁하던 관행을 없애려는 것이었다. 공격적 조치가 잇따르자 언론은 강도 높은 비판으로 대응했다. 춘추관의 분위기는 험악해졌다. 일촉즉발의 분위기 속에서 진익훈은 첫 번째 대변인을 맡아 일 년이라는 시간을 보냈다. 그리고 다시 이 년 만에 연대로 돌아왔는데 청와대와 언론 사이의 긴장은 여전히 팽팽했다. 그래도 기자들은 다시 돌아온 대변인을 따뜻한 박수로 맞아주었다.

이 층 브리핑룸에서 간단한 인사를 마친 후 진익훈은 일 층의 환담 장소에 자리를 잡았다. 브리핑룸에 비해 분위기가 훨씬 편안한 곳이었다. 곧바로 기자들의 질문이 이어졌다. 대체로 기자들은 마이크를 통한 문답을 꺼렸다. 자유롭게 환담하는 분위기에서 부담 없이 취재하고 싶어 했다. 그렇다고 해서 대변인까지 긴장을 늦추어서는 안 되었다. 춘추관 안이라면 어느 곳이든 상관없이, 대변인의 말 한마디에 실린 무게는 똑같았다.

"교육부총리는 언제 다시 임명하나요? 후보군이 압축되었다던데."

넘겨짚는 질문. 기자란 현실보다 한 걸음 앞선 미래를 쓰는 사람들이었다.

"글쎄요. 아직 압축되었다는 이야기 못 들었습니다."

진익훈의 답변은 짧다. 짧아야 오해의 소지가 없다. 입맛에 따른 해석을 차단할 수 있다.

"헌법재판소장 지명 절차에 하자가 있다고 야당에서 제기하는데, 청와대 입장은 뭔가요? 지명 철회할 생각은 없나요?"

야당의 공격에 대한 반응은 단골 질문이다. 대부분의 기삿거리가 여기서 나온다.

"어제까지 유지했던 스탠스와 다른 것 없습니다. 모든 건 그대로입니다."

새로워야 뉴스다. 기자는 뉴스 아닌 것에 반응하지 않는다.

"민정수석의 법무부 장관 기용 움직임에 대해 여당 대표가 반대한다고 공개적으로 말했는데, 대통령이 어떤 반응을 보이셨나요?"

예상한 질문이었지만, 답변까지 준비된 것은 아니었다.

"…"

진익훈이 답변을 머뭇거리자 다른 기자가 불쑥 나선다.

"대통령이 기사를 보시고 무척 화를 내셨다는데, 사실입니까?"

질문을 던진 기자를 진익훈이 응시한다. 속으로는 움찔했지만 겉으로는 애써 태연한 표정을 유지한다. 나중에는 가볍게 미소까지 짓는다. 대충 넘겨짚은 질문인지, 사실을 토대로 한 추궁인지 그사이에 파악을 끝내야 한다.

"특별한 반응 없었습니다."

"반응이 없다는 건 화가 나셨다는 뜻 아닌가요?"

정신 줄을 놓으면 안 된다. 무심코 답변하다가는 기자의 의도에 말려들기 십상이다.

"아닙니다. 어떻게 기사 한 건 한 건마다 반응하실 수 있겠습니까? 반응을 보이지 않으시는 게 대부분입니다."

그로서는 나름 최선의 답변이다. 이것으로 문답이 끝났으면 좋겠다고 생각하는 순간, 다른 기자가 틈을 비집고 들어온다.

"그러면, 대응할 가치가 없어서 그렇다고 해석해도 되겠습니까?"

"허허!"

진익훈의 너털웃음이다. 웃음의 이면에는 최적의 답변을 위한 치열한 모색이 있다. 무심코 고개를 끄덕였다가는 '여당 의견, 대응가치 없어'가 다음 날 기사 제목이 될 수도 있다. 이 정도가 되면 분명한 한마디가 필요하다. 기사가 나온 후에는 고치려고 해봤자 백약이 무효다. 사후약방문이다.

"당 대표의 이야기를 대응할 가치가 없다고 생각할 대통령이 있겠습니까? 이제까지 그런 대통령으로 알고 있었습니까?"

의표를 찌르는 역공으로 소모적인 질문 공세가 끝났다. 자리에서 일어난 진익훈이 춘추관 정문을 향해 걸어 나오자 막내 기자 몇몇이 뒤따라오며 묻는다. 이제부터는 공식성이 없는 가십성 질문이다.

"야당 김인수 대변인이 사석에서 진 대변인을 욕했다던데, 들었나요?"

걸음을 멈춘 진익훈이 정색하며 묻는다. 약간 상기된 표정이다.

"뭐라고 말했지요?"

"유약하고 정서가 불안한, 게다가 소신 없는 측근이라고…"

진익훈은 그냥 '씩' 하고 웃음을 지은 후 다시 걸음을 재촉한다. 그러면서 한마디를 남긴다.

"굉장히 강성이고 고집불통에 자기밖에 모르는 사람이로군요."

춘추관 정문 앞에 검은색 승용차가 대기하고 있다. 차에 타서 앉는 순간, 그곳까지 따라 나온 기자가 다시 묻는다.

"김인수 대변인과 고등학교 때 친구라는데 맞습니까?"

진익훈의 표정이 다시 굳어진다. 기자의 얼굴에서 이미 다 알고 있다는 표정을 읽는다. 체념한 듯 진익훈이 말한다.

"그게 무슨 기사가 됩니까? 초등학교 동창이기도 합니다."

"그럼 꽤 친한 친구였나 보네요."

차문을 닫고 잠시 머뭇거리던 진익훈이 차창을 내린 후 말한다.

"우리가 친한 사이였는지는 오늘 저녁에 물어보겠습니다. 고등학교 동창 모임이 마침 있는데, 거기 나온다고 하네요."

진익훈이 창문을 올리자 관용차는 곧바로 청와대 경내를 향해 출발했다. 김인수와의 전쟁이 시작된 느낌이었다. 그리고 네 시간 후.

　종로구청 인근의 한정식집에서 진익훈의 고등학교 동창들이 모였다. 고등학교 때의 친구라기보다는 대학에 들어와 더 가까워진 사이들이었다. 삼십 대에는 두 달에 한 번꼴로 만나기도 했지만 이제는 일년에 두어 차례 봄가을로 만나는 정도였다. 여름 휴가철임에도 이날은 특별한 사정으로 모임이 소집되었다. 신월건설에 다니는 친구가 부사장으로 승진하면서 축하를 겸해 자리가 마련된 것이다. 중견에서 대형건설사로 도약 중인 회사였다. 정기 인사철도 아닌데 단행된 파격적인 인사였다. 인사 배경이 며칠 동안 증권가 정보지에 오르내렸다. 진익훈도 여러 문건을 통해 항간의 소문을 확인해야 했다. 소문의 중심에 자신의 이름 석 자가 있기 때문이었다. 신월건설이 새로운 프로젝트를 추진하면서 현 정부와 큰 담판을 도모하려는 것, 그래서 진익훈을 염두에 두고 그의 친구를 발탁하여 전진 배치한 것 아니겠느냐는 추론이었다. 기분이 꺼림칙했다. 그러나 어디까지나 민간기업의 인사였다. 인사를 취소하라고 요구할 수도 없는 노릇이었다. 모종의 청탁이나 특혜가 오간 것도 아닌 상황에서 인사에 개입하는 한마디는 오히려 시비를 불러일으킬 것이 뻔했다. 그래서 참석 여부를 마지막 순간까지 망설였던 모임이다. 그러던 중 김인수가 나온다는 소식이 들리면서 진익훈은 참석으로 마음을 굳혔다. 불편하긴 하지만 이번 기회에 인사를 주고받는 게 좋겠다는 판단이었다. 그러는 편이 서로에게 도움이 되리라는 생각이었다. 그러면 최소한 동창 간에, 아니 어쩌면 친구 간에 험구를 주고받는 장면만큼은 만들지 않게 될 것 같았다. 진익훈이 식당에 도착했을 무렵에는 대부분의 친구가 이미 와서 기다리고 있었다. 주인공 격인 신월건설 부사장이 만면에 미소를 머금은 채 진익훈을 맞았다. 김인수의 모습은 보이지 않았다. 조금 늦는다는 연락이 있었다고 부사장 친구가 전해주었다.

모임의 주인공은 신월건설 부사장이었지만 대화의 주인공은 진익훈이었다. 청와대 대변인에 다시 임명되었다는 사실이 모두의 호기심을 끌었다. 부사장과 진익훈에게 축하주가 집중되었다. 순식간에 소주폭탄이 몇 순배 돌았다. 친구들은 진익훈을 향해 한마디씩을 쏟아내었다. 평소에 하고 싶던 말을 술의 힘에 실어 내보내는 것이었다.

"왜 그렇게 얼굴 보기 힘드냐? 높은 데 있을 때 잘해라! 우리 너무 무시하지 말고. 흐흐."

"야, 네 덕 좀 볼까 했더니 어렵구나. 게다가 우리 회사는 신월건설처럼 눈치코치도 없으니, 쯧쯧."

애정과 농담이 섞인 불평도 있었지만, 대놓고 도움을 청하는 부탁도 있었다. 사업하는 친구였다.

"익훈아! 제발 눈 딱 감고 전화 한 통만 해주라. 그렇게만 해주면 평생 먹고사는 건 내가 보장해주마."

이런 부탁에는 그저 웃음과 침묵이 명답이었다. 지난 삼 년 반 동안 진익훈이 체득한 노하우였다. 정색하고 대꾸할 필요가 없었다. 그런데 이날 진익훈은 무심결에 속내를 내비치고 말았다. 신월건설 부사장의 승진이 은연중 마음에 걸려 있던 터였다.

"청와대 나온다고 해서 뭐 벌어먹을 일 없겠냐? 걱정 안 해도 된다. 없으면 없는 대로 살지, 뭐!"

뜻밖에도 진익훈의 대답은 좌중의 소란을 불러왔다. 다들 마음속에 준비해둔 한마디가 있는 분위기였다.

"야, 진보는 밥 안 먹고 똥 먹고 사냐? 진보도 먹어야 할 수 있는 거야. 그렇게 깨끗한 척해서 뭐해. 자본주의 사회에서 운동하고 정치하려면 그것도 다 돈이야, 돈!"

"익훈아. 이젠 이데올로기가 없는 세상이야. 이런 세상을 바꿀 수 있는 건 결국 돈이야. 이젠 돈이 있어야 사람도 모을 수 있어. 이념이나 순수한 열정이 사람을 움직이던 시대는 이미 오래전에 끝났다고. 너희가 그러니까 만날 보수한테 지는 거야."

"세상이 다 그런 방식으로 돌아가는데, 너희만 아니라고 강변하고 있구나. 너희가 깨끗하게 하면 세상이 깨끗해질 것 같지? 절대 그렇지 않아. 결국 그 돈 다 누구한테 가겠냐? 보수나 정적들한테 가는 거 아니냐? 익훈아, 정신 차려라. 제발!"

아주 틀린 말은 아니었지만 그렇다고 쉽게 동의할 수 있는 말도 아니었다. 술기운을 빌린 비난과 충고가 계속 이어졌다. 진익훈도 술의 힘으로 최대한 방어했다. 사람이 취하고 술자리도 취해가던 순간, 김인수가 방문을 열고 들어섰다. 전주가 있었는지 역시 취기가 잔뜩 오른 얼굴이었다. 트레이드마크이기도 한 금테안경이 불빛을 강하게 반사했다. 진익훈으로서는 이 년 만의 만남이었다. 만날 기회는 많았지만 항상 엇갈리는 운명이었다. 일부러 서로를 피하는 것 같은 시간이었다.

　김인수가 친구들과 두루 악수를 나누는 동안 신월건설 부사장이 자신의 자리를 양보했다. 진익훈의 맞은편이었다. 김인수는 마다치 않았다. 그의 잔에 술이 채워지자 좌중은 '건배'를 합창했다. 탁자 끝으로 자리를 옮긴 부사장이 '진보와 돈'을 다시 화제에 올렸다. 이 기회에 친구들의 힘을 빌려 진익훈의 고집을 꺾어보자는 의도가 다분해 보였다. 김인수도 기꺼이 응원군이 되어줄 것으로 판단한 듯싶었다. 이야기를 들은 김인수는 곧바로 화제의 한가운데로 뛰어들었다.

　"애들은 정말로 돈이 싫은 건지, 아니면 싫어하는 척하는 건지 그걸 모르겠단 말이야."

　진익훈은 대꾸하지 않았다. 점점 더 소모적인 논쟁이 될 뿐이라는 생각이었다. 대답 없는 그의 얼굴을 흘끗 보더니 김인수가 좌중을 향해 한마디를 던진다.

　"야, 친구들아! 익훈이한테 연락을 안 하는 게 도와주는 거야. 그래야 애가 깨끗하게 양심껏 살 수 있는 거야. 가난하지만 행복하게 살고 싶다는데 도와줘야지. 우리가 뭐 비렁뱅이냐? 그렇게 살지 말자!"

　몇몇 친구가 인상을 찌푸렸다. 낮은 소리로 투덜거리는 친구도 있었다. 김인수는 아랑곳하지 않고 새 잔에 소주와 맥주를 들이부었다. 진익훈은 준비한 이야기를 해야 할 때라고 생각했다. 모임에 나온 목적을 달성하는 게 무엇보다 중요했다. 그러고 나서 분위기를 봐가며 조금 일찍 자리에서 일어날 요량이었다.

"대변인 다시 된 건 알고 있지? 어떻게 하겠냐? 또 너랑 나랑 공방을 벌여야 하는 처지가 됐다. 아무튼 험하게 하지 말고 점잖게 하자. 나 좀 도와줘라. 부탁이다."

진익훈의 청이 끝나기가 무섭게 김인수가 껄껄껄 웃으며 답한다.

"그럼, 그럼! 걱정 마라. 내가 어떻게 점잖은 진익훈과 험한 말을 주고받겠냐? 그래 봤자 나만 손해 아니냐? 내 이미지만 나빠질 텐데. 걱정하지 마라."

진심이 담긴 호응인지 그저 허세를 부리는 것인지 알 수 없었다. 그래도 진익훈은 일단 뜻을 전한 데 만족하면서 앞에 놓인 잔을 들고는 김인수에게 내밀며 건배를 권했다. 김인수가 자신의 잔을 세게 부딪치며 나지막하게 말했다.

"그런데, 익훈아. 너 조심해라."

"…?"

단숨에 잔을 비운 진익훈이 아무런 대꾸 없이 김인수를 응시했다. 방 안에 잠시 침묵이 흘렀다. 친구들의 시선이 김인수를 향했다.

"왜? 익훈이한테 무슨 일이 있는 거냐?"

금방 무슨 말을 할 듯싶더니 김인수가 뜸을 들였다. 그는 자신의 잔을 죽 들이켜고 나서야 입맛을 쩝쩝 다신 후 이렇게 말했다.

"검찰이 너희 잡으려고 아주 작정하고 있더라. 이건 아주 특급정보다. 내가 검찰 출신이다 보니 알 수 있는 정보야. 벌써 파일을 꽤 많이 만들어둔 모양이야. 물론 진익훈 너도 포함해서."

새삼스러운 것은 아니었다. 그럴 것이라고 이미 오래전부터 짐작해오던 터였다. 그래도 야당 대변인한테 그런 소리를 직접 들으니 진익훈은 불쾌함을 감출 수 없었다. 김인수가 계속 말했다.

"검찰은 너희 대통령이 취임한 뒤부터 자기들을 조롱한 것에 대해 일종의 원한 같은 게 있어. 따지고 보면 너희 대통령 때문에 '검사스럽다'란 쪽팔린 유행어도 생겨난 것 아니냐? 입장 바꿔서 생각해보면 이해할 거야. 그런 검찰이 가만히 있을 수 있겠니? 내가 검찰이라도 그렇겠다. 아무튼 대통령 임기가 끝나기만을 학수고대하는 분위기다."

김인수의 말을 계기로 화제는 다시 검찰로 넘어갔다. 다들 자기 말이 정답이라는 듯 한마디씩을 보탰다.

"그래, 맞아! 너희 대통령, 검찰을 장악해야지 왜 내버려 뒀는지 몰라. 결국 이렇게 힘없는 정부가 된 것 아니냐?"

"검찰도 억울하긴 할 거야. 지난날은 그렇다 쳐도 이번 대선자금 수사는 성역 없이 꽤 독립적으로 했잖아."

의견은 중구난방이었다. 검찰을 편드는 것 같기도 했고 대통령 편인 것 같기도 했다. 이제 검찰 출신 야당 대변인은 청와대 대변인을 향해 대놓고 공격을 퍼붓기 시작했다. 술이 무척 오른 모습이었다.

"너희 임진혁 대통령, 그 말 때문에 다 망했어. 말만 좋게 했어도 이렇게 감정들이 상하진 않았을 거라고. 학계에서도 법조계에서도 모두 혀를 끌끌 차고 있어. 말로 망할 천박한 대통령이라고."

더는 참고 있을 수가 없었다. 진익훈이 작정하고 말했다.

"지금 네가 말한 그 사람들, 원래가 그런 사람들 아니냐? 대통령의 말에 마음이 상한 사람들이 아니라 원래 이분이 대통령이 될 때부터 마음이 상해버린 사람들이야. 지금의 대통령을 단 한 번도 인정할 수 없었던 사람들이지. 왜? 자기들이 이 나라의 주류인데, 어디서 나타났는지 비주류 중의 비주류가 대통령이 된 거야. 그러니 말은 못 하고 속이 뒤틀려 있었던 거지. 이제 권력이 내리막길이니까 내놓고 이야기를 시작했을 뿐인 거야."

논쟁이 본격적으로 벌어졌다. 그러나 언제나 그랬듯 소모적인 논쟁이었다. 승부도 끝도 없는 이야기였다. 이해와 설득을 위한 대화가 아니었다. 더는 자리에 있을 필요가 없다고 진익훈은 판단했다. 그는 자리에서 일어났다.

"미안하다. 내가 새벽 여섯 시면 출근해야 하는 처지라서…."

"그래, 그래. 가야지. 우리가 너무 오래 붙잡고 있었나 보다."

친구들이 자리에서 일어나 진익훈을 배웅했다. 김인수는 여전히 자리에 앉은 채 악담을 계속했다.

"익훈아, 너희가 386 운동권의 이미지를 몽땅 버려놨어."

문을 나서던 진익훈이 뒤돌아보자 친구들이 등을 떠민다. 김인수의 취중진담이 이어진다.

"하지만 너희는 이제 끝이야. 끝이라고! 너흰 대통령 팬클럽 믿고 있나 본데, 사실 한 줌의 무리도 안 되잖니? 그리고 이젠 주변 사람들도 마지막 몇 개 남은 자릴 차지하려고 머릴 조아리고 있을 뿐이야. 올해가 지나고 줄 자리도 없어지면, 너희는 완전히 끝장이야. 너희 편은 아무도 없을 거다."

바깥으로 서너 걸음 나갔던 진익훈이 결국은 다시 방으로 돌아와 묻는다.

"그렇다 치고, 너는 도대체 왜 우리 대통령을 향해 그렇게 표독스러운 말만 퍼부어대는 거냐? 이제 좀 그만하면 안 되냐?"

친구들이 진익훈을 다시 밖으로 밀어낸다. 끌려 나온 진익훈이 구두를 신는 동안 방 안에서는 여전히 김인수가 소리치고 있다.

"진익훈, 그걸 네가 정말 몰라서 묻는 거냐? 알면서 그러는 거면 너는 정말 나쁜 놈이고, 몰라서 그러는 거면 정말 바보다."

신촌

초등학생 진익훈과 김인수가 와우산을 쏜살같이 오른다. 상수동 홍익대학교 뒷산이다. 뒤따라 올라오는 여자아이를 향해 익훈이 소리친다.

"빨리 와, 늦으면 자리 없어."

높은 산은 아니지만 그래도 경사가 제법 급하다. 저만치 처진 채 숨을 헐떡이는 민희연은 금방이라도 울음을 터뜨릴 듯한 표정이다. 그러나 익훈은 갈 길이 바쁘다. 그런 자신의 발목을 잡는 희연이 원망스럽기까지 하다. 그때 인수가 올라온 길을 다시 내려가 희연의 손을 잡아이끈다. 희연이 익훈을 향해 눈을 흘긴다. 가쁜 숨을 몰아쉬며 우여곡절 끝에 산꼭대기에 오른 세 명의 초등학생. 정상에서 남쪽으로 조금 떨어진 높은 비탈에 가까스로 자리를 잡고 앉는다. 이미 그곳은 먼저 올라온 사람들로 빽빽하다. 어른들은 가져온 신문지를 깔고 앉아 옆자리의 주인과 이야기를 나눈다. 아이들은 남는 신문지로 고깔모자를 만들기에 바쁘다. 소나무가 제법 우거진 산이라 햇볕이 직접 내리쬐는 곳은 거의 없다. 결국 고깔모자는 햇볕을 가리는 용도보다는 솜씨 자랑을 겸한 일종의 멋 내기다. 이제 남은 자리는 거의 없다. 명당은 아니지만 그래도 세 초등학생이 차지한 자리는 시야가 넓게 트여 있다. 인수도 얼른 고깔모자를 접어 희연에게 씌워준다. 멋보다는 혹시 위에서 떨어질지 모르는 송충이 때문이다. 유난히 벌레를 싫어하는 희연이었다.

"야, 너 그거 쓰니까 거지같이 생겼다."

익훈이 놀리자 희연이 입을 삐죽 내민다. 인수가 그런 익훈을 흘끗 쳐다보더니 깜짝 놀라며 말한다.

"익훈아, 네 머리에 송충이 기어간다."

익훈이 화들짝 놀라며 자리에서 일어나 머리를 턴다.

"어디? 어디?"

인수가 고소하다는 듯 크게 웃는다. 희연도 따라 웃는다. 서른다섯 해 전인 1971년. 시월 하고도 초하루, 국군의 날이다.

와우산 남쪽 비탈에 앉으면 한강 너머 여의도의 풍광이 한눈에 들어왔다. 여의도 백사장 뒤편으로는 웅장한 건물 하나가 조금씩 위용을 드러내며 자라나고 있었다. 직육면체 구조 위에 커다란 반구를 얹은 모양이었는데, 어른들은 시내의 국회의사당이 옮겨올 자리라고 했다. 은방울자매가 〈마포종점〉에서 노래했듯이 여의도에는 비행장도 있다고 했다. 그러나 멀리 와우산 자락에서, 그것도 아이들의 눈으로는 구분하기 쉽지 않았다. 강의 상류 쪽에는 그 무렵 완공된 서울대교가 물을 길게 가로지르고 있었다. 여의도와 마포를 잇는 다리였다. 다시 강물을 따라 서쪽으로 내려오면 또 하나의 다리를 만나는데, 제이 한강교였다. 다리의 북쪽 끝인 합정동에는 커다란 가위 모양의 유엔군 참전기념탑이 우뚝 서 있었다. 좋은 일이든 나쁜 일이든 마포와 신촌 일대에 큰일이 생기면, 아이들은 가장 먼저 와우산 꼭대기에 올랐다. 그곳에 오르면 많은 것을 볼 수 있었다. 멀리 북한산과 남산은 물론, 가까이 노고산과 연희고지도 보였다. 아이들은 서울대교가 개통되었을 때도, 동쪽 산자락의 아파트가 무너졌을 때도, 망원동 일대가 폭우로 물에 잠겼을 때도 이곳에 올라와 현장을 지켜보았다. 그리고 해마다 시월 국군의 날이 되면 여의도와 한강을 배경으로 펼쳐지는 공군 에어쇼를 보기 위해 이곳에 올랐다.

서교동, 동교동, 창전동 일대에 사는 주민들에게 에어쇼는 최고의 구경거리였다. 여의도 비행장을 이륙한 전투기들이 다양한 묘기를 선보일 때마다 산의 남쪽 자락에서는 환호와 함께 커다란 박수가 터져 나왔다. 하루도 쉬지 않고 시커먼 연기를 내뿜던 당인리발전소의 높은 굴뚝도 이날만큼은 팔짱 낀 모습으로 에어쇼를 관람했다. 위아래가 백팔십도로 뒤집힌 전투기가 한강의 물줄기를 따라 저공비행 하는 순간, 익훈은 희연의 손을 꼭 붙잡았다. 곡예비행에 정신이 팔렸는지 희연은 손을 내맡긴 채로 가만히 있었다. 그때였다. 두꺼운 무언가가 두 아이가 잡은 손을 내리쳤다. 인수의 주먹이었다. 놀란 익훈과 희연이 뒤돌아보니, 이미 인수는 저 멀리 도망가고 있었다. 아프다는 표정을 짓는 희연을 보고 익훈이 밝게 웃었다.

소가 누운 모습이라 해서 와우산이었다. 산은 봄가을로 세 아이의 놀이터가 되었다. 수업이 끝나고 집으로 돌아온 아이들은 책가방을 던져놓기 바쁘게 함께 산에 올랐다. 시민아파트 단지가 들어서면서 마침 산 중턱에 놀이터도 하나 생겼다. 8동 옆의 계단을 따라 오르면 놀이터가 나왔다. 그곳의 벤치에 앉아서 보면 신촌 로터리 일대의 풍광이 한눈에 들어왔다. 시계탑, 예식장, 시장 그리고 대학교들이 보였고 다시 왼편으로 눈을 돌리면 동교동 로터리와 연세맨션이 보였다. 세 아이는 신촌을 향해 그네를 굴렀다.

하루가 다르게 변하는 신촌이었다. 주저앉아버린 와우아파트의 비극이 있었고, 그것을 책임지고 만회하겠다며 마포구 국회의원에 도전한 전 서울시장이 있었다. 그는 일대의 모든 초등학생에게 책받침을 하나씩 나누어주었다. 거기엔 그가 자신의 별명인 불도저를 운전하는 모습이 그려져 있었다. 공짜 선물을 받은 아이들은 당연히 그가 국회의원이 될 것으로 생각했다. 결과는 낙선이었다. 열아홉 명의 국회의원을 뽑는 서울에서 여당은 한 군데를 제외하고 모두 떨어졌다. 어린 익훈의 머릿속에 '야당'이라는 두 글자가 강하게 아로새겨졌다. 김포공항에 내린 미국 대통령이나 유럽의 수상들은 신촌을 거쳐 시내로 향했다. 그때마다 인근의 초등학생들은 큰길가에 나가 검은 승용차의 행렬을 향해 태극기를 흔들어야 했다. 길 건너 연희동 넓은 벌판에는 새롭게 집들이 들어서기 시작했다. 최초의 맨션아파트인 연세맨션도 그곳에 자리했다. '맨손'으로 들어가 사는 곳이라 '맨션'이라 한다는 농담이 돌아다녔다.

와우산을 내려와 홍익대학교 앞에서 창천동 삼거리로 가다 보면 끄트머리에 와우육교가 있었다. 육교 밑에는 서강 쪽에서 온 두 개의 철길이 가로지르고 있었다. 하나는 당인리발전소로 향하는 것이었고 다른 하나는 수색을 거쳐 신의주로 연결되는 경의선이었다. 익훈과 희연은 이곳 철로 변에 살았다. 둘은 같은 대문 안에 살았다. 희연은 주인집 딸이었다. 익훈네 식구는 이 집에서 방 한 칸을 사글세로 빌려 살고 있었다. 여기서 다시 철길을 따라 동쪽으로 백여 미터를 가면 사람과 차가 통과하는 건널목이 있었다. 멀리서 기차가 다가오면 '땡 땡' 하고 경보음이 울린다 해서 '땡땡거리'로 불렸다. 철길 위로는 검은색 미카형 증기기관차가 하루에도 수십 차례 오갔다. 간간이 반듯하게 생긴 디젤형 기관차가 지나가는 일도 있었다. 기관차 뒤로는 텅 빈 객차들이 붙어 있기도 했고, 시멘트를 운반하는 화물열차도 꽤 많았다. 석탄을 실은 기차도 있었는데 주로 당인리발전소로 가는 것이었다. 근처인 서강에는 연탄공장이 있었다. 증기기관차는 그곳의 석탄을 부지런히 당인리발전소로 실어 날랐다. 그때마다 기관차가 내뿜는 검은 연기가 서교동과 창전동 주택가를 뒤덮었다. 온통 검은색뿐이었다. 기름보다는 석탄이던 시절이었다.

　희연의 집은 철로 변 한옥이었다. 부엌도 화장실도 모두 재래식이었다. 양옥이 유행을 타기 직전에 지어진 집이었다. 익훈의 방 앞쪽으로는 두레박으로 물을 긷는 우물도 있었다. 와우육교 밑에서 땡땡거리까지 늘어선 여남은 채의 집은 모두 비슷비슷했다. 희연에게는 남동생이 하나 있었다. 아버지는 의사였다. 동교동 로터리 근처에서 내과를 개업하고 있었다. 철로 변 집들 가운데 그래도 제일 반듯했고 식구들의 입성도 좋았다. 익훈은 직업군인인 아버지, 부업으로 생계를 돕는 어머니 그리고 두 살 터울인 형과 함께 북쪽의 작은 방에서 살았다. 마루로 통하는 문을 잠가둔 채, 비교적 큰 창문 밑에 나무로 만든 계단을 붙여놓고 출입했다.

두 개의 철길을 넘으면 작은 도랑 건너 야트막한 비탈이 있었다. 비탈 위로는 서너 채의 이층집이 나란히 들어서 있었다. 한가운데에 새로 지어진 이 층 양옥이 김인수의 집이었다. 슬래브 지붕에 차고까지 있었다. 목조 대문의 정중앙에는 철제 사자머리가 커다란 고리를 입에 물고 있었다. 인수 아버지는 서교동 인근에서 일종의 건설업을 했다. 주로 여러 가지 벽돌을 만들어 팔았는데 직접 집을 짓기도 했다. 신촌 일대가 새롭게 주택지로 개발되고 있던 터라 수요도 제법 많아 어렵지 않게 돈을 벌고 있었다. 대문을 열고 들어서면 푸른 잔디가 먼저 눈에 들어왔다. 인수의 집에 놀러 갈 때면 익훈은 잔디로 된 마당 앞에서 쭈뼛거리곤 했다. 와서는 안 될 곳에 온 아이처럼 머리털이 곤두서기도 했다. 집 안으로 들어가 계단을 오르면 인수의 방이 있었다. 따로 공부방이 있는 것도 신기했고, 침대에서 자고 일어나면 이불을 개지 않아도 된다는 사실도 부러웠다. 모두가 부러운 것들뿐이었다. 구슬과 딱지부터 장난감 자동차에 자전거까지, 부족함이 없는 인수를 볼 때마다 익훈은 주눅이 들곤 했다.

그럴 때마다 익훈은 엄마의 저금통에서 오 원짜리 동전을 하나씩 훔쳤다. 일 원에 일곱 개를 주는 번데기 모양 과자를 사 먹기도 하고, 십 원이 모이면 구슬이나 동그란 딱지를 사기도 했다. 그러던 어느 날 저금통 무게가 가벼워진 것을 알아챈 어머니에게 호되게 매를 맞았다. 종아리에 시퍼런 멍이 생겼다. 그 모습을 본 희연이 다음 날 익훈에게 십 원을 건네주었다. 익훈은 그 돈을 가지고 구멍가게로 달려가 '방다마'라는 구슬을 샀다. 투명한 유리 속에 다양한 색깔의 띠가 멋지게 휘어져 있는 구슬이었다. 띠가 세 개면 삼방다마였고 네 개면 사방다마였다. 인수에게는 이런 구슬이 셀 수 없이 많았다. 익훈은 모처럼 도전장을 내밀었다. 인수의 구슬을 모두 따먹겠다는 욕심으로 충만했다. 그러나 익훈은 처음부터 인수의 상대가 아니었다. 갖고 있는 구슬의 숫자도 차이가 큰 데다 홀짝이나 '으치니쌈' 실력도 상대가 되지 못했다. 몇 분 사이에 익훈은 새로 산 구슬을 모두 잃고 말았다.

공부를 빼놓으면 익훈은 인수보다 잘하는 것이 없었다. 체력도 선천적으로 약했다. 뜀박질은 항상 꼴등이었다. 자전거나 스케이트는 살 형편이 못 되었다. 집에 텔레비전도 없다 보니 친구들의 이야기에 잘 끼어들지도 못했다. '타잔' 흉내라며 '아아아아—'를 따라 해보긴 했지만 그게 어떤 상황에서 필요한 외침인지는 몰랐다. '빛나는 해골은 정의의 용사'라며 〈황금박쥐〉 노래를 따라 부르면서도 왜 하필이면 '해골'이나 '박쥐'가 우리 편인지 고개를 갸우뚱했다. 그러나 라디오에 관한 한 익훈이 최고였다. 그의 식구들은 매일 저녁 소형 라디오를 켜놓고 밤늦도록 듣다가 잠이 들었다. 겨울이면 네 식구가 아랫목 이불 속에 몸을 파묻고는 '형사 기정수 시리즈' 등 연속극에 빠져들었다. 라디오는 무엇보다 유행가였다. 익훈은 노래들이 좋았다. 최희준의 〈하숙생〉은 물론, 박건의 〈그 사람 이름은 잊었지만〉, 거기에 히식스의 〈초원의 사랑〉, 김추자의 〈거짓말이야〉에 이르기까지 장르를 불문하고 두루 섭렵했다. 타고난 음치라 솜씨는 형편없었지만, 그래도 가사만큼은 한 글자도 틀리지 않고 따라 불렀다. 텔레비전을 볼 기회도 가끔 있었다. 박치기왕 김일이 프로레슬링을 하는 날이었다. 옆집 아주머니가 텔레비전을 동네에 개방했다. 어른 아이 할 것 없이 옆집으로 몰려들었다. 안타깝게도 그런 행사는 오래가지 못했다. 마음씨 좋던 아주머니가 아저씨의 바람기를 원망하는 유서를 남긴 채 와우산에서 목을 맨 시체로 발견되면서였다. 여름밤이면 더위를 잊기 위해 철로 변에 삼삼오오 모여 정겹게 이야기를 나누던 풍경도 덩달아 사라지고 말았다.

기찻길은 아이들에게 또 다른 놀이터였다. 아이들은 철로 위에 큰 못을 올려놓고 기차가 지나가기를 기다렸다. 육중한 쇠바퀴에 짓눌려 납작해진 못은 손을 갖다 댈 수 없을 정도로 뜨거웠다. 위험한 장난도 있었다. 수색이나 당인리로 향하는 증기기관차가 땡땡거리 근처에서 기적을 울리며 시야에 들어오면 두 개의 철로를 횡단해 돌아오는 장난이었다. 달리 자랑할 게 없던 익훈은 이 장난만큼은 항상 앞장서곤 했다. 결국은 사달이 나고 말았다. 평소 아이들의 위험천만한 행동을 괘씸하게 여기던 기관사가 익훈을 기차에 싣고 가버린 것이었다. 일종의 납치였다. 잡혀가는 기차 안에서 익훈은 일 년 치 울음을 쏟아내었다.

동네는 난리가 났다. 군인장교였던 익훈의 아버지가 퇴근 후 이야기를 듣자마자 백방으로 아들을 수소문했지만 오리무중이었다. 그 무렵 서강 방향에서 철로를 따라 진익훈이 울면서 돌아왔다. 기관사가 기차 편으로 근처에 데려다주고 돌아간 것이었다. 아이를 다시 찾은 기쁨에 익훈의 부모는 차마 야단칠 생각조차 하지 못했다. 그날 누구보다 걱정하며 익훈을 기다린 사람이 있었다. 주인집 딸 희연이었다. 눈물, 콧물이 범벅되어 나타난 익훈을 보자마자 희연이 말했다.

"다시는 내가 걱정하며 기다리게 하지 마!"

사춘기

봄이면 축대 위로 이어진 초등학교 담장을 따라 개나리꽃이 활짝 피어나 숲을 이루었다. 그 숲에서 놀다가 축대에서 뛰어내리기를 몇 차례 하다 보면 여름이 찾아왔다. 여름은 '아이스케키'의 계절이었다. 학교 수돗가에서 아무리 물로 배를 채워도 문방구 앞에 놓인 아이스케키 통을 마주하는 순간에는 또 다른 갈증이 몰려왔다. 뚜껑을 열어 보는 것은 누구에게나 주어진 자유였지만, 꺼내는 것은 몇몇 아이에게만 주어진 권리였다. 주머니 사정이 여의치 않은 익훈은 옆에서 군침만 흘렸다. 그래도 그는 그 자리를 쉽게 떠나지 않았다. 누군가를 하염없이 기다리는 모습이었다. 집으로 가는 희연을 마주치기라도 하면 공짜로 얻어먹는 횡재를 누릴 수 있었다.

익훈의 아버지는 청렴한 군인이었다. 그 시절 청렴함의 대가는 가난이었다. 살림살이는 좀처럼 나아지지 않았다. 세상 모든 곳이 개발되던 시절이었다. 일꾼은 건축 현장에서, 기술자는 중동에서, 돈을 버는 일에 여념이 없었다. 아버지의 돈벌이는 아들딸의 학업에 큰 영향을 미쳤다. 중학교 진학을 육 개월 앞두고 인수와 희연은 과외공부를 시작했다. 완전정복 시리즈를 손에 든 두 아이는 날마다 홍대 앞 건물의 옥탑방을 드나들었다. 이제 더는 함께 뛰어놀 시간이 없었다. 집에 돌아온 익훈은 형이 보던 낡은 완전정복을 뒤적였다. 알파벳을 써보기도 했고 합집합과 부분집합의 개념을 익히기도 했다. 인수 아버지의 건설업은 날로 확장되고 있었다. 동교동 로터리 인근에 새로 들어선 오 층 건물이 인수네 것이라는 소문이 파다하게 돌았다. 얼마 후 희연 아버지의 내과가 이 건물로 옮겨왔다. 희연 아버지의 병원도 규모를 불려나가고 있었다. 건물 전체가 희연 아버지의 병원이었다. 며칠 후, 집에 돌아온 익훈은 대문 앞에 정체불명의 승용차가 서 있는 걸 보고 어머니에게 물었다.

"희연네 자가용이란다."

짧은 대답과 함께 익훈의 어머니가 조용히 그러나 길게 한숨을 쏟아내었다. 중학생이 된 익훈의 형이 아는 척을 했다.

"바보야, 코티나도 몰라? 저게 바로 코티나야!"

정말 바보가 된 기분이었다. 이제까지 느껴보지 못한 차별감, 아니 열등의식 같은 것이 갑자기 익훈의 가슴속으로 파고들어 왔다. 이런 느낌은 처음이었다. 자신이 사는 공간은 희연과는 전혀 다른 세상이었다. 해진 양말에 남루한 옷차림으로는 그 승용차 속에 앉아볼 일도 없을 듯싶었다. 그 안에 앉아 있을 희연의 모습을 생각하자 자신이 한없이 초라해 보였다. 어쩌면 원래부터 그랬던 것일 수 있었다. 뒤늦게야 현실을 깨우치고 세상의 이치를 조금 깨달은 데 불과한 것일 수 있었다. 하지만 초라함이든 차별감이든 열등감이든, 그것은 아무래도 좋았다. 분명한 사실이 하나 있었다. 희연과 자신은 이제 더는 지금처럼 가깝게 지낼 수 있는 사이가 아니라는 사실이었다.

어린 익훈이 자신의 현실을 뒤늦게야 깨닫게 된 데는 그럴 만한 이유가 있었다. 희연의 마음 씀씀이였다. 익훈에게 희연은 부자 주인집의 딸이 아니었다. 그저 둘도 없는 친구였다. 영하의 겨울이 오면 동네 아이들은 연세맨션 앞 공터에 조성된 스케이트장으로 몰려갔다. 남자아이들의 어깨에는 '전승현'이나 '세이버'라는 이름의 스케이트화가 매달려 있었다. 희연에게도 물론 피겨스케이트가 있었다. 그러나 희연은 좀처럼 스케이트장에 가지 않았다. 스케이트화를 제대로 구경조차 하지 못한 익훈에 대한 미안함 같은 것이 있었다. 그런 희연의 마음을 아는지 모르는지 인수는 언제나 대문을 쾅쾅 두드리며 같이 가자고 조르는 게 일이었다. 희연은 한 번도 꼼짝하지 않았다. 그렇게 알게 모르게 생각해준 마음 씀씀이 덕분에 익훈은 언제나 희연을 곁에 있을 친구로 생각했다. 그리고 마침내 익훈은 알게 된 것이다. 그렇게 당연하게 생각해왔던 것이 결코 당연한 것이 아니었음을.

그날 저녁, 더욱 절망적인 소식이 그를 기다리고 있었다. 저녁 무렵 익훈의 아버지가 퇴근하고 돌아오자 어머니가 말했다.

"희연이네가 맞은편 이층집으로 이사를 간다는군요. 집이 곧 팔릴 것 같으니 우리도 이사 갈 곳을 알아보랍니다."

익훈의 귀가 번쩍 뜨였다. 초등학생이 되기 전부터 육 년 이상을 살아온 집이었다. 가족보다는 못하지만 그래도 가족에 가까운 이웃이었다. 별일 없이 오래오래 같이 살 것으로 생각했던 것도 착각이었다. 익훈은 이것저것 물어볼 게 많았지만 어떤 대답이 돌아올지 몰라 두려웠다. 궁금증을 감춘 채 그는 그냥 잠자리에 들었다. 잠은 오지 않았다. 말똥말똥 뜬 눈으로 천장만 바라보고 있는 익훈에게 어머니가 말했다.

"희연네는 인수네 옆집으로 가고, 인수네는 연희동에 더 큰 집을 지어 이사를 간다는구나."

어머니가 더없이 다정하게 이야기했다. 낮에 희연네 자가용을 이야기할 때처럼 한숨을 내쉬지도 않았다. 혹시라도 막내가 상처를 받을까 봐 신경이 쓰이는 듯했다. 익훈은 대답하지 않고 계속 천장만 쳐다보았다. 한참을 그렇게 있던 익훈이 조심스럽게 물었다.

"우리는 어디로 이사 가는 거야?"

어머니가 물어볼 줄 알았다는 표정을 지었다. 역시 다정한 음성으로 대답했다.

"낮에 잠깐 알아보았는데, 요 옆 땡땡거리 근처로 갈 것 같구나."

익훈이 큰 숨을 길게 내쉬었다. 멀지 않은 곳이었다. 가까운 데 살면서 매일 보면 섭섭함도 훨씬 덜할 것이었다. 어머니가 방의 불을 끄자 익훈은 갑자기 쏟아지는 잠에 빠져들었다.

새봄, 세 친구는 신촌 일대의 중학교로 각자 진학했다. 같은 학군 안에 있는 남녀 중학교였다. 마침 이화여대를 중심으로 주변에 있는 학교들이었다. 희연은 이대 후문의 여자중학교, 인수는 역시 이대 후

문 근처의 남녀공학이었다. 익훈은 이대 정문 맞은편에서 조금 떨어진 곳에 있는 남자중학교에 들어갔다. 희연은 익훈이 남녀공학에 추첨되지 않아서 다행이라고 말했다. 인수가 이유를 묻자 희연이 답했다.

"아무래도 남녀공학인데, 공부가 제대로 되겠니? 익훈이는 나중에 좋은 대학교 가야 하는데…."

인수가 주먹을 불끈 쥐더니 여봐란듯이 말했다.

"내가 남녀공학에서도 좋은 대학교에 갈 수 있다는 걸 보여줄게. 걱정하지 마."

초등학교를 막 졸업했지만 그들의 당면과제는 육 년 후의 대학 입시였다. 세 친구는 각자의 공부에 몰두해야 했다. 날이 갈수록 심해지는 부모들의 압박을 이겨낼 재간이 없었다. 대학 입시는 앞으로 살아갈 자기 인생의 품질을 결정하는 시험이었다. 인수와 희연은 저녁을 과외 공부로 보냈고, 익훈도 열심히 참고서를 뒤적거렸다. 그래도 세 친구는 한 달에 한 번꼴로 와우산 놀이터에서 만나 안부를 주고받았다.

세 친구의 집은 비슷한 시기에 이사했다. 희연은 인수네 옆집이었고, 인수네는 연희동에 새로 지은 집이었다. 익훈네 식구는 결국 땡땡거리 근처에서 방을 구하지 못해 와우산 중턱으로 올라갔다. 시민아파트를 오르내리는 차들로 붐비는 길가의 집이었다. 조금 멀리 떨어지긴 했지만 인수의 부모는 와우육교 인근 동네를 자주 찾았다. 건설 관련 일을 하다 보니 동네 주민들을 많이 알고 지내는 편이었다. 그때마다 인수의 부모는 희연네 집을 빼놓지 않고 찾았다. 그동안의 인연도 인연이었지만, 이미 오래전부터 희연과 그 집안에 특별한 관심을 보여 온 터였다. 특히 희연에 대한 관심이 남달랐다. 딸이 없는 집안이라 당연한 관심일 수도 있었지만, 그 수준을 훨씬 뛰어넘는 애정이 엿보였다. 그런 사랑을 받기까지는 희연의 귀여운 외모와 착한 성격도 한몫을 했다. 수줍은 표정에 아이답지 않은 단정함도 있어 동네 어른들이 무척 귀여워하는 존재였다. 인수의 부모는 거기서 한 걸음 더 나아갔다. 그들이 희연을 바라보는 시선에는 아들의 친구, 그 이상을 대하는 감정 같은 게 묻어 있었다.

"인수네는 아무래도 희연이를 며느릿감으로 생각하나 봐."

동네 아주머니들 사이에서는 이런 농담 아닌 농담이 수도 없이 돌고 돌았다. 인수네 부모는 희연네 집안의 배경에 대해서도 큰 관심을 보였다. 우선 희연 아버지의 병원이 무럭무럭 성장하고 있다는 사실에 마음이 끌렸다. 그리고 명문대 출신인 희연 아버지가 갖고 있는 폭넓은 인맥도 각별한 관심의 대상이었다. 건설업을 하는 인수 아버지는 희연 아버지를 통해 정·관계의 실력자들을 가끔 소개받곤 했는데, 그것이 사업을 확장하는 데 큰 도움이 되는 모양이었다. 희연의 집안에서도 인수네 부모의 호의가 싫지는 않은 듯했다. 어쨌든 인수 아버지는 맨주먹으로 시작해 자수성가한 끝에 큰 회사를 일구어낸 장본인이었다. 수완도 좋고 대인관계도 좋아 만나는 사람들에게 두루 호평을 받는 사람이었다. 시집을 보낼 수만 있다면 마다할 이유가 없었다. 한 가지 아쉬움이 있다면 인수의 학교 성적이었다. 공부도 제법 열심히 하고 집에서도 뒷바라지를 꽤 하는 것 같은데, 좀처럼 반에서 십

등 안으로 들어오지 못했다. 못하는 것은 아니었지만 익훈에 비하면 한참 뒤처지는 실력이었다. 그것만 빼면 마음에 안 드는 구석이 하나도 없는 인수였다. 아버지를 닮아서인지 튼튼하고 활발했고 인사성도 밝았다. 소심하고 겁도 많은 데다 표정까지 우울한 익훈에 비하면 훨씬 마음이 끌렸다. 가끔은 희연이 인수와 단둘이 놀아주기를 바라기도 했지만 그것은 어디까지나 부모의 욕심이었다. 부모의 마음과 달리 희연의 관심은 언제나 익훈이었다. 이제 막 중학교에 올라온 나이였지만, 희연은 매사에 익훈을 먼저 생각했다. 익훈에게만큼은 많은 것을 베풀고 양보했다. 확실히 남다른 관심이었다. 가난하지만 열심히 공부하는 모습에 대한 동정과 배려인 것으로 받아들이고 싶었다. 커서 대학에 들어가면 지금의 생각과 느낌도 현실적으로 바뀔 것으로 기대하는 수밖에 없었다. 때로는 익훈에 대한 무한한 연민과 동정을 보며 정말 '착한 딸'이라는 생각에 기분이 묘해지기도 했다. 대견하기도 했고 그래서 가슴이 뭉클해지기도 했다. 그리고 세상일은 알 수 없는 것이었다. 익훈이 지금처럼 계속 공부를 잘한다면, 서울대 법대에 들어가 사법시험에 합격한 후 판·검사가 되는 것은 떼어 놓은 당상이었다. 그런 사위를 얻는 것도 나쁘지는 않다는 생각이었다.

아무튼 익훈은 공부에 관한 한 최고였다. 익훈의 부모가 미래를 희망으로 맞이할 수 있는 유일한 근거였다. 형편이 되는 한 모든 것을 쏟아부을 작정이었다. 일단은 앞으로의 육 년이 중요했다. 그래서 서울대 법대에 들어가기만 한다면 성공의 절반을 이루는 셈이었다. 익훈의 부모는 지긋지긋한 가난도 앞으로 육 년뿐이라는 기대로 하루하루를 버틸 수 있었다. 그 후로는 가난하더라도 결코 가난을 느끼지 않을 것이었다.

    그해 여름, 중학교 1학년인 세 친구는 동대문야구장에서 목이 터져라 응원을 하고 있었다. 봉황대기 고교야구 결승전이었다. 지난봄에 대통령배를 거머쥔 기동력의 대구상고가 막강한 투수력을 가진 배재고와 맞붙었다. 익훈은 대구상고를 응원하고 있었다. 대통령배에서 우승할 때부터 팬이 되었다. 한마디로 잘 치고 잘 달리는 팀이었다. 루상에 주자가 나가면 무조건 도루였다. 반면 인수는 배재고 편이었다.
    "야, 서울사람이면 서울 팀을 응원해야지. 대구 팀은 대구사람들이 응원한다니까."
    익훈의 생각은 다르다.
    "나는 그런 거 상관없어. 실력 있고 재밌게 하는 팀이 좋아. 대구상고 봐라. 장효조, 이승후, 김한근. 칠 때마다 타구가 쭉쭉 뻗어 나가지 않냐?"
    인수가 반론을 전개한다.
    "야, 너는 야구를 몰라. 야구는 역시 투수야. 투수가 좋은 팀이 잘하는 팀이다. 하기룡처럼 저렇게 강속구를 가진 투수가 최고야."
    희연은 누구의 편도 들지 않았다. 그냥 야구장의 분위기가 좋았고 창공을 가르며 나는 공이 좋았다. 그리고 이렇게 친구들과 시간을 함께 보낼 수 있다는 게 좋았다. 치열한 접전 끝에 봉황대기는 대구상고의 품으로 돌아갔다.

집으로 돌아오는 길, 배고픈 세 명의 중학생은 종로의 분식집을 찾았다. 종로 거리는 지하철 공사로 무척 어수선했다. 통만두를 시켜 먹으며 대화를 주고받는다. 인수가 먼저 이야기한다.

"야, 우리 기타 좀 배우지 않을래? 우리도 어니언스처럼 듀엣이나 트리오로 노래를 부르면 어떨까?"

인수가 짐짓 기타 치는 시늉을 하며 제법 가수 흉내를 낸다.

"목이 메어 불러보는…."

황규현의 〈애원〉이다. 고음도 능숙하게 그리고 간드러지게 넘어간다. 익훈과 희연의 두 눈이 동그래지며 서로를 마주 본다. 미처 실력을 몰라봤다는 표정이다.

"이 노래는 연습이다."

인수는 '내 마음을 아시나요'라는 대목에 엉뚱한 가사를 집어넣어 능청맞게 부른다. 익훈과 희연이 싱거운 표정으로 웃는다.

"너, 노래 잘하는구나. 난 노래가 절대 안 돼. 가수는 하고 싶어도 못 해."

익훈이 약간 풀이 죽은 목소리로 말하자, 인수가 가볍게 응수한다.

"그건 그래, 넌 정말 노래가 안 돼. 그럼 하는 수 없지. 나랑 희연이랑 듀엣으로 라나에로스포를 하는 거야. 자, 사랑해 당신을 정말로 사랑해."

이번에는 '사랑해' 타령이다. 기타 흉내도 예사롭지 않은 솜씨다. 꽤나 시간을 투자한 실력으로 보인다. 희연이 인수를 보며 말한다.

"정말 가수 할 건가 보네. 나도 기타를 배우고 싶긴 한데, 엄마 아빠가 반대해서 포기했어."

인수가 기타 흉내를 접고는 정색하며 묻는다.

"그럼 너는 커서 뭐 할 거니? 아니 대학교를 무슨 과로 갈 거냐?"

희연이 익훈의 눈치를 살피며 조심스럽게 대답한다.

"나는 국문과. 거기 나와서 작가가 될 거야. 소설이든 수필이든 쓰는 작가."

익훈과 인수가 고개를 끄덕였다. 희연은 익훈을 빤히 쳐다본다. 너도 어서 이야기하라는 뜻이다. 익훈이 머뭇거리자 희연이 참지 못하고 말한다.

"너는 법대 갈 거지? 법대 나와서 검사 할 거지? 꼭 그래야 돼!"

희연이 재촉하듯 묻는다. 인수가 못 봐주겠다는 듯 끼어든다.

"그건 당연한 거야. 말할 필요도 없는 거고. 익훈이는 그거 아니면 다른 거 할 게 없어."

기분이 상했는지 익훈이 닫혀 있던 입을 뗀다.

"그럼 너는 뭐 할 건데? 진짜로 가수 할 건 아니잖아?"

김인수가 '하하하' 웃더니 익훈과 희연을 번갈아 보며 말한다.

"나는 국회의원 할 거야, 국회의원. 지난번 마포 국회의원 선거 때 서울시장 책받침 받으면서 결심했다. 꼭 국회의원 돼서 내 얼굴 들어간 책받침 초등학생들에게 나누어줄 거다."

뜻밖의 답변에 익훈과 희연이 웃음을 터뜨렸다. 이야기를 해놓고 민망했는지 인수도 함께 웃었다.

대학 입시

세 친구는 고등학교 2학년이었다. 익훈과 인수는 고등학교에서 다시 만났다. 한 학교에서 대여섯 명만 배정되는 공동학군의 학교였다. 둘은 '운명의 장난'이라며 농담을 주고받았다. 서대문 인근의 학교였는데 명문은 아니었다. 고교 입시가 폐지되었기 때문에 지난날 명문이 중요한 것은 아니었다. 어쨌든 초등학교의 인연은 고등학교로 이어졌다. 삼 년이라는 시간의 공백이 가져다준 서먹함이 조금은 있었다. 그래도 둘은 여전히 가까운 친구였다. 한 달에 한 번꼴이던 희연과의 만남은 어느덧 석 달에 한 번 정도로 줄어들긴 했지만, 여전히 계속되고 있었다. 희연은 졸업한 여중의 상급 고등학교로 진학했다. 같은 교정을 육 년 동안 다니는 셈이었다.

고등학교란 대학이라는 목적지로 건너가기 위한 다리와도 같은 곳이었다. 건너는 기능 외에는 아무런 의미가 없는 공간이었다. 오로지 앞만 보고 달리는 구간이었다. 세 친구의 머릿속에는 오로지 대학뿐이었다. 고교 삼 년의 모든 것은 대학으로 통했다. 익훈의 성적은 반에서 선두를 다투었다. 그러나 전국 석차로 따지면 서울대 법대를 가기에는 부족한 실력이었다. 반면 인수는 고등학교에 입학한 후 성적이 일취월장했다. 꾸준히 계속해온 과외공부가 효과를 보는 듯싶었다. 2학년 봄에 치러진 모의고사에서는 인수가 익훈을 추월하기도 했다. 희연 역시 공부로 날이 새고 공부로 날이 저무는 일상이었다.

2학년 겨울방학이 시작되었다. 세 친구는 점심을 같이 먹기 위해 모처럼 종로에서 만났다. 세모를 앞둔 종로의 거리는 사람들로 붐볐다. 거리 곳곳의 음악사에서 틀어놓은 캐럴이 때마침 내린 눈과 어우러져 성탄절 전야의 정취를 더해주었다. 거리에는 언제나 음악이 흘렀다. 지난여름 이 거리에서 가장 많이 울려 퍼진 노래는 단연 아비와 진추하의 〈원 썸머 나잇〉이었다. 그리고 가을에는 이글스의 〈호텔 캘리포니아〉였다. 종로는 한국 노래보다 팝송이었다. 익훈은 이날도 종로 YMCA 뒤편 학원가에서 강의를 들었다. 인수와 희연은 여전히 연희동 과외를 하고 있었기 때문에 달리 학원에 다니지는 않았다. 학원은 인기 강사 몇몇을 중심으로 수강생이 차고 넘쳤다. 강사별로 편차가 심한 편이었다. 익훈도 제법 유명한 영어 강사의 강의를 등록했다. 학생만 이백 명이 넘었다. 소란스럽고 산만했다. 인기 강사는 수강생을 더 확보하기 위해 다양한 방법을 활용했다. 그래서 강의 절반이 유머로 채워졌다. 사실 익훈은 혼자 공부하는 것이 더 좋았다. 《정통종합영어》나 《수학의 정석》 또는 《영문해석연습 1200제》 등 참고서에 파묻혀 문제를 해석하고 풀어봐야 오히려 머릿속에 남았다. 그럼에도 학원에 다니는 것은 순전히 부모의 강권 때문이었다. 남들처럼 과외를 시켜주지 못하는 부모님은 익훈이 단과반 학원이라도 다니는 것을 보고 나서야 마음을 놓는 눈치였다.

약속 장소는 학원가 골목의 작은 분식집이었다. 학원 수업을 마친 익훈이 먼저 와 기다리고 있자 잠시 후 인수와 희연이 함께 모습을 나타냈다. 털모자에 벙어리장갑으로 중무장한 희연의 두 볼이 얼어 있었다. 눈 온 뒤의 겨울 날씨가 제법 매서웠다. 익훈은 털모자를 벗은 희연의 얼굴을 물끄러미 쳐다보았다. 발개진 얼굴 위로 문득 어린 시절의 모습이 겹쳐 올랐다. 이제 희연의 얼굴 어디에도 옛날은 남아 있지 않았다. 두 갈래로 땋은 머리만 아니라면 고등학생이라는 사실이 믿기지 않을 정도로 성숙해 보였다. 변하기는 인수나 익훈도 마찬가지였다. 최근 삼 년, 시간은 세 친구의 얼굴을 구석구석 바꿔놓았다. 인수는 털스웨터에 두툼한 점퍼를 입고 있었다. 그의 아버지가 연상되는 차림이었다. 이젠 풍모도 꽤 비슷했다. 코밑은 물론 턱밑까지 검은 수염이 꺼칠했고 얼굴 가득 여드름이 만개했다. 중학교에 들어갈 때만 해도 귀공자 티를 벗지 못하던 인수였다. 고등학교에 들어와 끼기 시작한 금테안경이 거칠어진 이미지를 그나마 상쇄해주는 소품인 셈이었다. 익훈은 자신만이 여전히 앳된 모습으로 남아 있다고 생각했다. 익훈이 시켜놓은 라면이 먼저 나왔다. 인수가 말한다.

"익훈아, 우리 영화 보러 가지 않을래? 〈겨울 여자〉 어떠냐? 애들이 재미있다고 하던데."

영화 이야기가 나오자, 익훈은 대답도 하지 않은 채 젓가락으로 라면을 듬뿍 집어 올리고는 후욱 하고 불어댄다. 인수의 옆자리에 앉은 희연이 말한다.

"그건 미성년자 관람 불가잖아. 걸리면 어떡하려고?"

"야, 우리 사복 입으면 다 몰라본다? 어른인 줄 알 거야. 내 친구들은 거의 다 봤던데, 뭘!"

여전히 관심이 없다는 듯 익훈은 라면만 입으로 가져갈 뿐이다. 인수가 체념한 듯 말한다.

"희연아, 우리 만났으니 통만두 시켜야지? 오늘은 내가 살게."

인수는 여전히 활발하다. 두 달 후면 3학년이 된다는 중압감도 인수에게는 큰 문제가 아닌 것처럼 보였다. 희연이 인수를 향해 고개를 끄덕이고는 곧바로 익훈에게 시선을 돌린다. 궁금한 게 사뭇 많은 표정이다.

"너 어느 대학교로 갈지 정했어? 어느 대학 무슨 과야?"

대학 입시는 학력고사 점수에 학교별 본고사 점수를 더해 당락을 결정했다. 본고사가 절반의 비중인데, 본고사 과목은 대학마다 달랐다. 국어, 영어, 수학이 기본이었지만 거기에 더하여 국사와 윤리까지 치르는 곳도 있었다. 본고사 준비를 위해서도 고3이 되기 전에 지원할 학교를 정해둘 필요가 있었다.

"너는 정했어? 어디로 갈 건데?"

익훈이 대답 대신 되묻는다. 희연이 인수의 눈치를 잠시 살핀다. 인수는 익훈의 라면을 한 젓가락 듬뿍 집어내어 먹는 데 정신이 팔려 있다. 희연이 작정한 듯 말한다.

"나는 네가 시험 보는 학교!"

뜻밖의 대답에 익훈이 영문을 모르겠다는 표정이다.

"그게 무슨 말이야? 내가 어느 학교를 지원할지도 모르면서?"

인수가 라면을 급히 입에 집어넣고는 젓가락을 내려놓으며 의아스럽다는 듯 희연을 쳐다본다. 얼굴이 다시 발개진 희연이 또박또박 분명하게 이야기한다.

"나는 익훈이가 시험 치는 학교에 시험 치기로 했어. 실력이 안 될지도 모르지만 그렇게 하기로 했어. 떨어지면 재수, 삼수를 해서라도 꼭 들어갈 거야."

"희연아, 정말 대단하다. 하하하. 그래서 너 익훈이가 어디 시험 볼 건지 아느냐고 꼬치꼬치 물어봤구나?"

희연이 자신 있게 고개를 끄덕이며 말한다.

"맞아, 그래야 나도 준비를 할 수 있으니까. 국영수만 할 건지, 아니면 다른 과목도 공부해야 하는 건지…."

익훈이 난처한 표정이다. 인수가 희연에게 묻는다.

"희연아. 그런데 익훈이는 서울대 가려고 하잖아. 그럼 너도 서울대 가겠다는 말이야?"

대답하지 않은 채 희연이 익훈을 쳐다본다. 일단 익훈의 말을 기다리겠다는 자세다. 먹는 데 열중하던 익훈이 들고 있던 젓가락을 라면 그릇 안에 놓더니 조금은 상기된 표정으로 말한다.

"나는 연세대학교로 정했어. 무엇보다 서울대로 갈 실력이 안 돼. 그리고 난 신촌이 좋아."

희연의 표정이 갑자기 밝아진다. 더 이야기할 필요가 없다는 듯 희연이 말한다.

"그래? 그럼 나는 좋아. 나는 연세대학교 국문과에 갈 거야. 그래서 나중에 작가가 될 거야."

희연의 말이 갑자기 빨라졌다. 말하고 싶은 것이 여전히 많은 눈치였다. 이번에는 뚱한 표정으로 있던 인수가 끼어들었다.

"너희 둘 다 연대로 간다면 나도 선택의 여지가 없네. 나도 거기다. 익훈이랑 같은 학교 같은 과에 다녀야겠다. 하하하."

주문한 통만두가 나왔다. 세 친구는 새로운 메뉴를 먹기 전에 각자의 새끼손가락들을 내걸고 맹세했다. 앞으로 일 년, 어떤 어려움이 있더라도 반드시 이겨내 연세대학교 합격자 명단에 같이 이름을 올리자는 결의였다. 인수가 이름 붙이기를 '통만두 위의 맹세'였다. 분식집 라디오에서는 벌써 봄을 기다리는 노래가 흘러나오고 있었다.

　　꽃피는 봄이 오면 내 곁으로 온다고 말했지.
　　노래하는 제비처럼

"야, 우리 공부하기로 맹세도 했으니, 오늘만큼은 한번 제대로 놀아보자. 우리 어디 갈까?"

인수가 다음 스케줄을 재촉하자 익훈이 말했다.

"우리 정말 영화나 한번 볼까? 여기 단성사나 피카디리에 가서?"

인수가 고개를 가로젓는다. 〈겨울 여자〉를 보자고 할 때와는 딴판이다.

"야, 크리스마스이브에 촌스럽게 무슨 영화냐? 사람이 얼마나 많은 지 아냐? 아마 암표를 사야 들어갈 수 있을 거다. 신촌에 있는 대흥극장이나 신영극장처럼 동시상영 하는 데면 몰라도…"

틀린 말은 아니었다. 또 동시상영은 대부분 미성년자 입장 불가일 가능성이 컸다. 그렇다고 추운 날씨에 종로 거리를 쏘다닐 수도 없었다. 그때 희연이 말했다.

"우리 그럼 〈겨울 여자〉 말고 겨울바다 보러 가자. 여기서 전철 타고 가면 돼!"

"그거 좋다. 재청이고 삼청이다. 우리가 언제 또 바다를 볼 수 있겠냐? 오늘 갔다 오자!"

인수가 쾌재를 불렀다. 익훈도 싫지 않은 표정이었다. 의기투합한 세 사람은 곧바로 분식점을 나와 종각역으로 향했다. 크리스마스이브인 데다 토요일 오후라 그런지 전철 안은 사람들로 빽빽했다. 서울을 벗어난 열차가 부천을 지나자 내부가 조금 한산해지기 시작했다. 그래도 세 친구가 앉을 자리는 없었다. 굳이 앉아서 가지 않아도 볼거리는 많았다. 차창 밖으로 펼쳐지는 눈 쌓인 풍광을 감상하는 것만으로도 좋았다. 전철에 오른 지 한 시간이 지났을 무렵 인천역이 시야에 들어왔다. 역에서 내린 일행은 다시 버스를 타고 월미도로 향했다. 버스 안에서 익훈과 인수는 때아닌 말싸움을 했다. 몇 달 전 열린 대학가요제의 금상이 누구였는지를 놓고 시비가 붙은 것이다. 발단은 김인수의 소망이었다.

"대학교에 붙으면 난 대학가요제에 꼭 출전할 거다."

"야, 그게 네 맘대로 되겠냐? 그럼 공부는 내팽개쳐야 하는 거 아니냐?"

익훈이 쉽지 않을 것이라는 투로 말하자 인수가 목소리를 높였다.

"야, 지난번 대학가요제 봐라. 일 등도 이 등도 모두 서울대학교가 먹었다. 공부 잘하는 사람이 노래도 잘하는 거야. 아니, 노래 잘하는 사람이 공부도 잘하는 거다."

가만히 듣고 있던 희연이 웃음을 쏟아낸다. 익훈이 정색하고 말한다.

"야, 일 등은 서울대였지만 이 등은 서울대 아니었어. 이 등은 박선희의 〈하늘〉이야."

인수가 아니라며 손을 크게 내젓는다.

"아니야. 서울대 트리오의 〈젊은 연인들〉, 그게 금상이야. 금상이니까 이 등 맞는 거지. 그렇지, 희연아?"

희연은 자신도 아리송한지 대답하지 않는다. 익훈이 인상을 약간 찌푸리며 말한다.

"야, 그 노래는 금상이 아니고 동상이야. 동상! 라디오에 많이 나와서 그렇지, 실제로는 사 등밖에 안 돼. 착각하지 마라."

인수도 똑같이 인상을 찌푸린다.

"내기할까? 이따가 집에 가다가 레코드가게 들어가서 확인해보자."

"좋아, 뭐 내기 걸 건데?"

익훈이 되묻자, 인수가 곧바로 받아친다.

"우리 집에 있는 카세트 녹음기 줄게. 내가 지면….."

익훈이 고개를 가로젓는다.

"야, 그런 것 말고 다른 거 하자. 내가 이길 게 확실하니까…"

말싸움을 주고받는 사이에 버스는 월미도 바닷가 근처에 멈춰 선다. 서둘러 버스에서 내린 익훈이 바다를 향해 달려간다. 뒤이어 인수가 쫓아가고 언제나 그랬듯 희연은 몇 걸음 뒤처진 채 따라간다. 가던 길을 멈추고 인수가 돌아보며 희연을 재촉한다. 세 친구는 나란히 난간에 기대어 바다를 감상한다. 차가운 겨울바람에 뺨이 얼얼하지만, 그래도 바다를 보는 기쁨 앞에서는 아무것도 아니었다.

"우리 대학에 들어가면 여기 꼭 한번 다시 오자. 내년 겨울에!"

익훈의 제안에 인수와 희연이 큰 목소리로 화답한다. 세 친구가 나란히 서서 바다를 감상하던 중, 익훈이 옆에 선 희연의 손을 가만히 잡는다. 인수는 바다 멀리 떠나는 화물선을 구경하느라 여념이 없다. 희연이 흠칫 놀라는가 싶더니 익훈의 손을 마주 꼬옥 잡는다. 익훈이 소리 없이 빙그레 웃는다. 희연도 작은 미소를 짓는다. 1977년 12월 24일 오후였다.

비주류

8월 25일. 대통령 임진혁에게는 이제 정확히 일 년 반이라는 임기가 남아 있었다. 한참 달려온 것 같은데 남아 있는 시간의 무게는 여전히 똑같았다. 일 년 전 겨울에도 그랬고, 이 년 전 여름에도 그랬다. 대통령은 퇴임하는 날을 기다리고 있었다. 과연 그날이 오기는 오는 것일까?

그의 하루는 관저의 내실에서 시작되었다. 첫 일과는 텔레비전 전원을 켜고 뉴스 채널로 맞추는 것이었다. 새벽 다섯 시 반, 뉴스는 이미 잠에서 깨어나 움직이고 있었다. 화면 하단, 우측에서 좌측으로 흐르는 자막의 내용이 이 시각 대한민국의 현실이었다. 대통령은 그 현실을 속속들이 파악하고 있어야 했다. 그는 거실 바닥에 매트를 깔고 가부좌를 했다. 먼저 짧게 들이마신 숨을 길게 내뱉기를 십여 차례 반복했다. 심호흡 뒤에는 스트레칭이었다. 스스로 개발한 스트레칭으로 삼십 년을 계속해온 아침 운동이다. 정지된 자세로 돌아올 때마다 그는 뉴스 자막으로 시선을 돌렸다. 청와대 관련 소식이 역시 큰 비중을 차지하고 있었다. 다른 날과 다름이 없었다. 헌법재판소장 지명과 관련한 논란, 교육부총리 후임 인선, 거기에 진익훈 대변인의 재임명 건을 뭉뚱그려서 이 정권의 인재풀이 한계에 도달했다는 리포트도 있었다. 지난밤 인터넷을 검색하면서 이미 접한 칼럼의 내용이기도 했다. 진보 진영에서 꽤 핵심적 역할을 하고 있는 학자였다. 그의 주장은 한마디로 '유능한 인재들이 이 정부에 참여하기를 거부하고 있다'는 것이었다. 거부 차원을 넘어 곧 등을 돌릴 것이라는 전망도 함께 제시했다. 그 주장이 이 새벽의 자막 뉴스로 이어지고 있는 것이다. 사흘 전, 국무회의에서 자신이 했던 이야기도 기사화되어 있었다. 그날 대변인이 공식 브리핑하지 않은 내용이 참석자의 입을 통해 흘러나간 것으로 보였다. '임기 끝까지 검찰 등 권력기관에 의존하지 않는 첫 번째 대통령이 될 것'이라는 이야기였다. 새삼스러운 게 아니었다. 취임한 이래 기회가 있을 때마다 되풀이해온 입장이었다. 그것이 왜 이 시점에 다시 기사로 등장했는지 영문을 알 수 없었다.

스트레칭을 마친 대통령은 가볍게 샤워를 했다. 첫 일정은 외부 손님들과의 아침 식사였다. 일주일에 서너 차례는 청와대 참모가 아니면 외부 손님과 아침을 함께해야 했다. 평소처럼 노타이에 흰 드레스셔츠 차림이었다. 이른 시간의 조찬이라도 손님들이나 배석하는 참모들은 넥타이를 매고 왔다. 예를 갖추려면 대통령도 넥타이에 재킷을 걸쳐야 했다. 하지만 아무리 관저라 해도 집은 집이었다. 아침부터 집에서 넥타이를 매고 밥을 먹는다는 게 어색하기도 하고 불편하기도 했다. 더욱이 이날은 카메라기자들이 오프닝을 촬영하는 공식 행사도 아니었다. 어디까지나 사적인 비공개 일정이었다. 손님들이 기꺼이 양해해주지 않겠나 싶었다.

손님들은 외교 분야 전문가들이었다. 대학교수거나 연구소의 박사들이었다. 청와대 참모인 통일외교안보실장과 통일외교안보수석이 배석했다. 답보를 거듭하는 북핵 문제의 해법을 모색해보자는 차원에서 안보실이 제안한 일정이었다. 대화를 통해 아이디어를 얻으면 좋은 것이고, 그게 아니라도 대통령의 생각을 전문가들에게 설명하고 이해를 구할 수 있으면 나름대로 의미가 있다는 판단이었다. 또 하나, 결정적 이유가 있었다. 한 달 반 정도 앞으로 다가온 유엔 사무총장 선거에 대비하려는 것이었다. 시월에 유엔 사무총장 선거가 치러지면 후보로 도전한 지금의 외교부 장관은 당락과 관계없이 현직에서 물러나야 할 처지였다. 그때를 대비해서 후임 외교부 장관을 물색해두어야 했다. 마침 청와대 안팎에서 후보로 유력하게 거론되는 인물이 있어서 이날 조찬에 함께 초청한다는 것이었다. 대통령은 취지를 기꺼이 받아들였다. 장관 후보의 인물 됨됨이와 정책 역량을 자연스럽게 판단할 기회였다. 그렇게 여러 취지를 겸하다 보니 급히 일정을 잡게 되었고, 편하게 환담하는 자리임에도 시간이 조찬으로 결정된 것이었다.

풀릴 듯 풀리지 않는 것이 북핵 문제였다. 우여곡절을 거쳤지만 언제나 제자리였다. 지난해 9월, 베이징에서 열린 6자회담에서는 타결이 선언되기도 했다. 그러나 곧바로 미국 측이 BDA, 즉 방코델타아시아은행의 북한 계좌를 위폐 유통 혐의로 동결하면서 문제는 다시 원점으로 돌아가고 말았다. 지난 임기 내내 대통령을 가장 힘들게 해온 사안이었다. 그래서 더더욱 남은 임기 동안 해결의 실마리를 잡아 풀어내고 싶은 과제이기도 했다.

외부 손님은 세 명이었다. 교수 아니면 학자라 그런지 머리 모양이나 옷매무새에 약간의 자유분방함이 묻어 있었다. 똑같은 넥타이에 정장 차림이어도 학자는 고위관료와는 어딘가 다른 구석이 있었다. 넥타이 매듭이 헐겁거나 그도 아니면 최소한 셔츠의 첫 단추가 풀어져 있곤 했다. 재킷과 셔츠, 그리고 넥타이의 색이 적절하게 조화를 이루는 경우는 드물었다. 머리 모양에도 큰 차이가 있었다. 대체로 관료들은 기름을 발라 단정함을 유지했다. 정치인들은 염색이나 파마로 부드러운 인상을 갖추려고 했다. 반면 학자들은 대체로 머리카락을 자라나는 대로 방치하여 자연스러움을 유지하는 편이었다.

세 명의 손님과 대통령 그리고 안보실장과 안보수석, 거기에 대변인 겸 연설기획비서관인 진익훈까지 모두 일곱 사람이 함께하는 아침 식사였다. 조찬치고는 제법 넓은 테이블이 펼쳐졌다. 식당에 들어선 대통령은 미리 와서 기다리던 손님들에게 가볍게 묵례한 뒤 차례로 악수를 나누었다. 공식 행사가 아닌 만큼 테이블 위에는 명패가 놓이지 않았다. 그는 관저 앞마당이 훤히 보이는 큰 창을 등지고 앉았다. 늘 앉는 자리였다. 다른 자리와 달리 의자 옆에 작은 테이블이 있고 그 위에 전화기가 한 대 놓여 있었다. 청와대 안에서는 회의장을 제외하고 그가 앉는 모든 자리에 전화기가 준비되어 있었다. 대통령의 좌우는 외부에서 온 손님들의 자리였다.

주방에서 현미밥과 된장찌개, 조기구이를 내왔다. 점심이나 저녁과 달라서 아침 메뉴는 대체로 애피타이저도 없이 단출했다. 와인이나 머루주를 건배할 수도 없었다. 그런 점이 다소 부담스러웠는지 대통령은 분위기를 가볍게 만들어보려고 애썼다.

　"휴가들은 잘 다녀오셨습니까? 저는 어쩌다 보니 휴가도 못 가고 여름을 넘겼습니다. 어쨌든 좀 느긋한 자리에 모셔야 하는데, 제가 말씀을 빨리 듣고 싶어서 이렇게 새벽처럼 모셨습니다. 정치도 잘 못하는 대통령이 이래저래 민폐만 끼칩니다. 아침부터 부지런히 오시느라 고생하셨습니다."

　오른편에 앉은 교수가 뿔테안경을 고쳐 쓰며 그의 이야기를 받았다.

　"육십 평생 살아도 못 와본 곳인데, 아침이면 어떻습니까? 밤을 새워서라도 와야지요! 허허."

　"하하, 그렇게 이야기해주시니 고맙습니다. 저도 그리 좀 편하게 생각하겠습니다."

　대통령이 미소를 지으며 대답했다. 그의 웃음을 지켜보며 왼편에 앉은 교수가 곱슬곱슬한 머리를 뒤로 쓸어 넘긴다. 외교부 장관 후보로 거론되고 있는 인물이다. 그는 한 걸음 더 나아간다.

　"임 대통령께서도 오기 어려운 곳에 오셨으니, 휴가 같은 건 생각 말고 하루라도 더 이곳에 계셔야죠. 혹시 그래서 휴가를 안 가신 건 아닌가요?"

　농담인지 진담인지 알 수 없는 의문문이었다. 대통령이 짧게 웃었다.

　"허허."

젊은 안보수석이 대통령의 안색을 살폈다. 농담이 과하다고 생각한 것이었다. 진익훈은 곱슬머리 교수의 얼굴을 가만히 응시했다. 야릇한 웃음이 교수의 입가에 머물고 있었다. 첫인상부터 익히 듣던 소문에서 크게 벗어남이 없었다.

'자기밖에 모르는 인간. 자기만큼 똑똑한 사람이 세상에 또 없다고 생각하는 사람. 그만큼 똑똑한 건 사실이지만, 그래서 더 재수 없는 인물.'

외교가나 관가에서는 어떤 평이 돌고 있는지 모르지만 저잣거리의 소문은 아무튼 그러했다.

아침 식사가 계속되었다. 곱슬머리 교수는 역시 진익훈의 기대를 저버리지 않았다. 그는 대통령과의 자리를 지식 자랑의 장으로 생각하고 있었다. 대통령이 당연히 알 수밖에 없는 이야기조차 자신만 알고 있다는 듯 장황하게 늘어놓기도 했다. 시간이 갈수록 대통령의 얼굴에 실망의 기색이 역력해졌다. 진익훈의 안색도 어두워졌다. 배석한 안보실장, 안보수석의 표정도 다르지 않았다. 그래도 대통령은 일말의 여지를 찾으려는 듯 곱슬머리 교수에게 계속해서 이야기를 건네고 있었다. 어쩌면 그렇게 나대는 사람이라도 정말로 유능해서 북핵 문제 해결의 실마리를 풀어낼 아이디어가 있다면 기꺼이 자리를 주겠다는 의도로 보였다. 그러나 시간이 갈수록 모든 것은 분명해지고 있었다. 곱슬머리 교수에게는 나대는 재주만큼의 아이디어가 없음이 확실했다. 게다가 그는 이야기를 꺼낼 때마다 대통령의 자존심을 툭툭 건드리는 말을 한마디씩 덧붙이곤 했다.

"임 대통령께서는 외교 경험이 부족해서 잘 모르실 겁니다. 그래서 드리는 말씀인데…"

"모르니까 그러시는 것이지요. 사실 느닷없이 대통령이 되는 바람에 공부할 시간이 부족하셨겠지요. 그래도 사람들이 이해해주니까 천만다행입니다."

"여러 가지 수를 아셔야 합니다. 외교는 솔직함만 갖고 되는 게 아니에요. 고단수의 책략과 정보가 있어야 합니다. 미국 내의 다양한 인맥은 필수입니다. 임 대통령께서 힘드실 수밖에 없는 이유죠."

자리는 한 시간 만에 끝났다. 조찬이라 오래 끌 수 없는 자리이긴 했지만 다른 때에 비하면 무척 서둘러 파한 셈이었다. 참모들과 간단하게 업무를 논의하는 조찬이 아니라 외부 손님을 모셔놓고 자문을 구하는 자리였다. 유익함이 있다면 다음 일정이 예정된 오전 아홉 시 반까지라도 대화를 이어갔을 대통령이었다. 한 시간으로 끝낸 조찬은 무척 이례적인 것이었다. 그래도 대통령은 최대한의 예의를 표하며 자리를 마무리했다. 아침이라 시간이 촉박했던 만큼 다음에 저녁 시간을 내어 다시 모시겠다는 약속이었다.

대통령은 현관에서 손님들을 배웅했다. 굳이 인수문까지 나가려고 하지 않았다. 곧바로 내실로 향하던 그는 직원 당직실 옆의 이발실에 들렀다. 미리 메이크업을 해두려는 것이었다. 다음 일정은 아홉 시 반. 중앙 언론사 편집보도국장들과의 간담회였다. 일 년 반의 임기를 남긴 대통령의 국정운영 구상을 듣고 대화를 나눈다는 취지로 마련된 자리였다. 공개 행사인 만큼 방송사 카메라와 사진기자들로 구성된 풀 기자단이 들어와 오프닝을 촬영할 예정이었다. 귀찮고 번거롭지만 메이크업을 해야 했다. 따지고 보면 기자들이 들어와 오프닝을 취재하지 않는 날은 거의 없었다. 휴일을 제외하면 한 달에 하루 이틀뿐이었다. 사실상 아침마다 얼굴에 분을 바르고 눈썹을 그려야 했다. 마침 코디네이터가 일찍 출근하여 대기 중이었다. 대통령이 털썩 의자에 앉았다. 메이크업이 시작되자 거울에 비친 진익훈을 쳐다보며 대통령이 물었다.

"다른 두 교수는 꽤 좋은 이야기를 많이 하더군. 그렇지 않은가?"

"네, 그렇습니다."

진익훈이 가볍게 고개를 끄덕였다. 대통령이 기다렸다는 듯 말했다.

"다음엔 정말로 편안한 저녁 시간을 잡아서 그 두 분을 초청하게. 이야기를 좀 더 충분히 들어봐야겠어. 곱슬머리 교수는 빼고."

진익훈이 살짝 웃었다. 대통령에게 잠시 여유가 생기자 1부속실장이 소소한 보고를 했다. 사적 일정과 관련한 보고와 결정들이었다. 1부속실장이 보고를 마치자, 대통령이 다시 진익훈에게 물었다.

"그 야당 대변인, 김인수 말일세. 자네 친구라며?"

"…."

거울 속의 대통령이 진익훈을 응시하고 있었다. 갑작스러운 질문이었다. 진익훈은 금방 답하지 못한 채 1부속실장의 얼굴을 쳐다보았다. 분명히 누군가 무슨 귀띔을 한 것이리라. 1부속실장이 작은 목소리로

'신문'이라고 말해주었다. 조찬 때문에 미처 챙겨 보지 못했는데 정말로 신문에 기사가 난 모양이었다. 짧게 헛기침을 하고 나서 진익훈이 대답했다.

"네, 그렇습니다. 그런데 예전엔 친구였지만 지금은 아닙니다."

대통령이 진익훈으로 향하던 시선을 거두며 고개를 끄덕였다.

"당연히 그렇겠지. 지금도 친구라면 그렇게까지 할 리가 있겠나? 아무튼 그 친구 왜 그러는 걸까? 고약하다 못해 표독하다고 할 수밖에 없어. 그냥 청와대를 공격하는 야당 대변인이 아니야. 뭐 죽기 살기로 달려드는, 꼭…."

대통령이 말끝을 흐렸다. 자신의 입으로 표현하기 힘든 말인 듯싶었다. 진익훈도 더는 무어라 답하기 힘든 상황이었다. 침묵으로 동의를 표할 수밖에 없었다. 메이크업을 마친 대통령은 내실로 들어가 양치를 한 후 곧바로 양복 상의를 입고 현관을 나섰다.

"오늘은 그냥 걸어갑시다."

BMW의 시동을 걸어놓은 채 대통령을 기다리던 기사가 빙그레 웃었다. 날씨가 좋아 그럴 줄 알았다는 표정이었다. 정치인 시절부터 이십 년 동안 대통령을 모셔온 친구였다. 운전석 옆을 지나며 대통령이 그를 향해 가볍게 손을 흔들었다. 미안하게 되었다는 표시다. 일행은 곧바로 관저 아래로 내려온 뒤 계단을 통해 녹지원으로 향했다. 경호실장이 대통령 옆에 바싹 붙어 수행했다. 녹지원을 지난 일행은 수궁터로 발길을 돌렸다. 울창한 나뭇잎들 사이로 여름의 끝이 살짝 얼굴을 내밀고 있었다. 계절을 의식한 탓일까. 녹지원의 공기에는 어제와 달리 싸늘함이 배어 있었다. 대통령은 키 큰 나무와 하늘을 번갈아 감상하며 일행의 앞에서 걸었다. 십여 분의 짧은 거리이지만 대통령과 경호실장은 오랜 시간을 함께해온 길벗처럼 이야기를 주고받으며 걸었다. 대화의 소재는 자연이었다. 맥문동 같은 풀이름, 메타세쿼이아 같은 나무 이름이었다. 두 사람 모두 산천초목에 관한 한 해박한 지식의 소유자였다. 그러면서도 서로의 안목과 지식에 감탄하는 사이였다.

아홉 시 반, 중앙 언론사 편집보도국장 초청 간담회가 본관 충무실에서 시작되었다. 본관에서 가장 넓은 방이었다. 충무실에서는 언제나 테이블이 직사각형 모양으로 놓였다. 인원을 최대한 수용할 수 있는 배치였다. 참석자는 삼십여 명. 한 사람이 질문할 때마다 대통령이 답하는 방식이었는데, 한 차례 문답에 족히 십여 분이 소요되었다. 오찬까지 이어지면서 문답이 계속되었다. 대통령은 지친 기색 없이 또박또박 답변을 이어갔다. 그렇지 않은 시절이 없었지만 이번 여름에도 대통령과 청와대가 답변해야 할 현안은 많았다. 묻고 또 물어도, 대답하고 또 대답해도 문답의 소재가 마르지 않았다. 질문의 파상 공세였다. 당·청 갈등, 헌법재판소장, 교육부총리와 법무부 장관 인사, 그리고 북핵 문제, 한미FTA와 전시작전통제권, 부동산 대책 등이 비교적 굵직한 사안이었다. 그 밖에도 언론으로서는 대통령의 생각이 어떤지 궁금한 사안들이 많았다. 차기 대통령 후보에 대한 의중, 거듭된 말실수, 한미동맹 현안, 갈등의 극을 달리고 있는 한일관계 등이 그런 범주의 질문이었다. 대통령에게는 준비된 답변이 있었다. 대체로 물음의 초점을 명확히 인식했고, 그 본질을 꿰뚫는 편이었다. 무엇보다 그는 솔직한 사람이었다. 그러다 보니 문장 하나하나가 사실상 기사였다. 그에게는 '두루뭉수리'란 개념이 애초에 없었다. 하지만 그런 대통령도 곧바로 대답하지 못한 질문이 하나 있었다. 신생 인터넷언론 편집국장의 질문이었다. 지금의 대통령과 청와대에 대해 적대적인 언론이었다.

"항간에 '임진혁 때문'이라는 유행어가 돌고 있습니다. 대통령께서도 들어보셨을 겁니다. 청와대 입장에서는 조금 지나치지 않느냐고 항변할 수도 있습니다. 그러나 이런 유행어가 돌아다니게 된 데는 나름의 이유가 있다고 저는 봅니다. 한 걸음 더 나아가서 '이 모든 게 임진혁 때문'이라는 말이 수긍이 되기도 합니다. 한번 냉정하게 돌아볼까요? 지금 나라 안팎에서 커다란 갈등과 대립을 불러일으키고 있는 의제들이 있습니다. 그 의제들을 하나하나 살펴보면 대부분 임 대통령이 제기했거나 적어도 임 대통령으로부터 논란이 시작되었음을 알 수 있습니다. 한미FTA가 그렇고 전시작전통제권이 그렇습니다. 당·청 갈등, 헌법재판소장 문제도 마찬가집니다. 말하자면 세상 시끄러운 일들 뒤에는 모두 임진혁 대통령이 있다는 것입니다. 결국 문제는 대통령입니다. 그렇다면 도대체 왜, 대통령은 문제를 일으키는 것일까? 저는 곰곰이 그 원인을 생각해봤습니다. 결론은 이렇습니다. 대통령의 학력 콤플렉스가 문제의 원인이라는 겁니다. 대학을 나오지 않아서 그렇다는 게 아닙니다. 대학을 나오지 않았다는 사실을 대통령이 지나치게 인식하고 있다는 뜻입니다. 그 콤플렉스 때문에 쉽게 넘어갈 수 있는 문제도 자꾸 시끄럽고 복잡하게 만들고 있다는 생각이 듭니다. 대통령께서는 어떻게 생각하시는지요?"

뜻밖의 질문이었다. 대통령이 된 후 한 번도 들어본 적이 없는 질문이었다. 어쩌면 퇴임할 때까지도 다시 접하기 어려운 질문일 것이었다. 그는 시선을 허공에 붙들어 맨 채 잠시 침묵했다. 아슬아슬한 침묵이 충무실에 흘렀다. 진익훈의 손에서 식은땀이 배어났다. 마침내 대통령이 대답했다.

"아닙니다."

답변은 아주 간단했다. 하지만 그는 그렇게 짧게 대답하는 대통령이 아니었다. 참석자들은 대통령의 다음 설명을 기다렸다. 언제나 그랬듯이 명쾌하고도 짧은 한마디 이후에 논리적인 보충설명이 이어질 것이었다. 그것이 참석자들의 기대였다. 하지만 대통령의 다음 이야기는 뜻밖이었다.

"이제 일차 문답을 마쳤으니 식사하면서 이야기를 하시지요."

긴 질문 짧은 대답이 결국 오찬 직전의 마지막 문답이었다. 마음 상한 대통령의 심술이었을까? 진익훈도 대통령의 속내까지는 알 수 없었다. 답변의 모양을 취하긴 했지만 사실상 답변은 아니었다. 답변할 가치가 없는 물음에도 또박또박 대답하던 사람이 대통령이었다. 진익훈은 무척 궁금했다. 짧게 답변한 대통령의 속내가 아니라, 느닷없는 질문을 던진 그 편집국장의 의도였다. 적어도 콤플렉스를 가진 대통령이 가여워 보여서 던진 질문은 아닌 듯싶었다. 대통령에게 힘을 보태주려는 의도는 더더욱 아닌 것으로 보였다. 그런 콤플렉스가 과연 존재하기는 하는 것일까?

오찬은 양식이었다. 진익훈은 스테이크로 올라온 두툼한 등심이 질
퍽해질 때까지 오찬 내내 질겅질겅 씹었다. 그래도 고기는 목으로 쉽
게 넘어가지 않았다. 긴 행사는 오후 두 시가 넘어서야 끝났다. 관저로
돌아오는 길, 대통령은 걷지 않았다. '여름 날씨가 덥다'는 이유였다.
BMW가 급히 달려왔지만 냉방이 덜 된 차 안은 오히려 찜통이었다.
대통령은 차창을 열고 바람을 맞았다. 차 안으로 들어온 더운 바람이
그의 억센 머리카락 앞에서 부서졌다. 찬 기운이 차 안에 돌기도 전에
그는 내려야 했다. 관저 앞이었다.

관저부속실에서 서른 걸음을 걸으면 내실이 시작되었다. 그곳에서
다시 열다섯 걸음 정도 되는 곳에 서재가 있었다. 대통령은 오늘 걸음
수를 세며 걸었다. 잡념을 떨쳐내려는 의도였다. 서재로 들어서자마자
그는 컴퓨터를 켰다. 습관적인 동작이었다. 아까부터 머릿속에서는 매
질이 다른 생각 하나가 똬리를 틀고 있었다. 정체가 분명하지 않았다.
생각 같기도 했고 느낌 같기도 했다. 평소와는 다른 이질적인 것이었
다. 오래전부터 머릿속에 숨어 있던 상념일 수도 있었고, 오늘 갑자기
생겨난 분노일 수도 있었다. 그는 머리를 흔들었다. 생각하지 말자고
스스로에게 되뇌었다. 생각은 쉽게 물러나지 않았다. 두 대를 붙여놓
은 모니터에 바탕화면이 떠올랐다. 의자에 앉은 채 한참 동안 모니터
를 응시하던 그는 자세를 바로잡은 다음 이지원에 접속했다.

추진 중인 어젠다 목록이 떠올랐다. 논의하고 싶은 의제도 많았고

추진하고 싶은 과제도 많았다. 대부분이 대한민국의 현실을 바꾸어보자는 생각에서 비롯된 것이었다. 이대로 방치하면 안 되는 현실이 있었다. 어떻게든 바꾸어보고 싶다는 조바심도 있었다. 그 점에서는 그도 다른 대통령과 다르지 않았다. 굳이 업적이라 불리지 않아도 좋았다. 대통령 재임 중에 제대로 된 랜드마크 하나는 남기고 싶었다. 특히 지역구도 정치를 바꾸는 것은 필생의 꿈이었다. 이루어진다면 가장 행복할 그 꿈은 그러나 시간이 갈수록 요원해 보였다. 한때는 지역정당이라는 기득권이자 멍에를 내려놓으면 금세 전국정당으로 가는 길이 열릴 것으로 기대했다. 그래서 일부의 반발을 무릅쓰며 전국에서의 경쟁구도를 도모하기도 했다. 탄핵 사태 후 치러진 총선에서는 실제로 전국정당의 가능성이 보이기도 했다. 그러나 지역구도에 관한 한 정치인들에게는 원심력보다 구심력이 더 크게 작용했다. 현실 정치는 빠르게 기득권으로 회귀했다.

EU와 같은 공동체를 동북아시아에서 실현하는 것도 하나의 목표였다. 적어도 임기 중에 토대를 놓고 싶었다. 그러나 취임 초부터 커다란 벽에 부닥쳤다. 북핵이었다. 휴전선을 사이에 두고 한·미·일과 북·중·러는 여전히 대립했다. 공동체 이야기를 꺼낼 상황이 아니었다. 오히려 한반도에 전쟁이 일어날 수도 있는 일촉즉발의 상황이었다. 미국을 다녀오지 않은 최초의 대통령은 어쩔 수 없이 미국과 공조해야 했다. 그것이 전쟁을 피하는 유일한 해법이었다. 대가는 이라크 파병이었다. 여전히 국회의원이었다면 반대 시위에 앞장섰을 이라크 파병안에 그는 대통령으로서 서명했다. 동북아 공동체의 실현을 가로막는 두 번째 벽은 일본이었다. 취임 초 열린 자세로 일본을 대했지만, 해를 넘기자 돌아온 것은 도리어 독도 영유권 주장과 역사 교과서 왜곡이었다. 식민지배에 대한 관료들의 망언이었다. 재무장으로 향하는 일본을 보며 그는 동북아 공동체의 꿈을 일단 접었다. 이제는 일본을 견제하기 위해서도 국방력을 강화해야 했다. 동북아 균형자론이 그것이었다. 강대국의 군홧발에 짓밟히지 않으려면 이지스함도 필요했고, 해군기지도 필요하다고 생각했다. 개방을 미루다가 일본에 점령당한 백 년 전의 과오를 되풀이할 순 없었다. 2005년 가을 중미를 방문했을 무렵 통상교섭본부장이 한미FTA 체결의 필요성을 이야기했을 때, 그는 커다란 두려움을 억누르며 마음을 열었다. 적어도 일본보다는 앞서나가야 한다는 생각에 마음이 급해진 것이었다. 영원히 개방을 하지 않고 살 작정이라면 모르되, 언젠가 할 것이라면 최소한 일본보다 앞서 체결해야 한다는 생각이었다.

그는 모든 사안에 성의를 다해 진심을 설명했다. 그러나 역부족이었다. 반대와 비판, 때로는 오해가 대한민국의 공기를 지배했다. 여권의 분화 앞에서 호남은 섭섭해했고, 진보는 한미FTA에 분노했다. 행정수도를 옮기려는 시도는 보수층의 심기를 건드렸고, 세금을 올리려는 계획은 국민적 저항에 부닥쳤다. 그리고 이제 남은 임기 일 년 반, 그로서는 한 걸음 전진하기도 쉽지 않았다.

모니터에서 시선을 거둔 대통령은 고개를 들어 벽에 걸린 달력을 보왔다. 액자로 제작된 청와대 달력이었다. 8월 하고도 25일이었다. 이제 저녁 식사를 마친 뒤 다시 이곳에 들어서면 저 25라는 숫자에도 곱표를 할 수 있을 것이었다. 그렇게 오늘 하루도 지워질 것이었다. 그래도 여전히 남아 있는 날들이 어깨를 무겁게 내리누르겠지만, 어쩌면 그에게 극한의 저주를 퍼붓는 사람들 또한 그렇게 하루를 지워가고 있을지도 모를 일이었다. 사면초가의 상황이었다. 그의 편은 없었다.

미국과 유럽

북악산 정상에 가을이 내려앉고 있었다. 낙엽이 진 것도 아니고 단 풍이 든 것도 아니었지만 산꼭대기 너머 하늘이 유달리 파랗게 보였 다. 9월이었다. 산 정상에 조심스럽게 내려앉은 가을이 청와대로 차가 운 바람을 조심스럽게 불어 보냈다. 비서동을 오가는 직원들 중에 반 팔 차림이 부쩍 줄었다. 양복의 색은 짙어졌고 넥타이는 원색으로 강 렬해졌다. 언제부터였는지 새로운 초록은 보이지 않았다. 관저 앞마당 을 가득 메운 잔디의 끝에 누런 기운이 감돌 무렵, 코디네이터는 조금 은 두꺼운 양복을 꺼내어 손질했다. 쥐색이었다.

9월에는 해외순방이 예정되어 있었다. 비교적 긴 여정이었다. 그리 스 아테네, 루마니아 부쿠레슈티, 핀란드 헬싱키를 거쳐 미국의 뉴욕 과 샌프란시스코를 다녀오는 일정이었다. ASEM 정상회의가 열리는 헬싱키에서만 4박 5일을 머물러야 했다. 보름에 걸쳐 유럽과 북미의 다섯 개 도시를 들르는 강행군이었다. 진익훈은 대통령의 체력, 아니 건강을 걱정했다. 지난봄 아프리카 순방을 마친 후 대통령은 심하게 앓았다. 황열 예방주사나 말라리아약의 후유증일 수도 있었지만, 기본 체력이 저하되고 면역력이 떨어진 것만큼은 분명했다. 외부에 알리지 않은 채 대통령은 필수적인 일정을 소화했다. 비교적 젊은 대통령이었지만 사 년차로 접어들자 체력이 고갈된 조짐들이 보였다. 그런 자신의 체력을 응원하려는 듯 대통령은 농담을 하곤 했다.

"대한민국 대통령의 일정은 사십 대 후반용이네요."

진익훈도 순방을 준비하기 시작했다. 준비라고 해야 특별할 것은 없었다. 무엇보다 방문국의 개요와 정세, 정상회담의 의제와 쟁점을 충분히 숙지해두어야 했다. 대변인을 겸하고 있었기 때문에 자료를 더욱 꼼꼼하게 챙겨 보아야 했다. 대변인은 방문국이 경비를 부담하는 공식 대표단의 일원이었다. 확대 정상회담에서도 후열이 아닌 전열 배석이었다. 회담이 끝나면 언론을 상대로 설명도 해야 했다. 언제 누가 무슨 질문을 던져도 즉시 답할 준비가 되어 있어야 했다.

사 년차인 이해에는 해외순방 일정이 꽤 많았다. 대한민국 대통령으로서 첫발을 딛는 나라도 있었다. 한국을 처음으로 다녀가는 외국 정상의 숫자도 많았다. 특히 각국 외교부 장관들이 수시로 청와대를 다녀갔다. 한 차례 만남에 삼십 분 이상을 할애해야 했다. 통역에 드는 시간을 빼면 십오 분 동안 대화를 나누는 셈이었다. 외교 일정이 많은 데에는 나름의 이유가 있었다. 한 달 앞으로 다가온 유엔 사무총장 선거 때문이었다. 한국의 외교부 장관이 선거에 도전하고 있었다. 비교적 유력하다고 평가되는 후보였다. 대통령은 그 선거운동을 지원하고 있었다.

9월의 순방 중에서는 끝에 잡혀 있는 미국 방문이 가장 무게 있는 일정이었다. 북핵 문제는 물론 한미동맹을 둘러싼 양국 간 이견을 정리하고 조정해야 했다. 최대의 의제는 전시작전통제권 환수였다. 국내의 갈등이 소모적 양상으로 전개되고 있어 대통령으로서는 논의를 서둘러 매듭지을 필요가 있었다. 물론 유엔 사무총장 선거에서의 확고한 지지도 한 번 더 다짐을 받아놓아야 했다.

유엔 사무총장 선거는 아무래도 미국의 영향력이 절대적이었다. 미국이 지지하지 않는 후보의 당선은 사실상 기대하기 어려웠다. 미국으로서는 동맹관계인 한국의 후보를 비토할 이유가 없었다. 거기에 제삼세계권의 지지도 필요했다. 실제로 유엔 사무총장을 하려면 영어뿐만 아니라 프랑스어에도 능통해야 했다. 아무튼 이 지점에서 대통령과 외교부 장관의 이해는 일치했다. 대통령은 대한민국의 외교가 미국과 일본 일변도에서 벗어나 더 넓은 세계로 다변화되어야 한다고 생각했다. 이른바 '균형외교'였다. 외교부 장관에게도 제삼세계는 결코 무시할 수 없는 표밭이었다.

4개국 순방을 앞두고 집현실에서 준비회의가 열렸다. 각각의 정상회담에서 다루어야 할 현안을 점검하는 자리였다. 논의할 주요 의제는 언제나 그렇듯 미국이었다. 국내의 회의에서는 미국이 주요 의제였고, 외국에 나가면 북한이 단골 메뉴였다. 초점은 북핵, 한미FTA 그리고 전시작전통제권 세 가지로 좁혀졌다. 주제는 무거웠지만 회의실의 분위기는 들떠 있었다. 해외순방이란 늘 그랬다. 바다 건너 바깥으로 나간다는 설렘이 있었다. 대통령으로서도 나쁘지 않았다. 국내의 복잡한 현안과 잠시 거리를 둘 수 있었다. 떨어져 있으면 통 큰 판단도 가능했다. 미처 몰랐던 상황 타개책이 떠오르기도 했다. 수행원들도 다르지 않았다. 낯선 세계로의 여행은 언제나 설렘을 넘어 기쁨이기조차 했다. 같은 청와대 직원이라 해도 아무나 누릴 수 없는 기회기에 더욱 그랬다. 출입기자들도 마찬가지였다. 대통령 전세기로 편하게 이동할 수 있었고, 일반인의 출입이 어려운 왕궁을 취재할 기회도 있었다. 고되기는 하지만 남다른 자부심을 갖게 되는 행사였다. 순방 관련 보고와 논의는 예상보다 일찍 끝났다. 사실 논의보다는 자료를 숙지하는 것이 중요했다. 시간에 여유가 생기자 대통령은 참석한 외교·안보 관련 참모들과 가볍게 환담을 나누었다.

"한미FTA 협상은 꼭 타결을 짓겠다는 생각에 집착하지 마세요. 대개 협상이라는 게 그렇지 않습니까? 되어야 한다고 생각하는 쪽보다는 안 해도 그만이라고 생각하는 쪽이 더 많은 양보를 받아내기 마련입니다."

방점이 어디에 찍혀 있는 것인지 파악하기 쉽지 않았다. 말 그대로라면 벼랑 끝 전술을 구사하여 더 많은 양보를 얻어내라는 뜻으로 읽혔다. 협상이란 언제나 살얼음판 위에서 진행되기 마련이었다. 결렬이나 파국을 각오해야 벼랑 끝 전술도 가능한 것이었다. 애초부터 수위를 조절하는 것이 난제였다. 대통령은 진보진영의 격렬하고도 일관된 반대를 의식하지 않을 수 없었다. 이왕 타결할 바에는 최대한의 실리를 확보할 필요가 있었다.

"그래도 결렬보다는 타결이 중요합니다."

몇몇 장관의 의견이었다. 예상된 것이었다. 다른 장관들도 거들었다. 자칫 판이 깨질 수 있다는 것이었다. 그러면 최악의 결과가 된다는 주장이었다. 진보진영의 반대를 무릅쓰고 시작한 협상인데, 판이 깨지면 그나마 보수의 지지마저 잃게 된다는 것이었다. 그것을 모르는 대통령은 아니었다. 두렵고 불안한 마음으로 결단한 한미FTA 협상이었다. 이라크 파병과 대연정 제안에 이어 완전히 배신자로 낙인찍힐 수도 있는 사안이었다. 파장이 깊고 길어지면 차기 대선에도 악영향을 미칠 것이었다. 대통령의 머릿속에서는 여전히 백 년 전의 구한말이 재연되고 있었다. 대통령이 말했다.

"물론 개방하지 않고 버틸 수 있었던 나라는 이제까지 없었습니다."

외교·안보 관련 회의는 입장이 대체로 하나로 모였다. 구성원의 면면을 보면 당연한 결과이기도 했다. 우선 정통관료 출신이 절반 이상이었다. 그들 대부분은 다분히 미국 입장에 기울어 있었다. 젊은 시절 미국으로 건너가 공부했고, 요직으로 불리는 북미국이나 미국 대사관에서 근무하기 위해 밤낮없이 뛰어다닌 사람들이었다. 국방 분야도 다르지 않았다. 민간 출신의 학자들 역시 절반 이상이 미국 편향을 보였다. 대통령은 언제나 그 점을 염두에 두고 회의에 임해야 했다.

관료들의 성향과 달리 대통령의 꿈은 유럽에 있었다. 정치인 시절부터 그는 하나의 이상적 모델로서 유럽을 동경했다. 그가 동경한 것은 핀란드 헬싱키 인근의 자작나무숲이라거나 노르웨이 베르겐의 고요한 바다라거나 하는 풍광이 아니었다. 그곳에 사는 사람들의 문화였다. 그것은 톨레랑스일 수도 있었고, 배려일 수도 있었다. 한마디로 공동체였다. 그런 문화와 정신이 EU와 같은 공동체를 만들었다는 생각이었다. 잘사는 사람과 못사는 사람이 함께 살아갈 수 있는 공동체였다. 미국과는 결이 다른 문화였고 삶의 방식이었다. 그는 기회가 있을 때마다 '유럽'을 이야기했다.

그러나 그는 대한민국의 대통령이었다. 대한민국을 지배하는 인식의 틀을 뛰어넘기에는 역부족이었다. 그는 취임 초부터 유럽이 아니라 미국을 말해야 했다. 2003년 취임 첫해 미국을 방문했을 때의 일이다.

"한국전쟁 당시 미국이 한국을 도와주지 않았다면 저는 지금쯤 정치범 수용소에 있을지도 모른다는 생각을 하고 있습니다."

진익훈이 대변인으로서 수행했던 미국 방문 당시, 대통령의 언급이었다. 코리아 소사이어티에서의 연설이었는데 안팎에서 논란이 제기되었다. 현장에서 그 말을 듣는 순간 진익훈의 얼굴이 붉게 달아올랐다. 다소 극단적인 발언이었다. 그렇게 말할 대통령이 아니었다. 그가 알던 대통령이 아니었다. 미국 방문을 마치고 나서도 한참이 지난 후에야 진익훈은 대통령이 했던 말의 의미를 가까스로 이해할 수 있었다. 그때 대통령의 머릿속을 지배하던 낱말은 평화였다. 첫째도 평화, 둘째도 평화, 셋째도 평화였다. 북핵 문제로 한반도 평화가 강진을 맞은 땅덩어리처럼 흔들리던 시점이었다. 미국에 의한 북한 폭격설이 선택 가능한 옵션으로 공공연히 이야기되던 때였다. 그런 상황인 만큼 대통령은 한반도 전쟁을 막기 위해서라면 미국을 상대로 어떠한 립 서비스도 기꺼이 하겠다는 생각이었다.

그의 립 서비스가 추구하는 목표는 분명했다. 미국과 같은 양극화 사회가 아니라 유럽 같은 공동체였다. 그 전제는 한반도의 확고한 평화였다. 이를 위해서는 동북아 3개국의 세력 균형이 중요했다. 무엇보다 날로 우경화의 길을 걷는 일본을 경계하고 견제해야 했다. 그는 자주국방 예산을 늘리는 데 특별히 관심을 쏟았다. 중국과 일본 사이에서 생존을 도모하려면 미국에 의존하지 않아도 좋을 만큼의 국방력을 갖추어야 한다는 판단이었다. 대한민국이 중국과 일본 가운데 어느 나라와 힘을 합쳤을 때 동북아의 세력 균형이 무너진다면, 그것이 가장 바람직하다는 생각이었다. 그러면 중국이나 일본 중 어느 쪽이 일방적으로 동북아의 질서를 주도하는 일은 없을 것이었다. 대통령은 자신의 생각에 '동북아 균형자론'이라는 이름을 붙여 공론화했다. 즉각 보수진영에서 반론과 반박이 제기되었다. 미국의 현실적 힘과 영향력을 배제한 사고라는 것이 비판의 핵심이었다. 야당과 보수언론은 대통령을 향해 맹공을 퍼부었다. 대통령은 한숨을 내쉬었다.

이번에는 전시작전통제권 환수와 관련한 협상의 경과가 화제에 올랐다. 청와대 안보실장은 일부 협상대표들이 소극적 자세를 보이면서 환수 시기를 가급적 늦추려 한다고 보고했다.

"대통령의 분명한 지시이자 명령이라고 전하십시오."

대통령이 쐐기를 박았다. 사실 일부에서는 대통령의 지시를 이행하지 않으려는 분위기도 있었다. 환수 시기를 가장 멀리 잡아놓는 게 유리하다는 의견도 간간이 들리곤 했다. 대통령이 말을 한다고 그 의식이 변할 것은 아니었다. 그래도 말로 설득하는 것이 최선이었다. 포기할 수는 없는 노릇이었다. 검찰이나 국정원 같은 권력기관을 놓아버린 대한민국의 대통령에게는 무기가 없었다. 오로지 말로 설득하는 것이 최선이었다. 대통령은 이번 순방이 끝나는 대로 군 주요 지휘관과의 대화 시간을 갖기로 했다. 논의를 마친 대통령이 자리에서 일어났다. 다른 참석자들도 따라 일어설 무렵, 대통령이 문득 생각났다는 듯 좌중을 향해 물음을 던졌다.

"지난번 과거 정부 국정원 도청 사건이 있었지요?"

대통령이 지난 일을 언급하자 장관들은 서로의 얼굴을 보며 영문을 모르겠다는 표정을 지었다. 대통령이 다시 말을 이었다.

"그런데 다른 나라들이 우리를 도청할 가능성은 없는가요?"

뜻밖의 질문이었다. 선뜻 나서서 대답하는 사람이 없었다. 대답할 엄두가 나지 않는 것일 수도 있었고, 실제 내용을 알지 못하는 것일 수도 있었다. 장관들은 서로의 얼굴을 쳐다보기 바빴다. 당황하는 모습을 보며 대통령이 말했다.

"사실, 알 수 없는 일이지요. 제가 공연한 걸 물었나 봅니다."

대통령이 등을 돌려 자리를 떠나려는 순간, 안보실장이 조심스럽게 말했다.

"아무래도 도청 시도들이 없지는 않을 겁니다. 우선 북한이…."

그때, 대통령이 말을 자르고 들어왔다.

"북한이야 당연한 것이고요. 북한 때문에 제가 물어본 건 아닙니다. 잘 아시잖아요?"

그런 대답이라면 구태여 들을 필요 없다는 말투였다. 이번에는 외교부 장관이 대답했다.

"우방에 의한 도청은 가능성이 크지 않다고 봅니다. 그래도 북한이나 제삼국의 도청 시도를 방어하는 차원에서 주요 정부기관에는 방지장치가 설치되어 있는 것으로 알고 있습니다."

"도청 방지장치요? 그런 게 있습니까? 청와대에도 설치되어 있나요?"

대통령이 미처 몰랐다는 표정으로 되물었다. 그러자 이번에는 안보실장이 대답했다.

"네. 되어 있는 걸로 알고 있습니다. 자세한 사항은 제가 별도로 파악하여 보고드리겠습니다."

대통령이 멈춰선 채 잠시 생각을 가다듬더니 안보실장에게 말했다.

"엿듣는 기술도 하루가 다르게 발전하고 있겠지요! 아무튼 잘 챙겨보기 바랍니다."

지시를 마친 대통령이 마무리 인사를 했다.

"자, 마지막까지 준비 열심히 하기 바랍니다. 그럼 출국하는 날 보도록 하지요."

서 있던 참석자들이 대통령을 향해 일제히 묵례를 했다.

회의를 마친 진익훈은 본관에 올라온 참에 연설기획비서관실에 들렀다. 대변인 업무에 몰두하다 보니 들를 일이 거의 없는 공간이었다.

자리에 앉자마자 그는 컴퓨터를 켜고 뉴스를 검색했다. 실시간 뉴스를 확인하는 것이 대변인의 첫 번째 업무였다. 야당 대변인 김인수의 거친 논평이 인터넷 뉴스의 헤드라인을 장식하고 있었다.

"현 정부 들어 한미동맹 파탄 지경으로 악화.

무능한 임진혁 대통령 때문에 국민들 극도 불안.

이번 한미회담마저 실패하면 국민적 이름으로 제2의 탄핵해야."

전세기

전세기가 서울공항을 이륙했다. 보잉 747-400에는 대통령 내외와 오십여 명의 수행원, 그리고 백 명이 넘는 출입기자단이 탑승하고 있었다. 창밖으로 쾌청한 가을 하늘이 보였다. 맑고 깨끗했다. 아마 파란색 거울이 있다면 저런 모습일 거라고 대통령은 생각했다. 전세기가 고도를 높여가자 평온한 일상에 파묻힌 남서울이 점점 작아졌다. 하늘 높이 올라온 대통령은 자꾸만 떠오르는 상념을 떨쳐내려고 애를 썼다. 앞으로 보름 동안은 어차피 국내의 정쟁과 떨어져 있을 것이었다. 물론 국내의 많은 사건과 상황이 시시각각으로 보고되고, 그때마다 신속한 판단과 적절한 지시를 내려야 하는 것이 대통령이었다. 그래도 현장에서 물리적으로 떨어져 있다는 거리감이 가져다주는 안정감은 적지 않은 것이었다. 더욱이 순방 일정에는 대통령이 온 힘을 기울여 집중해야 할 '정상회담'과 '외교'라는 과제가 있었다. 그만큼 대통령의 어깨가 국내 정치의 중압감에서 벗어날 것이었다.

전세기가 순항고도에 진입하자 진익훈 대변인이 1부속실장을 통해 대통령의 '기내 인사'를 요청했다. 기내 인사라고는 하지만 사실상 취재기자단에 대한 인사였다. 대통령은 이런 유형의 인사를 무척 싫어했다. 다분히 의례적이고 형식적이라는 생각 때문이었다. 그래서 순방을 떠나는 전세기에 오를 때마다 다른 대통령이라면 으레 치렀을 법한 관례를 사실상 거부해왔다.

그런 대통령이었지만 이번에는 거절하는 게 쉽지 않았다. 우선 일정 자체가 비교적 긴 편이었다. 짧게는 3박 4일, 길게는 7박 8일을 넘지 않는 게 보통의 순방 일정이었다. 자리를 오래 비울 수 없는 국내 사정 때문이었다. 그런데 이번엔 달랐다. 대변인의 자리에 복귀한 진익훈의 요청도 있었다. 대변인에게 힘을 실어줄 필요가 있다는 생각으로 기내 인사를 약속한 터였다. 그랬던 터라 비행기에 오른 후에도 화장을 지우지 못한 채 이륙과 안정고도 진입을 기다려야 했다. 대통령의 기내 인사는 언제나 방송국 카메라로 촬영되어 저녁 아홉 시 뉴스에 등장하기 때문이었다. 그는 언제나 '분장'으로 표현되는 일체의 행위를 꺼렸다. 과도한 수식, 도를 넘는 포장, 의도적인 연출, 의례적인 인사 등이 그런 것들이었다.

대통령 전용 공간 옆에는 회의용으로 개조된 룸이 있었다. 그곳으로 나오자 의전비서관과 대변인, 경호실장이 대기하고 있었다. 진익훈이 말했다.

"국내 현안에 대한 질문은 없을 겁니다. 그냥 간단히 인사하시면 됩니다."

대통령이 가볍게 고개를 끄덕이며 앞장섰다. 일반석 공간으로 들어서자 실무 수행원들이 엉거주춤한 자세로 자리에서 일어섰다. 대통령은 미소로 화답하며 그대로 앉아 있으라고 손짓했다. 수행원석 뒤로는 모두 기자석이었다. 중앙과 지방의 취재기자, 사진과 영상을 담당하는 카메라기자를 대표하는 간사들이 대통령을 맞았다. 기자들은 들고 있던 케이크 상자를 미리 준비해둔 간이테이블 위에 놓으며 말했다.

"대통령님, 축하드립니다."

뚜껑을 열자 작은 초콜릿 케이크가 보였다. 위에는 '축 회갑'이라는 세 글자가 새겨져 있었다. 대통령이 환하게 웃었다. 중앙기자실 대표기자가 초를 하나 꽂고 불을 붙였다.

"약식으로 이렇게 서서 하시지요. 회갑 축하드립니다."

대통령이 촛불을 불어서 끄자 박수가 쏟아졌다. 갈등과 애증의 관계여도 이렇게 통과해야 할 의례는 있는 법이었다. 대통령은 초콜릿 케이크의 한가운데에 집게손가락을 푹 찔러 넣은 뒤 한 움큼을 집어내더니 입으로 가져갔다. 기자들을 위한 서비스였다. 카메라 플래시와 함께 기자들의 웃음이 터졌다. 대통령이 짧게 인사말을 했다.

"작년에도 그랬는데, 올해도 순방 기간에 생일이 끼어 있습니다. 이번에는 또 환갑이기도 하고요. 고맙습니다. 이번 여정은 조금 길고 힘듭니다. 체력 안배 잘하면서 건강하게 취재활동 하시기 바랍니다. 거듭 고맙습니다."

대통령은 백여 명의 기자들과 일일이 악수를 나누고 돌아와 이 층

비즈니스석으로 향했다. 그곳에는 공식 수행원과 양·한방 주치의가 탑승하고 있었다. 인사를 나눈 대통령은 맨 앞 조종석 안까지 들어가 기장과 부기장을 격려했다. 여러 가지 조종 장치에 커다란 호기심을 보인 후 되돌아 나오면서 대통령이 공식 수행원들에게 말했다.

"자, 아래 회의실에서 이야기나 나누면서 갑시다."

장시간 비행에 대비해 간편한 차림을 하고 있던 수행원들이 부랴부랴 정장으로 갈아입었다. 서둘러 내려가니 대통령 내외가 이미 회의실 가운데에 자리를 잡고 기다리고 있었다. 작은 공간이었지만 대화를 나누려면 마이크를 사용해야 했다. 전세기 엔진의 소음 때문이었다. 시작은 날씨 이야기였다.

"날이 이렇게 쾌청한 걸 보니, 이번 순방도 좋은 성과를 낼 것 같습니다."

외교부 장관의 익숙한 덕담에 안보실장이 장단을 맞추었다.

"날씨가 좋으니 기분도 좋습니다. 아무래도 조짐이 좋습니다."

"하하, 모든 게 완벽하네요. 일하러 가는 게 아니고 놀러 가는 거였으면 더 완벽했을 텐데요."

대통령이 농담으로 날씨 이야기를 받았다. 끄트머리에 앉아 있던 경호실장이 말했다.

"첫 번째 방문지인 그리스 아테네는 날씨가 흐립니다. 대통령님이 머무시는 이삼일 동안 계속 흐리거나 비가 온다는 예봅니다."

"아, 그런가요? 내일 외부에서 환영식을 하던데 지장이 있겠네요."

대통령이 우려를 표하자 경호실장이 기다렸다는 듯 대답했다.

"아마 그럴 듯싶습니다. 러시아라면 몰라도…."

'러시아'라는 말에 좌중의 시선이 경호실장에게 쏠렸다. 대통령도 의아스럽다는 표정으로 응시했다. 조금은 당황한 모습으로 경호실장이 설명했다.

"아, 네. 작년 5월에 러시아가 전승기념일 행사를 치를 때였는데, 당국이 인공적으로 비구름을 제거하는 작전을 했습니다. 세계 주요국 정상들이 모인 중요한 행사였으니 그렇게 돈을 들여서라도 할 필요가 있었을 겁니다."

"아, 그랬었나요? 그건 어떤 방법으로 하는 건가요?"

안보실장이 물었다. 경호실장에게는 준비된 답변이 있었다.

"비행기 열한 대를 투입해서 약품을 살포했습니다. 그래서 높은 곳에 있는 비구름을 제거하는 것입니다. 작전에 들어가는 비용만 해도 백오십만 달러였습니다."

대통령이 고개를 끄덕였다. 호기심이 많은 대통령이었다. 안보실장이 다시 질문을 던졌다.

"그런데 어떤 약품을 뿌린다고 합니까?"

막힘없이 대답하던 경호실장이 멈칫했다.

"글쎄요. 그것까지는…."

그것까지는 알 수 없었다. 전문적 분야였다. 그러자 대통령이 웃으며 말했다.

"아마 드라이아이스, 액체질소, 요오드 같은 약품들일 겁니다. 예전에 어디선가 본 기억이 있습니다. 경호실장 이야기를 들으니 생각이

나는군요. 그걸로 비구름을 없애는 것이지요. 아니, 정확히 말하면 없 애는 게 아니라 행사에 앞서 비구름이 비를 미리 뿌리게 하는 것이겠 지요."

공식 수행원 모두가 감탄스러운 표정으로 대통령을 바라보았다. 대통령이 껄껄 웃으며 한마디를 덧붙였다.

"그렇게 할 수만 있다면 우리 정치도 제 임기 중에 먹구름이 비를 다 뿌리고 사라졌으면 좋겠습니다. 저에게 그런 기술이 있다면…"

그것이 서울을 떠나던 날 전세기 안의 풍경이었다. 그리고 정확히 보름 뒤.

전세기는 한미 정상회담을 마친 대통령 일행을 태우고 워싱턴을 떠나 샌프란시스코에서 1박 한 뒤, 태평양 상공을 날아 서울로 향했다. 구름 위에서 보는 세상이 아름답기만 하던 시절이 있었다. 이제 막 환갑을 넘긴 대통령은 그 시절을 이미 잊어버린 듯 애써 창밖을 보려 하지 않았다.

보름, 짧지 않은 시간이었다. 그동안 국내 정치 상황은 더욱 악화되었다. 헌법재판소장 임명 절차를 두고 시작된 시비가 극단적 정쟁으로 치닫고 있었다. 내년도 예산을 다루는 정기국회가 시작되었지만 정국 경색으로 여야 대화의 문은 굳게 닫혀 있었다. 이 국면을 풀어낼 실마리를 쥔 사람은 대통령뿐이라는 언론보도가 있었다. 대통령이 매듭을 풀지 않는 한 정치 부재의 상황이 길어질 것이고 그것은 결국 국정 파탄으로 이어지게 된다는 전망이었다. 그러면 결국 대통령이 모든 비난의 화살을 맞게 되리라는 경고이기도 했다. 국내에서 날아온 일일 언론보도 분석 보고서를 읽던 대통령은 지시사항 난에 무언가를 쓰려다가 멈칫했다. 그 밑으로 보이는 두 번째 기사가 미간을 찌푸리게 했다. '여당, 더 이상 임 대통령 편 안 들어'라는 제목의 기사였다. 이제 여당은 개별 의원 차원이 아니라 지도부 차원에서 대놓고 대통령을 공격하고 있었다. 소개된 한 마디 한 마디가 대통령의 가슴에 비수가 되어 꽂혔다. 어떤 말은 상처가 되었고, 어떤 비난은 대못이 되었다. 어느 곳에서도 배려나 위로의 한마디는 없었다.

핀란드가 세 번째 순방국이었다. 헬싱키가 수도였지만 한국의 어느 교외에 나온 것처럼 아늑하고 한적했다. 사람들의 걸음걸이에서 여유와 행복이 묻어나왔다. 그럴 수만 있다면 보름이라도 더 머물고 싶은 평안함이 그곳에 있었다. 평안함을 질투하듯 비서실장이 전화를 걸어와 국내 상황을 보고했다. 영빈관 바깥으로 보이는 바다는 더없이 잔잔했지만 귓속을 파고드는 통화 내용은 거센 비바람이었다. 여당 지도부를 두루 만나 상의해보니 대통령이 헌법재판소장 임명동의안을 철회하는 길밖에 달리 방법이 없다는 의견이었다. 대통령에게 최후의 통첩을 보낸 셈이었다. 그러나 거기까지는 그도 이미 예상하고 있던 터였다. 순방 중인 대통령에게 비서실장이 급하게 전화를 건 이유는 따로 있었다.

"여당 대표들은 앞으로 당정 협의를 하지 않겠답니다."

"허허, 그래요?"

대통령이 헛웃음을 지었다. 수화기 건너편 비서실장은 말이 없었다. 비서실장이 크게 한숨을 짓는지 거친 숨소리 같은 게 들렸다. 대통령은 국제전화의 잡음이라고 생각했다. 그가 말했다.

"당정 협의를 거부하겠다는 건 여당을 하지 않겠다는 뜻인가요?"

그가 핵심을 물었다. 결코 에둘러 묻는 성격이 아니었다.

"꼭 그런 것은 아니지만…"

비서실장이 말끝을 흐렸다. 대통령이 곧바로 말을 이었다.

"제가 당적을 정리하는 게 낫지요. 그게 답입니다. 아무튼 알겠습니다."

저녁, 핀란드 총리는 ASEM 회의에 참석한 각국 정상들에게 국빈 만찬을 베풀었다. 최상의 메뉴가 제공되었다. 프랑스식 달팽이 요리가 애피타이저였고, 송아지 스테이크가 메인이었다. 대통령은 식사보다 대화에 집중했다. 스웨덴 총리 내외가 그의 좌우에 앉아 있었다. 무대 위에서는 소규모의 오케스트라가 쇼스타코비치의 왈츠를 연주하고 있었다. 낯익은 선율이 대화에 집중하는 걸 방해했다. 문득 일 년 전 어느 외국의 정상과 만찬석상에서 나눈 대화가 오버랩되었다.

확대 정상회담이 진행되는 동안 그 정상은 격의 없이 자유롭게 발언했다. 그 모습에 대통령은 깊은 인상을 받았다. 이야기가 잘 통하는 사람이라고 느꼈다. 그는 그 정상의 환대에 감사의 뜻을 표하며 '선물을 많이 받아 비행기가 뜰 수 있을지 걱정'이라고 회담의 성과를 표현했다. 그날 만찬석상에서도 두 사람은 친근하게 대화를 이어나갔다. 그 정상이 먼저 대통령에게 말했다.

"임기가 끝나면 편안한 마음으로 관광 오세요."

대통령이 웃음으로 화답했다.

"네, 좋습니다. 기왕이면 각하의 초청으로 오고 싶습니다."

그 정상이 다음 선거에서 재선되기를 바라는 마음을 에둘러 표현한 것이었다. 그런데 이야기를 듣는 순간 그 정상의 얼굴에 어두운 그림자가 스쳤다. 잠시 침묵하던 그는 뜻밖의 반응을 쏟아내었다.

"사실, 지금 이렇게 한 번 하는 것도 정말 힘듭니다."

놀란 것은 오히려 대통령이었다. 그 정상은 항상 자신만만하면서도 활력이 넘치는 모습이었다. 그 이면에 이토록 외롭고 힘겨운 모습이 있으리라고는 생각조차 할 수 없었다. 만찬을 마치고 돌아온 대통령은 당시 진익훈 1부속실장을 불렀다. 느낌과 소회를 기록으로 남겨두고 싶어서였다.

"나는 그의 재선이 결국 나라의 승리가 될 것이라고 마무리를 하려는데, 그는 국민들이 현실을 인정하지 않고 끊임없이 요구한다며 거듭 힘겨움을 피력하더군. 그래서 나도 지금 겪고 있는 힘겨움을 이야기했다네. 아내는 내가 정치하는 것을 반대하면서도 내가 흔들릴 때면 또 책임을 다하라고 주문한다는 이야기도 했지. 그러고는 그 정상의 부인에게 의견을 물어보았지. 그 부인은 실감이 나지 않는다는 듯이 '당이 하라고 하면 할 수밖에 없지 않느냐'고 대답하더군. 그래서 생각했지. 그의 아내도 또 나의 아내도 어쩌면 그 정상이 말하는 국민의 한 사람일 거라고."

그것은 뜻밖의 공감이었다. 그 정상의 힘겨워하던 모습은 당시 고단한 정치 현실로 지치고 풍화되어가는 대통령의 자화상이기도 했다.

ASEM 정상회의 만찬을 마친 대통령은 숙소로 돌아오자마자 주방에 라면을 청했다. 순방국의 공식 만찬 행사에 다녀올 때마다 거르지 않는 대통령의 주문이었다. 라면 한 그릇을 비운 후 대통령은 믹스커피 한 잔을 마시며 아리랑 담배에 불을 붙였다. 힘들고 어려운 시기에도 그의 얼굴에서 웃음을 지켜준 세 가지 아이템이었다. 대통령을 수행하여 만찬에 참석했다가 돌아온 수행원들이 영빈관 숙소의 응접실에 모였다. 와인 한 잔씩을 나누는 조촐한 술자리가 시작되었다. 비서실장과의 통화 내용이 아직도 목에 걸려 있었는지 대통령은 평소보다 빠르게 와인 한 잔을 비웠다. 가슴에 막힌 무언가를 술로 흘려보내려는 의도인 듯 보였다. 술기운이 돌자 이번에는 안보실장이 양주폭탄을 제조했다. 대통령은 사양하지 않고 서너 잔을 마셨다. 관저에서는 이따금 있는 일이었지만 순방 중에는 낯선 광경이었다. 1부속실장과 대변인이 잔뜩 긴장한 표정으로 대통령을 지켜보았다. 누가 시키지도 않았는데 대통령이 갑자기 노래를 부르기 시작했다.

"오느을도오 걷는다마는 정처 없는 이 바알길. 지이나아온 자국마다 눈무울 고였소."

응접실은 빠른 속도로 취해가고 있었다. 대통령은 분명히 '정처 없는'이라고 노래했지만 진익훈의 귀에는 '정치 없는'처럼 들려왔다. 그는 대통령이 일부러 그렇게 표현했을 것으로 추측했다. 취기가 한껏 오른 대통령이 말했다.

"헬싱키는 참 아름다운 도시입니다. 오늘 낮에 유람선을 타보니 바다도 아름답더군요. 우리나라도 이렇게 쾌적하고 풍요로워졌으면 좋겠습니다. 다만 역동적인 우리나라 사람들이 이런 환경을 좋아할지는 의문입니다."

대통령은 밤늦게 술자리가 파할 때까지 국내 정치를 화제에 올리지 않았다. 순방국인 그리스나 루마니아, 핀란드의 정치에 대한 언급도 없었다. 평소의 순방에서는 국내 아니면 순방국의 정치 상황이 으레 화제에 오르곤 했다. 이날은 의도적으로 피한다 싶을 만큼 정치를 말하지 않았다. 주방에서 준비해둔 담배가 동이 나자, 대통령은 재떨이에서 제법 긴 장초를 찾아 다시 불을 붙였다. 미국으로 출발하기 하루 전날이었다.

서울로 향하는 전세기 안에서 대통령은 다시 라면으로 요기를 했다. 그러고는 곧바로 공식 수행원들을 회의실로 소집했다. 수도 없이 순방을 다녀왔지만 귀국하는 기내에서 환담을 소집하는 것은 좀처럼 없는 일이었다. 이래저래 피곤할 법한 수행원들에 대한 배려이기도 했다. 그런데 이날의 대통령은 조금 무리를 해서라도 대화를 나누고 싶어 했다. 수행원들은 그 배경을 짐작하기 어려웠다. 아무래도 전시작전통제권 환수에 적극 협력하겠다는 미국 대통령의 언급에 고무된 것으로 보였다. 이제 국내로 돌아가면 보수언론의 생떼나 트집에 맞서 싸워야 하는 일은 최소한 없을 것이었다. 서울을 떠날 때에 비하면 전세기의 엔진 소음마저 경쾌하다고 느껴졌다. 수행원들이 얼추 모이자 대통령이 이야기를 꺼냈다. 역시 주제는 전시작전통제권과 한미 FTA였다. 지지층과 반대층이 백팔십 도로 엇갈리는 두 어젠다를 동시에 추진하고 있다는 사실이 문득 새삼스럽게 느껴졌다. 미국으로 직접 날아와 정상회담에 배석한 뒤 함께 귀국하는 통상교섭본부장이 말했다.

"미국이 협상을 서두르고 있습니다. 그런 만큼 우리에게 유리한 상황입니다."

이야기를 들은 공식 수행원들의 얼굴이 더욱 밝아졌다. 대부분 한미FTA의 조기 타결을 기대하고 있었다. 어쩌면 그들은 반세기 만에 전시작전통제권을 되찾아온다는 사실보다 미국과의 관세장벽이 비로소 허물어진다는 사실을 더욱 반기는지도 모를 일이었다. 대통령은 회의를 짧게 마무리했다.

전용 공간으로 돌아온 대통령은 침대 옆 테이블에 앉아 노트북의 전원을 켰다. 돋보기안경을 꺼내어 쓰고는 한글 파일들을 차례로 열었다. 비서실에서 올린 여러 가지 보고서였다. 이제 어쩔 수 없이 마주해야 할 국내의 현실이었다. 첫 문건은 정무비서관실의 보고로, 여당의 동향에 대한 것이었다. 중진 의원을 포함하여 모두 이십여 명의 의원이 늦어도 연내에는 탈당할 것으로 전망된다는 보고였다. 거명된 이름들이 무척 낯익었다. 이 정부가 출범하기까지 크게 기여한 사람들도 더러 있었다. 대통령은 잠시 창밖을 응시하며 상념에 잠겼다.

앞으로 더 많은 사람이 그의 곁을 떠날 것이었다. 떠나려는 사람을 붙잡을 만한 당근도 얼마 남아 있지 않았다. 그들을 위해 챙겨줄 자리는 이제 없었다. 초법적 권력을 행사하지 않는다면 대한민국 대통령에게 남은 유일한 권력은 인사권뿐이었다. 그런데 임기의 칠십 퍼센트를 보낸 지금, 희망자들이 의미 있게 받아들일 자리는 거의 없었다. 그런 사실을 잘 알고 있는 사람들부터 떠나기 시작하는 것이었다. 기대와 희망이 낙담과 체념으로 변하고, 그것이 다시 불평과 반목을 넘어 비난과 갈라섬으로 향하는 지점이었다. 지금 떠나는 사람은 결코 돌아오지 않을 것이었다. 설사 다음 해에 어떤 자리를 맡아달라고 간청해도 끝내 손사래를 칠 사람들임이 분명했다. 기울어가는 정권과 대통령의 뒤치다꺼리보다는 새로운 리더십에 줄서기 하는 게 백번 현명한 선택일 수밖에 없었다. 떠남이 당연한 시절이었다. 대통령과의 선 긋기와 차별화가 올바른 처세인 계절이었다.

이런 상황이 올 것임을 예견하고 그동안 초법적 권력을 행사하지 않은 것이 어쩌면 잘한 일일지도 모른다. 대통령 자리에 오른 뒤 그는 권력의 행사를 최소한으로 제한했다. 당과의 관계에서도 분리 원칙을 분명히 했다. 당을 지배하지 않겠다는 원칙이었다. 그것이 지난 대통령 선거의 시대정신이었다. 모두가 그렇게 당을 지배하지 않는 대통령 시대를 요구했다. 대통령은 거기서 한 걸음 더 나아갔다. 분권형 국정운영을 통해 권력을 더 나누었다. 검찰 등을 손에서 놓았듯이 포기한 권력도 있고, 책임총리처럼 분리한 권력도 있다. 그러다 보니 시중에서는 무척이나 무력해 보이는 대통령을 성토하는 목소리가 높았다. 그렇게 도덕성 하나로 유지하면서 마무리 국면으로 접어든 권력이었다. 제대로 보이지 않는 앞길에는 이제까지보다 더한 살얼음판이 기다리고 있을 수도 있었다. 자칫하면 걷잡을 수 없는 속도로 무너질 수도 있었다. 최대한 연착륙할 방법을 찾아야 했다. 전세기가 서울공항에 접근하고 있었다.

대학생

세 친구는 졸업하는 해에 대학교에 진학했다. 11월에 대입 학력고사를 치른 후, 이듬해 1월과 2월에 걸쳐 대학별 본고사를 치렀다. 겨울답지 않게 따뜻한 계절이었다. 1월 초 졸업식을 마치자마자 우중충한 교복을 벗어 던진 친구들은 사복 차림으로 연세대학교에서 시험을 봤다. 익훈과 인수는 함께 경영학과를 지망했다. 희연은 문과대학 어문계열에 원서를 냈다. 시험을 치르기 전부터 극도의 긴장감이 익훈의 온몸을 휘감았다. 국어, 영어, 수학 세 과목이었다. 무거운 압박감에 뜬눈으로 밤을 새워야 했던 삼 년이라는 세월을, 단 세 시간에 담아내야만 했다. 시험을 마치고 정문을 나서는 순간, 익훈을 기다리는 것은 뜻밖에도 해방감이 아니었다. 이전과는 전혀 다른 차원의 긴장이었다. 합격 여부가 발표될 때까지 이 주일 동안 온몸으로 감당해야 할 떨림이었다.

세 친구의 학력고사 점수는 엇비슷했다. 결국 본고사가 셋의 운명을 갈랐다. 익훈과 희연은 합격이었다. 대강당 앞에 세워진 임시게시판에서 김인수의 수험번호는 찾을 수 없었다. 111, 112, 114, 115⋯.

정말 거짓말처럼 113번은 없었다. 희연은 날아갈 듯이 기뻤지만 인수를 의식해야 했다. 따져보니 수학 문제 하나가 익훈과 인수의 당락을 갈랐다. 시험을 치른 날 저녁, 인수의 집에 모인 세 친구는 문제지를 놓고 답을 맞춰보았다. 국어와 영어는 세 친구의 점수가 모두 비슷했다. 문제는 수학이었다. 출제된 여섯 문제 모두 정답을 써낸 사람은 익훈뿐이었다. 인수와 희연은 마지막 확률 문제를 틀렸다. 희연은 다섯 번째 수열 문제도 오답을 썼다. 결국 익훈과 인수는 확률 문제 하나로 당락이 갈리고 말았다. 희연은 수학에서 두 문제를 틀렸지만 문과대는 상대적으로 커트라인이 낮아 합격할 수 있었다. 인수의 불합격은 익훈과 희연이 빠듯하게 턱걸이로 합격했음을 의미했다. 인수의 사전에는 재수가 없었다. 그는 어떤 일이 있어도 희연과 같은 학년으로 살겠다며 곧바로 후기 대학에 원서를 냈다. 불과 몇 주일 사이였지만, 그와중에 그는 희망 전공을 법학과로 바꾸었고 결국 합격했다. 그렇게 불안과 긴장으로 하얗게 밤을 새우던 고교 시절을 뒤로 한 채, 세 친구는 자유와 낭만이 가득한 대학 교정에 첫발을 내디뎠다.

대학교 1학년. 하루하루가 꿈같은 시간이었다. 누가 묻지 않아도 인생을 통틀어 가장 찬란한 계절이라고, 너무 아름답고 행복해서 그냥 멈춰 있게 해달라고 기도하고픈 시간이라고, 흘러가는 일분일초도 더없이 안타까울 만큼 소중한 순간이라고 말하고 싶은 나날이었다. '하루는 왜 마흔여덟 시간이 아니고 스물네 시간인 것일까?' 친구는 그렇게 투정을 부린다. 또 다른 친구는 '누군가 억만금을 주며 이 시간을 사겠다고 해도 단칼에 거절할 것'이라고 잘라 말한다. 무엇과도 바꿀 수 없고, 또다시 맞이할 수 없는 시간이었다. 친구의 가슴에는 기쁨이 넘쳐났고 만남에는 웃음이 꽃피었다. 해 질 무렵 도서관 앞 벤치에 걸 터앉아 바라보는 캠퍼스의 풍경에는 자유가 있었고 낭만이 있었고 사랑이 있었다. 입시의 중압감에서 벗어난 신입생들에게는 모든 것이 설렘이었고 해방이었다.

진익훈은 하루에도 몇 번이나 가슴에 달린 대학교 배지를 볼 때마다 야릇한 희열에 사로잡혔다. 그것 하나로도 기분이 좋아졌고 어깨가 으쓱해졌다. 도서관 삼 층의 참고열람실, 그곳에서 아놀드 토인비의 《역사의 연구》를 꺼내어 읽을 때면 세상을 다 가진 사람처럼 우쭐한 기분이 되었다. 남들과 다르다는 생각이 생겨났다. 아니, 다르다는 것을 넘어 우월하다는 선민의식이 싹텄다. 책을 읽고 교양이 쌓이는 만큼 엘리트의식은 무섭게 자라났다.

1979년 봄. 계절은 어머니의 품처럼 따뜻하고 아늑했다. 봄이 이토록 아름다운 계절이라는 사실을 익훈과 희연은 처음으로 깨달았다. 초등학교 시절 학교를 에워싼 담장에 가득 피어난 개나리의 숲이 그들이 알고 있는 봄의 전부였다. 이제 그들에게는 커피가 있었고 담배가 있었고 생맥주와 막걸리가 있었다. 대화가 있었고 지식인이라는 자부심이 있었다. 상대 앞 잔디밭에 누운 채 허공을 향해 흥얼거리는 노래가 있었고 밤하늘을 수놓는 불꽃놀이의 축제가 있었다. 아침이면 교문을 들어설 때마다 들뜬 마음으로 대학신문을 받아들었고, 신촌의 술집과 당구장, 때로는 로터리 한쪽의 고고장에서 저녁을 보냈다.

희연과 익훈은 교양 영어회화 강의를 같이 들었다. 강의 중간에 시간이 빌 때마다 둘은 함께 교정을 누볐다. 익훈의 과 동기들이 부러워하는 시선으로 바라보았다. 4월 말의 어느 날, 익훈과 희연은 학교 정문 앞 이 층 독수리다방의 후미진 구석에 마주 앉았다. 디스크자키에게 신청한 노래가 다방 안에 울려 퍼졌다. 둘은 작은 소리로 합창하듯 따라 불렀다. 스모키의 〈리빙 넥스트 도어 투 앨리스〉였다. 합격을 확인한 그날 저녁, 이 다방 이 자리에서 둘이 축하곡으로 들은 팝송이었다. 크리스 노먼의 감미로운 보컬이 절정을 향해 치달릴 즈음이었다. 누군가 헐레벌떡 이 층으로 뛰어 올라왔다. 인수였다. 그는 익훈과 희연이 이미 자리를 떴다고 생각했는지 입구의 메모판부터 확인했다. 자신에게 남겨진 메모가 없음을 확인한 인수는 그제야 다방 안을 구석구석 살피기 시작했다. 익훈과 희연이 커다란 손짓으로 인수를 맞았다.

"왜 이렇게 늦었니? 한참 기다렸잖아."

익훈이 불만을 나타내자 인수가 너털웃음을 웃었다.

"거짓말하지 마라. 기다리긴 뭘?"

느닷없는 인수의 대답에 희연의 눈이 동그래진다. 이유를 묻는 눈빛이다.

"솔직히 내가 늦는 걸 더 좋아한 거 아니냐? 나도 너희 다정한 꼴 보기 싫어서 일찍 오려고 무척 애썼다. 이 등줄기에 땀난 거 봐라."

희연이 미간을 찌푸리자 익훈이 말한다.

"너 그런 소리 정말 계속할 거냐? 아무튼 미팅이라도 했나 보네. 이렇게 늦은 걸 보니…"

익훈은 시비 대신 말을 돌린다. 인수가 이마의 땀을 닦으며 말한다.

"글쎄, 대타로 나간 미팅이었는데 별 재미 없었어. 애프터 신청도 안 했고."

익훈과 희연의 얼굴에 실망하는 기색이 역력하다. 하루빨리 인수에게 파트너가 생겼으면 하는 바람의 표현이다. 둘의 표정을 번갈아 보더니 인수가 말한다.

"그나저나 이제 너희 학교도 축제라며? 희연이는 어떻게 파트너 구했냐?"

"파트너는 무슨? 익훈이가 하면 되지."

희연이 곧바로 되받는다. 고민할 필요가 전혀 없다는 투다. 물을 마시던 인수가 갑자기 사레가 들었는지 기침을 해대기 시작한다.

"캑, 무슨 같은 학교 학생끼리, 캑캑, 파트너를 하고 그러냐? 촌놈들처럼, 캑. 희연아, 나는 어떠냐? 나는 어차피 1학년 1학기만 놀 사람이니까, 캑."

뜻밖의 이야기에 익훈과 희연이 정색한다. 누가 먼저랄 것 없이 두 사람이 잇따라 묻는다.

"1학기만 놀다니? 그게 무슨 말이야?"

"아니, 벌써 군대라도 가려는 거야?"

물음에도 아랑곳없이 기침을 계속하던 인수가 몸을 곧추세우더니 근엄한 표정으로 선언한다.

"아니, 캑, 나 1학기 마치면 곧바로 방학 때부터 사법시험 준비할 거다. 캑캑."

　가을이었다. 노천강당 뒤편 언덕의 나무들 위로 서늘한 공기가 살
포시 내려앉았다. 여름을 몰아낸 찬 기운에 세상이 반응하고 있다. 차
가움을 머금은 하늘은 티끌 하나 없이 파란색으로 빛났다. 싸늘함에
놀란 은행잎에서는 옅은 노란색이, 가을에 취한 단풍에서는 붉은 기
운이 살며시 배어 나왔다. 노천강당은 응원 열기로 뜨거웠다. 스탠드
를 가득 메운 학생들이 춤을 추며 노래하고 있었다. 나흘 후 라이벌
대학교와의 정기전이 열릴 예정이었다. 남녀 응원단장이 원색의 화려
한 옷을 입고 무대 위에서 율동을 선도했다. 케이시 앤 더 선샤인 밴
드의 〈셰이크 유어 부티〉가 귀청을 울렸다. 스피커가 크게 진동할 때
마다 학생들의 함성이 하늘 위로 퍼졌고, 언덕의 나무들도 부르르 몸
을 떨었다. 연습에 참가한 학생들 가운데 절반이 1학년이었다. 춤 동
작에 얼추 익숙해질 무렵, 노래가 빌리지 피플의 〈Y.M.C.A〉로 바뀌
었다. 율동을 선도하는 응원단원도 일부가 교체되었다. 새로운 단원들
의 뒤를 따라 평범한 옷차림의 학생 한 명이 무대 위로 올라왔다. 그
는 스탠드를 마주 보고 서자마자 허공을 향해 수십 장의 종이를 뿌렸
다. 유인물로 보였다. 하늘로 솟구친 종이들이 하나둘 흩어지며 서서
히 땅으로 떨어지기 시작했다. 그 순간 음악이 멈추었다. 학생이 소리
쳤다.

　"학우 여러분, 유신독재를 타도합시다."

　노천강당 곳곳에서 외침이 들려왔다.

"유신 철폐, 독재 타도!"

"유신 철폐, 독재 타도!"

외침은 이내 놀란 학생들의 웅성거리는 소리에 묻히고 말았다. 무대 위의 학생은 여전히 무언가를 이야기하고 있었다. 정확히 알아들을 수는 없었다. 익훈과 희연은 까치발로 서서 귀를 쫑긋 기울였다. 그때였다. 어디서 나타났는지 건장한 남자 서너 명이 순식간에 무대 위의 학생을 덮쳤다. 긴 숨을 한 번 쉬었을 정도의 짧은 시간이었다. 그야말로 눈 깜짝할 사이였다. 맥없이 쓰러진 학생은 건강한 남자들에 깔린 채 아무런 저항도 하지 못했다. 그래도 강당 곳곳에서의 외침은 점점 더 커지고 있었다.

"유신 철폐, 독재 타도!"

그러자 이번에는 역시 점퍼 차림의 또 다른 남자들이 나타나더니 구호 소리가 들리는 곳곳을 노려보며 달려가기 시작했다. 외침 소리가 잦아들더니 이내 들리지 않았다. 그사이 유인물을 뿌렸던 학생은 점퍼들에게 들린 채 무대 아래로 내려졌고 곧바로 출입구 바깥으로 끌려 나갔다. 무언가를 외치려는 듯 보였지만 점퍼의 손이 입을 틀어막고 있었다. 잠시 후.

멍하니 광경을 지켜보고만 있던 응원단이 구호를 외치기 시작했다.

"아카라카 칭 아카라카 초, 아카라카 칭칭 초초초!"

어떤 상황인지 몰라 어안이 벙벙하던 1학년들이 하나둘씩 구호를 따라 했다. 그것이 누구를 위한 구호인지, 무엇을 하자는 것인지 알 수는 없었다. 익훈과 희연도 주변의 눈치를 살피며 동참했다. 되살아난 목소리들이 강당 너머로 퍼져나갈 무렵, 멈춰 있던 음악이 다시금 흘러나왔다. 이은하의 〈밤차〉였다. 응원 연습은 계속되었고 그렇게 조금 전의 소란은 하나의 해프닝이 되어 금세 잊히고 말았다. 익훈은 당혹스러웠다. 혼란스러움을 감추지 못했다. 이곳에서 나가야 하는지 아니면 그대로 있어야 하는지 갈피를 잡을 수 없었다. 옆에서 지켜보던 희연이 익훈을 잡아 이끌며 눈짓을 보냈다. '그만 여기서 나가자'는 것이었다. 강당 뒤편으로 빠져나온 둘은 소나무 숲으로 걸어가 벤치에 앉았다. 서로의 얼굴을 한참 쳐다보고 나서야 희연이 익훈에게 물었다.

"기분이 찝찝하지? 나도 그래."

익훈이 고개를 끄덕이며 말한다.

"그래. 데모라는 게 저런 건 줄 몰랐어. 사람이 잡혀가는 걸 직접 보니 기분이 이상해."

'멀리 기적이 우네. 나를 두고 멀리 간다네.'

노천강당에서는 여전히 흥겨운 합창이 이어지고 있었다. 희연이 원망스럽다는 표정으로 그쪽을 보며 말한다.

"이런 기분을 뭐라고 해야 하지? 아무튼 이상해. 무섭기도 하지만, 슬퍼."

희연이 벤치에서 일어나더니 익훈의 손을 잡아 이끈다.

"그러지 말고 우리 바깥으로 나가자. 가서 술이라도 먹자."

익훈과 희연은 노천강당 입구를 지났다. 힘찬 응원가 소리가 교정 곳곳에서 메아리로 울리고 있었다. 둘은 빠른 걸음으로 정문을 향했다. 저녁 어스름이 백양로에 살며시 내려앉고 있었다. 상대 앞을 지날 무렵이었다. 허름한 점퍼 차림의 남학생 몇몇이 바닥에 뒤엉킨 모습으로 울고 있었다. 두 여학생이 옆에서 그들을 일으켜 세우려 안간힘을 쓰고 있었다. 술에 취한 것으로 보이지는 않았다. 아무리 술에 취했다 해도 이렇게 백양로 바닥에 누워 우는 일은 좀처럼 없었다. 무척 낯선 풍광이었다. 의아한 눈길로 지켜보던 익훈과 희연이 다시 오십여 미터를 걸어가자 그곳에는 한 무리의 남녀 학생이 서로를 붙잡은 채 울고 있었다. 울음이라기보다는 통곡에 가까웠다. 좌우를 살펴보니 곳곳에서 학생들이 삼삼오오 모여 앉아 훌쩍거리고 있었다. 그제야 익훈은 그들이 우는 이유를 알아차릴 수 있었다. 조금 전 노천강당에서 있었던 사건의 파장이 분명했다. 익훈의 가슴 깊은 곳에서 뭉클한 슬픔이 밀려 올라왔다. 안타까움과 부끄러움이 교차했다. 익훈이 고개를 들어 멀리 정문을 바라보는 순간, 그 슬픔은 깊은 분노로 바뀌었다. 백여 미터 앞쪽에 푸른 장벽이 쳐져 있었다. 익훈은 긴장했다. 온몸에 소름이 돋았다. 긴장은 곧바로 전율로 바뀌었다. 그것은 전투경찰이 만든 장벽이었다. 방석모와 방패로 무장한 전투경찰이 튼튼한 벽을 구축하고 있는 것이었다. 장벽은 학교 안 깊숙한 곳까지 밀고 들어와 백양로를 완전히 차단한 상태였다. 익훈으로서는 낯설다 못해 기이한 광경이었다. 전투경찰의 장벽 가까이에서도 몇몇 학생이 앉은 채로 어깨를 들썩이며 통곡하고 있었다. 지난 일곱 달 동안 익훈과 희연이 익숙하게 보아온 교정이 아니었다. 자유와 낭만으로 물들어 있던 캠퍼스에 어느 날 문득 이런 모습이 복병처럼 나타나리라고는 전혀 예상하지 못했다. 우쭐한 선민의식이 지배하던 상아탑의 이면에서 죄지은 듯 숨죽이고 있던 분노와 슬픔, 그리고 아픔의 감정들이 1979년 9월 말의 어느 날 돌연 땅 위로 솟아나 캠퍼스를 우울하게 만들고 있었다. 익훈은 희연의 손을 꽉 쥐었다. 질풍노도의 시대가 시작되고 있었다.

보이는 것이 전부는 아니었다. 보이는 것은 그저 보이는 것일 뿐이었다. 보이지 않는 곳에 더 큰 세상이 숨어 있었다. 더 큰 세상에는 다른 낱말들이 있었다. 이제까지 접하지 못했던 다른 언어들이 있었고, 그동안 알 수 없었던 다른 역사가 있었다. 세상을 다르게 보는 세계관도 있었다. 종말을 향해 가고 있는 유신 시대 말기, 대한민국의 대학에서는 보이지 않는 곳에 커다란 저항의 흐름을 감추고 있었다.

10월 말의 어느 금요일, 익훈은 연세대학교의 학생운동을 주도하는 서클에 가입해 선배와 동료들에게 인사했다. 이름이 '닷샛날 모임'이었다. 책을 읽고 금요일에 전체 토론회를 열기 때문에 붙여진 이름이었다. 토론회가 끝나고는 스무 명 정도가 신촌시장 어귀에 있는 술집 페드라에 몰려가 찌개 안주를 놓고 소주를 마셨다. 취기가 오르자 돌아가며 노래를 부르기 시작했다. 가곡 〈명태〉를 부르는 친구도 있었고, 농민가를 부르는 친구도 있었다. 생경한 노래였다. 〈차돌 이내몸〉을 부르는 선배도 있었다.

싸움이 싸움이 몹쓸 싸움이 허망하다 말하지 마라. 한 사람이 죽자고만 태어난 것 같다. 산산이 부서져라. 차돌 이내몸 깨뜨리고 깨진 듯이 외쳐라.

술 취한 몇몇 선배와 동료들은 학교 후문 근처의 하숙촌으로 몰려 갔다. 그곳에서 다시 라면을 안주 삼아 술을 마시며 밤새워 격렬한 토론을 벌이려는 것이었다. 열두 시 통행금지가 있는 시절이었다. 익훈은 서둘러 집으로 향했다. 집이 신촌을 떠나 구로공단 근처로 이사한 지도 삼 년이 넘은 때였다. 103번 안양교통 좌석이나 107번 옥성운수 도시형 버스를 타더라도 삼십 분 이상이 족히 걸렸다. 익훈은 이날 마신 술을 게워내기 위해 영등포 지나 우신극장 앞 정류장에서 한 차례 버스에서 내려야 했다. 술이 약한 편이었다. 그리고 다음 날 아침. 학교 도서관에서 새로운 세계로 들어가는 책들을 읽으려던 계획은 포기해야 했다. 간밤에 선포된 계엄령으로 학교 문이 굳게 닫혀버렸기 때문이다.

금요일 저녁 익훈 일행이 〈차돌 이내몸〉을 부르고 있던 시간에, 중앙정보부장의 총을 맞고 대통령이 숨을 거둔 것이었다. 10·26사태였다. 대학교에 한 달 남짓 휴교령이 내려졌다. 휴교령의 끝에서 겨울방학이 시작되었다. 익훈과 희연, 인수의 대학교 1학년은 한 해를 온전히 채우지 못하고 끝났다. 그렇게 1970년대가 마무리되고 1980년대가 시작되었다.

한 달간의 휴교령은 1980년 한 해에 맞게 될 소용돌이에 비하면 정말 아무것도 아니었다. 3월의 새 학기는 민주화의 봄으로 시작되었다. 경찰은 학교에서 철수했다. 신군부와 12·12쿠데타를 규탄하는 목소리가 높았다. 도서관 앞에서는 이틀에 한 번꼴로 집회가 열렸고 백양로에서는 하루가 멀다고 시위가 벌어졌다. 교문 바깥의 경찰은 최루탄으로 대응했다. 5월, 마침내 학생들은 교문을 박차고 나가 서울역 앞에 모였다.

가두시위가 한창이던 5월, 희연과 익훈이 갈채에서 만났다. 신촌 로터리 근처의 경양식집이었다. 국방색 작업복 바지 차림으로 나타난 익훈에게서는 매캐한 최루탄 냄새가 났다. 그는 바지 주머니에서 담배를 꺼내 테이블 위에 놓았다. 한 갑에 이백 원인 청자였다. 운동권은 '거북선'보다 '청자'였다. 돈이 있어도 청자를 고집하는 그들의 선호를 희연은 이해할 수 없었다. 어디서 구했는지 알 수 없는 카키색 셔츠는 담배 연기에도 곧 구멍이 날 것처럼 얇아 보였다. 잔소리가 목까지 차올랐지만 희연은 가까스로 참았다. 익훈을 시위 현장에서 멀리 떼어놓는 일이 급했다. 몇 날 며칠 뒤쫓아 다니며 말렸지만 소용없는 일이었다. 그럴수록 익훈은 점점 더 그녀의 시야를 피해 다녔다.

"언제까지 그렇게 다닐 거야? 데모하려고 대학에 온 거 아니잖아? 얼마나 힘들게 공부해서 들어온 대학인데…"

익훈이 허공을 향해 담배 연기를 길게 내뿜었다. 대낮임에도 어둑한 실내에는 산타 에스메랄다의 〈유어 마이 에브리씽〉이 흐르고 이었다. 희연의 목소리가 높았던 탓인지, 칸막이 너머 남녀가 갑자기 소리를 낮추었다. 익훈이 나지막하게 말했다.

"나랑 같은 길을 갈 게 아니면 이제 그 이야기는 그만해. 제발 나를 약하게 하지 말아줘."

재떨이에 담뱃재를 터는 익훈의 손을 희연이 잡았다.

"그러지 말고, 익훈아. 네가 이러면 어머니 아버지가 얼마나 마음이 아프실지 생각해봐."

익훈이 희연의 손을 뿌리친다.

"우리 부모님 같은 분들이 당당하게 살 수 있는 세상을 만들려는 거야. 센 사람 눈치 보지 않고 살 수 있는 세상. 모두가 동등한 대접을 받으며 평등하게 사는 세상. 그런 거야."

익훈이 잠시 눈을 찡그리더니 담배를 재떨이에 비벼 끄고는 자리에서 일어난다. 희연은 그 자리에 정지된 모습으로 우두커니 앉아 있다. 이따금 껌벅이는 눈꺼풀 밑으로 작은 물방울 하나가 조명에 반짝인다. 며칠 전 찾아가 만났던 인수의 목소리가 귀에 선명하게 들린다.

"놔둬라. 그놈들은 자기들만 영웅이고, 자기들만 애국자고, 자기들만 순수한 줄 안다. 다른 사람들의 고민이나 걱정은 모두 프티부르주아고 나이브하단다. 게네들이 조금이라도 다른 사람들을 포용할 줄 알았다면 세상이 바뀌어도 벌써 몇 번 바뀌었을 거다. 나는 절대로 게네들과 안 논다. 너도 이제 익훈이랑 가까이 지내지 마라."

5월 15일 서울역 앞을 가득 메운 학생들은 '계엄 해제'와 '민주 쟁취'를 외쳤다. 그리고 사흘 후 신군부는 학생들의 외침에 맞불을 놓았다. 계엄의 전국 확대와 휴교령이었다. 곧바로 광주에서는 유혈 항쟁이 시작되었다. 모든 대학교의 문이 굳게 닫혔다. 언제 다시 열릴지 시기조차 가능할 수 없었다.

다시 8월의 여름, 희연은 영등포역 앞에서 익훈을 만났다. 해바라기라는 이름의 커다란 경양식집이었다. 여종업원들이 함박스테이크와 돈가스, 커피를 부지런히 나르고 있었다. 석 달 만의 만남이었다. 익훈은 영등포역 근처의 '마치고바'에서 일하고 있었다. 일대에 밀집한 작은 철공장들을 그렇게 불렀다.

"집에는 들어가고 있는 거야? 기술은 배워서 뭐하려고? 과외 아르바이트가 금지되어서 이러는 거야? 돈이 필요하면 다른 아르바이트를 하면 되잖아!"

궁금한 게 많았는지 희연은 숨도 쉬지 않은 채 질문을 쏟아냈다. 익훈은 퉁명스러운 표정으로 대답을 머뭇거렸다. 석 달 전 희연을 뿌리쳤던 손이 눈에 띌 정도로 거칠어져 있었다. 그뿐만이 아니었다. 새까만 기름때가 손톱마다 잔뜩 끼어 있었다.

"어떤 공장에 다니는 건데?"

익훈이 담배를 꺼내 물었다. 거북선이었다. 학생으로 지낼 때는 이백 원짜리 청자였는데 막상 노동자로 살 때는 오백 원짜리 거북선이라니. 희연은 나오려는 헛웃음을 겨우 참아내었다. 익훈이 대답했다.

"선반이랑 전기용접을 배우고 있어. 앞으로 선반 기술자가 되려고 해. 여기서는 선반시라고 하는데."

"위험한 일 하는 거 아니야? 어머니가 아시면 걱정하실 텐데."

"쇠를 '당가루'나 '하이스'라는 쇠로 깎는 일인데, 위험하진 않아. 물론 우리가 그동안 살았던 삶보단 훨씬 위험하긴 하지만."

희연이 걱정스러운 표정으로 무슨 말을 꺼내려는 순간, 익훈이 가로막고 나선다.

"희연아, 우리 엄마를 걱정할 때가 아니야. 지금은 너희 엄마를 걱정할 때야."

희연이 영문을 모르겠다는 표정을 짓자 익훈이 웃으며 말한다.

"너랑 나는 이제 살아갈 길이 다르잖아. 그런데 자꾸 이렇게 나를 만나면 너희 엄마가 걱정하시지 않겠냐? 미안한 이야기지만 이젠 그만 만나는 게 좋겠어."

희연이 곧바로 인상을 찌푸리며 소리를 높인다.

"그런 이야기 할 때가 아니야. 우리가 세상을 알면 얼마나 안다고 그래. 게다가 나는 너를 이렇게 이해하고 있잖아. 너랑 똑같이 행동할 수는 없지만 최소한 너를 말리지는 않아."

"그래, 너야 물론 그렇지만…. 하지만 너희 아버지가 이런 나를 인정하시겠니? 모르긴 몰라도 절대 나를 만나지 말라고 몇 번 소리도 치셨을 테지."

희연이 대답 대신 고개를 떨어트린다. 익훈이 말을 잇는다.

"솔직히 이제 나는 이런 경양식집도 부담스러워. 이런 부끄러움에서 벗어나기 위해서도 열심히 살아야 돼. 내가 가져왔던 모든 것을 버리면서…. 미안하다, 희연아."

희연이 눈을 똑바로 뜨고 익훈을 응시한다. 눈물을 참으려 애쓰는 모습이다. 익훈은 애써 외면하며 일부러 또박또박 힘주어 말한다.

"세상은 꼭 뒤집힐 거야. 아니, 반드시 뒤집어야 해. 이십 년 만에 온 기회인데 다시 군인들 손에 권력을 넘길 수는 없어."

희연의 눈에 금방이라도 흘러내릴 듯 눈물이 그렁그렁 맺힌다. 그러나 희연은 끝까지 익훈에게서 시선을 거두지 않는다. 조금이라도 더 보아두려는 듯, 그래서 오래오래 두고두고 천천히 되새겨보려는 듯. 그런 희연을 아는지 모르는지 익훈은 하고 싶은 말을 이어간다.

"그리고 말이 나왔으니 하는 말인데, 너희 아버지도 그렇고 인수 아버지도, 이제는 권력층이나 정치인들과 가깝게 지내려는 욕심을 접으셔야 해. 세상이 곧 바뀔 거야."

아버지 이야기가 나오자 희연이 정색한다.

"그건 내가 어떻게 할 수 있는 일이 아니야. 그런 이야기는 이제 그만해. 너한테 중요한 건 나야. 우리 아빠가 아니고!"

희연이 목소리를 높이자 대화가 멈춘다. 그러고는 어색한 침묵. 잠시 후 익훈이 시계를 보더니 꺼내놓은 담배와 라이터를 주섬주섬 챙기며 묻는다.

"인수랑은 가끔 전화하니?"

"응. 며칠에 한 번은. 며칠 전엔 네 안부를 묻더라."

희연이 가라앉은 목소리로 대답했다.

"나라가 이 지경인데, 고시공부는 잘되나 보네."

"자기 인생이 있는데, 그렇게 이야기할 게 뭐 있어?"

희연의 대답에 익훈이 짜증스럽다는 투로 이야기한다.

"세상이 참 그래서 하는 말이야. 누구는《전환시대의 논리》를 읽고 세상을 좋게 바꾸겠다는 생각으로 이 짓을 하고 있는데, 누구는《민법총칙》을 공부하며 바꿔야 할 세상을 지키려고만 하고 있으니… 어쨌든 너랑 나도 점점 엇갈리는 게 많아지는구나. 사는 세상이 서로 다르니 어쩔 수 없지."

"아냐, 다르지 않아. 우리는 분명히 같은 세상에 살고 있어. 단지 환경의 차이일 뿐이야. 너를 이해하려고 많이 노력하고 있어. 네가 읽었다는 책들 나도 조금씩 보고 있어."

뜻밖의 대답이었다. 익훈의 눈이 동그래지더니 갑자기 목소리를 낮추며 묻는다.

"그래? 그걸 보니 어떤 생각이 들었니?"

희연은 선뜻 대답하지 않는다. 익훈이 계속 다그친다. 그러자 마지못해 답을 한다.

"말했잖아. 이해는 하지만 내가 그 길을 가기는 어렵다고…"

익훈의 얼굴에 실망감이 역력하다. 그는 다시 시계를 보며 말한다.

"이제 가야 돼. 다음에 보자!"

"그래…. 그럼, 언제 볼까?"

희연이 묻자 익훈은 대답하지 않은 채 머뭇거린다. 희연이 알았다는 듯 고개를 끄덕인다.

"알았어. 우리 집으로 전화해. 기다리고 있을게. 건강 잘 챙기고."

자리에서 일어난 익훈이 희연에게 다가가 손을 잡는다.

"고마워. 내가 전화할게."

희연의 두 눈은 여전히 붉게 물들어 있다. 앉은 채로 익훈을 올려보며 희연이 말한다. 그 언젠가 익훈에게 말하던 그때처럼 또박또박.

"내가 걱정하며 기다리게 하지 마."

구치소

하늘이 푸릅니다. 창문을 열면, 온 방에 하나 가득 가슴에 가득
잔잔한 호수같이 먼 하늘에 푸르름이 드리우는 아침입니다.
아가는 잠자고 쌔근쌔근 잠자고 뜰에는 울던 새가 가고 안 와요
돌아오실 당신의 하루해가 그리워 천년처럼 기다리는 마음입니다.

　서대문구치소의 12사 상 7방. 하루의 시작도 하루의 마무리도 이
시스터즈의 〈창문을 열면〉이었다. 익훈으로서는 태어나서 처음 듣는
노래였다. 그냥 흔하디흔한 건전가요인 듯싶었다. 저녁 여덟 시면 이
노래로 시작되는 방송이 한 시간가량 계속되었다. 주로 찬송가나 불교
음악을 틀어주는 시간이었다. 방송이 끝나면 재소자들은 의무적으로
자리에 누워 잠을 청해야 했다. 다섯 시면 저녁을 먹기 때문에 방송이
시작되는 여덟 시까지는 제법 시간이 길었다. 어쩌면 구치소의 하루
가운데 가장 길게 느껴지는 시간이었다. 사람들은 바둑돌에 종이를
붙인 윷을 가지고 놀았다. 사식이 걸린 내기 윷이었다. 윷을 하지 않

는 사람들은 창살을 붙잡고 노래를 불렀다. 레퍼토리는 대부분 흘러
간 옛 노래였다. 나이와 상관이 없었다. 나이 든 사람은 나이 든 사람
대로, 젊은 사람들은 젊은 사람대로 옛날 노래를 불렀다. '사십 계단
층층대에 앉아 우는 나그네'도 있었고, '못 견디게 괴로워도 울지 못하
고'도 있었다. 모두 구슬픈 신세인지라 노랫가락도 더없이 구슬펐다.
이미 자물쇠가 굳게 채워진 사동의 복도는 적막하리만치 조용했다.
면회하러 오가는 재소자도 없고 식사와 청소를 담당하는 소지도, 사
식이나 영치금을 관리하는 지도도 모두 자신의 사방으로 들어간 이후
였다. 아주 가끔 중죄를 범한 사람들이 늦도록 검찰에서 조사를 받고
는 곤죽이 된 모습으로 돌아오곤 했다. 구슬픈 노래가 아래위로 뚫려
휑한 복도 공간으로 날아가 춤을 추었다.

  익훈은 3.4평 혼거방에서 경제사범들과 같이 지냈다. 열네 명이 자
기에는 비좁은 공간이었다. 사기나 직업안정법 위반 혐의를 받는 사람
들이 대부분이었다. 간통죄로 들어온 사람들도 간혹 있었다. 그래도
초록색 수번을 달고 있는 사람은 익훈이 유일했다. 익훈과 같은 학생
들은 요시찰로 분류되어 관리되었다. 면회하러 오갈 때도 별도의 교
도관이 단독으로 호송했다. 대부분의 학생은 1.7평의 사방에서 독거
를 했다. 익훈이 구치소에 들어올 무렵에는 남아 있는 독방이 없었다.
혼거방에 들어오게 되면서 익훈은 책 읽기를 포기했다. 바둑을 두거
나 노래를 부르며 하루를 보내기로 했다. 적어도 항소심까지 끝내려
면 사 개월 이상을 이 방에서 보내야 한다. 요시찰들은 다른 사범과 달리

기소방에서 항소방으로 전방하는 일이 없었다.

저 청한 하늘 저 흰 구름 왜 나를 울리나.
밤새워 물어뜯어도 닿지 않는 마지막 살의 그리움
피만 흐르네. 더운 여름날 썩은 피만 흐르네.
함께 답새라 아, 끝없는 새하얀 사슬 소리여.

가창력은 없었지만 익훈은 노래를 부르는 시간이 좋았다. 노랫말을
되뇔 때마다 약해지던 투쟁 의지가 되살아나는 것을 느꼈다. 활기찬
노래는 활기차서 용기가 되었고, 슬픈 노래는 슬퍼서 힘이 되었다. 노
래 하나가 끝나기 전에 익훈은 다음 부를 노래를 생각했다.

헐벗은 내 몸이 뒤안에서 떠는 것은
사랑과 미움과 배움의 참을
너로부터 가르쳐받지 못한 연이나,
하여 나는 바람 부는 처음을 알고파서 두리번거린다.
말없이 찾아온 친구 곁에서 교정 뒤안의 황무지에서

천장 한가운데 전구가 불을 밝힌 가운데 재소자들은 잠을 청해야
했다. 돌아가며 음담패설을 한마디씩 해야 하는 게 잠들기 전의 의식
이었다. 가공의 이야기가 아니라 바깥세상에서의 실제 경험일수록 높
은 점수를 받았다.

1981년 여름, 8월이었다. 익훈은 몇 달 전 광주사태에 대한 유인물을 교내에 살포한 혐의로 구속되었다. 서대문구치소 12사 상층은 홀수 방마다 집회 및 시위에 관한 법률 위반으로 들어온 학생들이 있었다. 통방을 막으려는 조치였지만, 구속되고 기소되는 학생들이 워낙 많아 자칫하면 짝수 방에도 학생들을 입감시켜야 할 판이었다. 구치소 측은 공안사범의 경우 재판의 결과로 형이 확정되면 지체 없이 지방으로 이감시켰다. 새로 들어올 미결수를 위한 공간을 확보해야 했다.

　죄인들을 모아놓은 곳이라 해서 세상과 다른 것은 전혀 없었다. 오히려 세상의 축소판이었다. '3체 8통'이라는 말부터 그랬다. 없어도 있는 체, 못나도 잘난 체, 몰라도 아는 체가 3체였다. 구치소 안에서만 통용되는 처세는 아닐 것이라고 익훈은 생각했다. 8통도 있었다. 밥이 들어오는 식구통, 대소변을 버리는 변기통, 교도관이나 소지를 호출하는 패통, 죄수를 감시하는 시찰통, 공기가 들어오는 환기통 등이었다. '6조지'라는 말도 있었다. 경찰은 때려 조지고, 간수는 헤아려 조지고, 검사는 불러 조지고, 판사는 미뤄 조지고, 집에서는 팔아 조지고, 죄수는 먹어 조진다는 뜻이었다. 진익훈은 인수를 떠올렸다. 자신이 이렇게 '도둑놈들의 법'을 배우는 동안 인수는 도서관에서 '판검사의 법'을 배우고 있을 것이었다.

　익훈이 학교에서 제적되면서 그의 아버지는 군에서 퇴직했다. 옷을 벗으라는 지시가 내려오기 전에 서둘러 퇴직했다. 다른 곳도 아니고 군이었다. 눈치를 볼 상황이 아니었다. 당연한 결정이었다. 어차피 별

계급장을 달 수 있는 처지는 아니었다. 그나마 오랜 군생활로 연금을 받을 수 있는 것이 다행이라면 다행이었다. 혹시라도 익훈의 구속과 제적 때문에 그것마저 끊기는 건 아닌지 한참 동안 걱정해야 했다.

요시찰 공안사범들은 면회 대상이 오로지 직계가족으로 제한되었다. 익훈의 어머니가 매일 면회를 다녔다. 시간은 삼 분으로 짧은 편이었다. 안에 있는 사람이나 바깥에 있는 사람이나 그 삼 분을 위해, 또는 그 삼 분 때문에 하루를 살았다. 중요한 용건을 빠트리는 일이 없도록 해야 할 이야기를 몇 번이고 머릿속으로 되뇌어야 했다. 면회를 하고 나온 익훈의 어머니를 희연이 기다리고 있었다. 익훈의 어머니가 얼른 희연의 두 손을 잡는다.

"오지 말라니까, 왜 또 왔니? 어머니가 아시면 걱정하실 텐데."

"책 좀 넣어주려고 왔어요. 익훈이는 잘 있지요? 오늘은 뭐라고 하던가요?"

들고 온 책을 건네며 희연이 말한다. 익훈이 무슨 생각을 하고 있을지 무척이나 궁금한 모습이다. 혹시라도 자신에게 전해달라는 이야기는 없었는지 묻는 표정이다.

"오늘도 희연이가 바깥에 올 거라고 이야기했다. 무슨 큰 죄를 저지른 것도 아닌데 왜 학생들은 직계가족만 면회를 시켜주는지 모르겠다고 이야기했더니, 익훈이가…."

"네, 익훈이가요, 뭐라고 하던가요?"

희연이 눈을 동그랗게 뜨며 묻자 익훈 어머니는 멀리 인왕산 쪽을 보며 말한다.

"네가 이제 그만 왔으면 좋겠다고 말하더구나. 면회도 안 되는데 왜 오는지 모르겠다면서…."

잠시 실망하는 빛을 보이는가 싶더니 희연이 정색하며 다시 묻는다.

"그 얘기밖에 안 하던가요?"

익훈 엄마가 살며시 고개를 가로저었다. 구치소 앞은 언제나 오가는 사람들로 분주하고 복잡했다. 식구나 친척이 감옥에 들어앉아 있다는 것은 예삿일이 아니었다. 평범한 가정이라면 일상이 충분히 파괴되고도 남을 일이었다. 돈을 벌어도 시원찮을 판에 감옥에 들어앉아 변호사비 등 돈을 뭉텅이로 쓰는 일이 허다했다. 재소자는 갇혀 있는 답답함에 바깥의 식구를 조르기 마련이고, 바깥의 식구는 생업을 중단하고 뒷바라지에 매달려야 했다. 무언가 지푸라기라도 붙잡으려는 심정은 안이나 밖이나 마찬가지였다. 그런 약한 고리를 노리고 '석방'을 미끼로 흥정을 벌이는 사기꾼도 적지 않았다. 그렇게 온갖 소문이 난무하는 가운데 사기와 협잡의 판이 벌어지는 곳이 구치소 앞이었다.

"지난번처럼 또 단식하는 건 아니겠지요?"

섭섭함을 감춘 채 희연이 익훈을 걱정한다.

"그러게 말이다. 밥은 먹어야지. 그렇게 내 속을 뒤집어놓고 들어갔으면, 그 안에서라도 걱정은 안 시키면 좋으련만."

익훈의 어머니는 이제 비교적 안정을 되찾고 있었다. 공범들의 가족과 대화를 주고받는 것이 가장 큰 위안이었다. 세상에 동병상련만 한 위로는 없었다. 거기에 열 일 제쳐놓고 하루가 멀다고 면회소 앞을 찾아와주는 희연이 있었다. 어린 시절 그저 예쁘게만 보았던, 주인집 딸이었다. 착하고 상냥한 아이였던 터라, 그 아이가 자신의 아들을 좋아하는 눈치를 보이면 언제나 부담이 백배로 다가왔다. 좋다는 생각보다 한숨과 걱정이 앞섰다. 이렇게 예쁜 아이를 소 닭 보듯 하면서 딴짓에 열중하는 아들의 행동이 못마땅할 뿐이었다. 하지만 그것이 인력으로 되는 일은 아니라는 사실을 알기에 체념할 수밖에 없었다. 구치소 앞에서 만나는 희연은 볼수록 예쁘고 착했다. 그럴 때마다 익훈 엄마의 눈앞에는 희연 엄마의 얼굴이 떠올랐다. 마음이 천근만근 무거워졌다. 그럴수록 자꾸만 희연의 등을 떠밀어낼 수밖에 없었다.

재판은 그리 빠르지도, 그리 느리지도 않은 속도로 진행되었다. 익훈과 같은 공안사범에 대한 재판에는 얼추 정해진 매뉴얼이 있었다. 혐의 내용에 따라 육 개월에서 이 년의 징역형이 선고되었다. 집행을 유예하는 선고는 일절 없었다. 항소나 상고는 무조건 기각이었다. 변호인을 선임한다 해서 달라지는 것도 없었다. 재소자로서는 일주일에 한두 번 변호사 접견을 하게 된다는 것이 큰 도움이었다. 접견 시간도 비교적 길었고, 때로는 담배도 얻어 피울 수 있었다. 도둑놈들 표현으로 '징역을 깨기에' 더없이 적절한 아이템이었다. 12월 중순 진익훈과 공범들의 항소는 기각되었다. 재판정에서 만난 익훈 어머니와 희연은 서소문 법원 근처의 식당에서 점심을 함께했다. 이미 예상했던 기각이라 특별히 우울해 할 일도 슬퍼할 일도 아니었다.

밥을 주문한 희연이 익훈 어머니에게 물었다.

"오늘은 사식 넣어주셨나요?"

"어제 필요 없다고 하던데, 그냥 섭섭해서 국수 넣어줬다. 영치금도 조금 넣어주고."

"영치금은 저도 조금 넣어주었어요. 그리고 책 세 권도 함께 사입했어요."

익훈 어머니가 야단치듯 말한다.

"돈 버는 사람도 아닌데 무엇하러 돈을 넣어? 앞으로는 절대 그러지 마라. 책까지 사서 넣어주니 내가 오히려 보태주어야 하는데."

익훈의 동정을 전해 들은 희연이 가볍게 미소 짓는다. 그 모습을 보던 익훈 어머니가 문득 생각난 듯 묻는다.

"그나저나, 인수 아버지 사업은 여전히 잘 되지? 회사가 부쩍 커진 모양이더라. 요즘 그분 얼굴이 TV에도 가끔 나오는 것을 보니."

"네."

희연이 짧게 대답하고 끝낸다. 괜한 이야기를 했나 싶어 익훈 어머니가 얼른 화제를 돌린다.

"그래, 너희 어릴 적에 철길에서 뛰어놀던 때가 생각난다. 얼마 안된 것 같은데 그 짧은 세월이 사람의 운명을 이렇게 바꿔놓았구나."

"운명이 바뀌기는요. 이렇게 모두 가까이 지내고 있잖아요. 궂은일도 있지만 또 좋은 일도 겪으면서요."

"그래, 네 말이 맞기는 하다. 후유."

어른스러운 희연의 말에 익훈 어머니가 길게 한숨을 내쉰다. 그리고는 못내 궁금하다는 듯 다시 희연에게 묻는다.

"인수는 고시공부 한다더니 지금 어떻게 되었지?"

"이차 시험까지 합격했어요. 삼차가 남아 있는데, 그건 그렇게 어렵지 않은가 봐요."

"하, 그렇구나. 잘되었구나. 듣던 중 반가운 소식이다."

반갑다고 이야기했지만 익훈 어머니는 마음 한구석이 아려오는 것을 어쩔 수 없었다. 이제 익훈과 인수가 가는 길은 하늘과 땅처럼 차이가 날 것이었다. 익훈은 이미 학교에서 제적된 상태였다. 거기에 감옥까지 다녀온 전과자가 될 터이니 어디 취직이라도 할 수 있을까? 그 좋은 학교에 들여보냈다고 조금은 우쭐한 기분으로 돌아다녔던 게 이년 남짓이었다. 차라리 대학에 들어가기 이전이 지금보다 나았다는 생각마저 든다. 그때는 막연하지만 가능성이 무한한 앞날이 있었다. 그것이 기댈 언덕이었다. 이제는 가까운 친척들까지도 요시찰 아들을 둔 그녀의 가족을 다분히 경계하는 눈치였다. 모진 세상이었다. 군 출신이 다시 정권을 잡은 세상에서 데모한 아들을 둔 엄마는 기피 대상일 수밖에 없었다. 그것이 세상인심이었다. 그럴수록 익훈 어머니는 희연을 붙잡고 싶은 욕심이 마음 한구석에서 생겨났다. 이제라도 희연이 익훈을 잘 붙잡아주면 되지 않을까 하는 헛된 바람이었다. 그런데 인수가 고시에 합격했다는 이야기를 듣는 순간, 익훈 어머니는 자신을 지탱해오던 한 축이 무너지는 느낌을 받았다. 어쩌면 이제는 희연이마저 인수한테 갈 수밖에 없으리라는 불안감이었다.

"인수가 합격했다니 너희 어머니 아버지도 좋아하시겠구나."

뜬금없는 이야기였다. 그렇다고 아주 뜬금없는 이야기는 아니었다. 희연도 익훈 어머니의 이야기가 무엇을 의미하는지 잘 알고 있었다. 희연의 부모는 어린 시절부터 인수에 대해 호감을 갖고 있었다. 소심하고 감성적인 익훈보다는 외향적이고 대범한 인수가 훌륭한 남편감이라고 농담처럼 이야기하곤 했다. 당연히 희연에게도 압력이 들어왔다.

'인수가 너에게 전화를 자주 하는 걸 보면, 따로 애인은 없는가 보다.'

'너도 익훈이랑 어울리지 말고 인수 같은 아이랑 어울려라.'

'인수 집안에서는 너를 어떻게 생각해왔니, 이제까지?'

때로는 이렇게 노골적인 물음도 있었다. 희연은 대꾸하지 않았다. 그런데 오늘은 비슷한 이야기를 익훈 어머니한테서 듣는 처지가 되었다. 희연은 엷은 웃음으로 대답을 피했다.

주문한 오므라이스와 통만두가 나왔다. 통만두로 요기가 되겠냐며, 익훈 어머니는 작은 그릇에 오므라이스의 절반을 잘라 담아 희연에게 건넸다. 고등학교 2학년이 끝나던 겨울방학, 종로 뒷골목에서 세 친구가 대학에 함께 가자고 맹세하며 먹었던 통만두다. 그 기억이 희연의 머릿속에 떠올랐다.

"많이 먹고 힘내라. 그리고 이제는 빨리 네 앞길 챙겨라."

익훈 어머니가 내미는 절반의 오므라이스를 보며 희연이 왈칵 눈물을 쏟았다.

동지들 1

"뭐라고? 너희가 진보라고? 껄껄껄."

박이 웃었다. 도저히 참을 수 없다는 반응이었다.

"하하, 지나가던 소가 웃겠다."

웃음을 멈춘 박이 불편한 기분을 드러냈다. 불편함이라기보다는 불쾌함에 가까웠다. 손에 쥔 맥주잔을 금방이라도 진익훈을 향해 던져버리기라도 할 듯한 모습이었다. 박의 성격을 잘 알고 있던 터라 진익훈 역시 마주 앉는 순간부터 말 한마디라도 신중히 해야겠다고 마음먹고 있었다. 그러나 결국은 민감한 주제가 화제에 올랐다. 관련하여 논쟁이 벌어졌다. 격론이 오가던 중 진익훈이 무심코 스스로를 '진보'로 표현했다. 그것이 박의 심사를 뒤틀어놓은 것이었다.

순방의 뒤끝이었다. 시차 적응도 못 했고 여독도 풀리지 않은 상태였다. 무리하게 모임에 나온 것이 화근이었는지도 모른다. 익훈은 모처럼 대학 동기들과의 모임에 참석했다. 청와대에 들어온 이래 거의 나오지 못한 모임이었다. 사실 나오기까지 많은 망설임이 있었다. 정확히 말하면 학과 동기들이 아니고 학생운동을 함께했던 운동권 동기들이었다. 진익훈과 함께 제적되고 투옥되었던 공범도 있었다. 대부분이 앞서거니 뒤서거니 감옥을 다녀온 동료들이었다. 끈끈하기도 했지만 그만큼 갈등과 논쟁도 많았던 동지들이었다. 세월이 흐르면서 만남의 횟수도 줄었지만, 그래도 해마다 두어 번은 얼굴을 마주할 기회가 있었다. 모두가 학생 시절의 이념과 열정을 그대로 간직하고 있었다. 하지만 현실은 녹록지 않았다. 이념보다는 생업이 급했고 지친 몸은 열정을 버거워했다. 관념은 여전히 과격했지만 현실은 어쩔 수 없는 타협이었다. 그런 탓일까? 오랜만에 모임에 나타난 진익훈에게 자연스레 관심이 집중되었다. 그들 각자의 처지에서 보면 진익훈은 단연 잘나가는 사람이었다. 어쩌면 가장 정치적인 인물이었고, 그들의 꿈처럼 세상을 바꿀 수 있는 위치에 있는 인물이었다. 그러나 다른 관점도 있을 수 있었다. 어쩌면 가장 철저하게 변신한 인물이었고, 그런 만큼 가장 타협적으로 세상을 사는 사람이기도 했다. 그가 오지 않았다면 없었을 대화와 토론이 이어졌다. 논쟁의 초점은 당연히 이 정부의 정책이었다. 그것에 대한 진보진영의 불편한 속내였다. 결국 논쟁의 끝에서 사달이 나고 말았다. 박이 퍼붓는 비난을 진익훈이 오롯이 감당해야 하는 상황이 되고만 것이다.

대화의 시작은 그래도 우호적이었다. 아니, 우호적일 수밖에 없었다. 야당 김인수 대변인이 첫 화제였기 때문이다. 진익훈의 공범, 김의 이야기였다.

"김인수 그 녀석! 그자가 TV에서 발표하는 거 보면 속이 뒤집힌다. 어떻게 인간으로서 그렇게 뻔뻔한 놈이 다 있는지, 야당 중에서도 최고로 독한 놈이다. 정말 인간이 아니다."

"그래. 맞아. 정말 호로새끼야. 그런 녀석은 뒷조사 좀 해서 완전히 매장해버려야 돼. 탈탈 털면 뭐라도 안 나오겠냐? 익훈아, 권력이 있을 때 그런 놈들 잡아서 무력화시켜야 해. 그런 놈이 저렇게 이야기하게 내버려 두는 것도 문제야. 그놈이 앞으로 무슨 짓을 할지 몰라. 제발 확실하게 없애버려라. 너희 정부는 너무 약해. 그게 문제야."

박의 이야기였다. 학생운동 시절부터 무척 투쟁적인 친구였다. 게다가 모험적이기까지 했다. 지금은 인쇄업을 하고 있지만 불경기 때문에 생활이 여의치 않다고 알려져 있었다. 일찍이 노동운동을 하러 공장에 들어갔고, 세상이 어지간히 바뀐 후에도 여전히 현장을 지켰다. 지금의 사업도 공장생활의 연장선에서 우연히 인수한 것이었다. 오랜 공장생활 탓인지 그의 외모에는 학생운동 시절의 표현처럼 '인텔리겐치아'와 같은 구석이 남아 있지 않았다. 얼굴은 거칠었고 몸은 불어 있었다. 힘들게 생활을 꾸려가고 있었지만 세계관과 사고만큼은 그 시절과 다를 바가 하나도 없었다. 박이 김인수에 대한 분노를 격정적으로 토로하자, 진익훈이 웃으며 맞장구를 쳤다.

"맞아, 정말 그래. 하지만 그렇다고 해서 우리가 어떻게 할 방법은 솔직히 없다. 이미 권력기관과는 뒷거래를 하지 않기로 맹세한 정부 아니냐? 뻣뻣했다간 오히려 역풍을 맞을지도 모른다. 그냥 참고 버티는 수밖에 없어. 결국 국민이 우리의 진정성을 인정해주지 않겠냐?"

진익훈의 말이 끝나기가 무섭게 기다렸다는 듯, 다른 친구인 정이 말한다.

"진정성? 야, 웃기는 소리 하지 마라. 너희 정부가 어떻게 진정성을 이야기하니? 우리 같은 지지자들에게 한 번이라도 제대로 이해해달라고 한 적 있냐? 언론하고는 만날 피가 터지게 싸우면서… 아무튼, 우리 뜻과 다른 정책을 덜컥덜컥 결정할 때마다 차분하게 설명 한 번 제대로 한 적이 있냐고?"

조금은 시비조였다. 진익훈은 굳이 대꾸하지 않았다. 대화의 주제를 정부 쪽으로 끌고 들어가고 싶지는 않았다. 본능적인 방어기제였다. 모인 면면들 가운데 상당수는 지금의 정부와 일정한 거리를 두고 싶어 하는 친구들이었다. 출범 당시의 큰 기대를 접은 친구도 몇몇 있었고, 아예 지지를 철회하며 등을 돌린 친구도 더러 있었다. 그래도 궁극적으로는 잠재적 우군이라 할 수 있었다. 지금의 야당과는 태생적으로 가까워질 수 없는 사이였다. 그런 생각으로 진익훈은 자세를 낮추었다. 불필요한 논쟁은 피하는 게 좋겠다는 생각이었다. 그러나 대화는 그의 뜻대로 진행되지 않았다. 정부에 대한 공격이 이어졌다. 또 다른 친구인 양이 나서서 이야기를 거들었다.

"야, 야, 제발 그렇게 순진하게 좀 하지 마라. 아니, 순진한 건지 아닌지도 이제는 모르겠다. 이라크에 파병하고 야당에 대연정을 제안할 때까지는 순진하다는 생각도 했는데, 이제 한미FTA를 추진하는 걸 보면서는 생각이 바뀌었다. 이건 순진한 게 아니라 야당보다 더 나쁜 세력 아닌가 싶다. 더 기회주의적이고 더 교활하고. 정말 국가와 민

145

족을 생각하지 않는⋯. 그러니까 김인수 같은 저런 망나니들이 더 날 뛰는 것 아니냐? 이것도 아니고 저것도 아니니까, 탄핵 역풍을 한 번 맞았으면서도 지금 저렇게 흔들어대는 거잖아. 실제로 흔들리고 있고, 또 지금 너희를 지지하는 세력은 아무도 없고. 어때, 내 말이 틀리냐?"

결국 한미FTA가 화제에 올랐다. 본격적으로 설명하고 방어하고 싶었지만 진익훈은 말을 아꼈다. 말로는 쉽게 이길 수 없는, 어떤 정서가 있는 사안이었다. 그는 침묵했다. 그사이에 익훈의 공범인 김이 전시작전통제권 환수 결정을 거론하며 '잘하는 것도 있다'고 편을 들어주었다. 그러나 금방 다른 화제 속에 묻혀버리는 신세였다. 다시 박이 이야기했다.

"야, 진익훈! 말이 나왔으니 말인데, 국가보안법 말이다. 도대체 그거 이 정부가 폐지 안 하면 어떤 정부가 할 수 있는데? 한번 물어보자. 그것 왜 안 없앴냐? 아니, 없애지 않아도 좋다. 최소한 개정이라도 해야 하는 것 아니었냐? 칼집에 넣어야 한다고 큰소리칠 때는 언제고 왜 슬그머니 꽁무니 빼면서 주저앉아버렸냐? 너 같은 참모들 머릿속에 뭐가 들어가 있는지 모르겠지만, 이게 다 똥인지 된장인지 구별 못 해서 그런 것 아니냐?"

순간 진익훈이 주먹으로 가볍게 테이블을 내리치며 말했다. 더는 침묵할 수 없었다.

"야, 그거 대통령 혼자서 포기한 것 절대 아니다. 당에서도 포기한 거다. 사실 당정분리 원칙을 지키느라 그동안 대통령이 당의 문제에 일절 개입하지 않았던 건 모두 알고 있는 사실 아니냐? 그런데 그때는 당 쪽에서 아무리 여대야소 상황이지만 그래도 다음 해 예산안을 합의하에 통과시키려면 그걸 양보하는 수밖에 없다고 해서, 대통령도 동의를 한 거다. 사실 당내 사정도 국가보안법을 폐지하거나 개정하는 데 반대하는 의원들이 많아서 통제가 쉽지는 않았던 상황이었단 말이다."

진익훈이 목소리를 높여 이 년 전의 경위를 설명했다. 어제처럼 생생한 기억이었다. 하지만 그의 설명을 차분하게 듣는 분위기는 아니었다. 한 가지 확신이 박의 사고를 지배하고 있었다. 적어도 대통령이 하려고 마음을 먹으면 못 할 일이 하나도 없다는 것이었다. 남자를 여자로 바꾸는 일 말고는 모든 것을 할 수 있는 존재가 대한민국의 대통령이었다. 그 확신 앞에서는 어떤 설득이나 해명도 소용이 없었다. 박이 목소리를 한층 더 높였다.

"야, 핑계 대지 마라. 못 한 거면 솔직하게 못 했다고 해라. 마음이 변해서, 그래 권력을 잡고 보니 마음도 바뀌고, 또 주머니에 돈도 생기고 하니, 그래서 이대로 사는 게 더 좋겠다 싶어서 야합한 거라고 솔직히 고백해라. 그러면 다른 건 몰라도 솔직하다는 칭찬 하나는 들을 것 아니냐?"

김이 박의 등을 가볍게 두드렸다. 이제 그만하는 게 좋겠다는 사인이었다. 박은 아랑곳하지 않았다.

"말이 나온 김에 더 물어보자. 사실 국가보안법 문제는 새 발의 피다. 사실 너희 정부가 들어선 이후로 죽어나는 건 없는 사람들뿐이야.

시위하던 농민들이 경찰에게 희생된 것만 봐도 그렇지 않냐? 게다가 비정규직 문제는 날로 심각해지고 사회 전반의 양극화도 심해지고 있는데, 너희는 오히려 있는 자들을 위해 법인세를 인하해주더군. 모르긴 몰라도 지금도 어디에선가는 재벌에 대한 규제를 완화해주려고 연구하고 모색하고 있겠지! 게다가 환경 문제엔 아예 관심조차 없고, 사회적 갈등은 어느 것 하나 시원하게 해결하지 못하고 있으니 한심하다는 소리가 절로 나올 지경이다."

진익훈은 굳이 대답하려 하지 않았다. 사실도 있었지만 사실이 아닌 말도 있었다. 사안 하나하나를 조목조목 설명하기가 쉽지 않았다. 박이 선입관을 배제한 상태에서 들어줄지도 의문이었다. 섣부른 해명이 오해만 증폭시킬 수도 있었다. 진익훈은 대답 대신 앞에 놓인 소맥 폭탄을 단숨에 들이켰다. 그 모습이 못마땅했는지 박이 다시 시비를 걸었다.

"왜 대답하지 않냐? 내 말이 못마땅해서 그러냐?"

진익훈이 머리를 절레절레 흔들었다. 아니라는 뜻이었다. 폭탄주 탓인지 짜증 때문인지 진익훈의 얼굴이 잔뜩 발개져 있었다. 솔직히 지금 이 정부가 처해 있는 상황을 이해해주는 것까지는 바라지 않았다. 그저 오해만 없었으면 하는 생각이었다. 하지만 그래도 이념적으로는 가장 가깝다는 친구들한테서도 날 선 이야기들을 듣자, 가슴 깊은 곳에서 치밀어 오르는 무언가가 있었다. 박의 공격이 계속되었다.

"구차하게 변명하지 마라. 재벌들 가려운 데 긁어주며 살고 있다고 솔직히 이야기해라. 이래저래 대통령 선거 때 신세 진 것도 많은 듯한

데…"

더는 가만히 있을 수가 없었다. 진익훈이 박의 눈을 똑바로 쳐다보며 말했다.

"야, 그 선입관 좀 버리면 안 되겠냐? 제발 우리를 좀 한 번이라도 믿어주면 안 되니? 이제 제발 그런 소리 좀 그만해라! 세상이 많이 바뀌지 않았냐? 지금도 너는 학생운동 하던 그때처럼 급진적으로 세상이 바뀌어야 한다고 생각하는 거냐? 솔직히 나도 세상이 더 빨리 바뀌었으면 좋겠다. 우리도 엄청나게 노력하고 있다. 하지만 우리 능력이 이것밖에 안 된다. 네가 볼 때는 물론 못마땅하겠지만, 적어도 네가 지지하는 사람들이, 그래 톡 까놓고 얘기해서 우리 같은 진보가 정권을 잡았으면 서서히 세상을 바꿔나갈 수 있도록 도와주지는 못할망정 사사건건 시비를 걸면 되겠냐?"

마침내 박이 폭발했다. 이 대목에서 그는 '너희가 진보냐?'라며 익훈에게 험한 소리를 퍼부었다.

진익훈은 박의 시선을 애써 외면했다. 박의 파상 공세가 계속되었다. 김 등 친구들의 제지도 이제는 아무 소용이 없었다.

"야, 우리가 이렇게 살려고 감방 가서 가다밥에 오경찬 먹고 뺑끼통에 똥오줌 누며 살아온 줄 아냐? 네가 오늘 그 자리에 있는 건, 그렇게 독방에서 이를 바득바득 갈며 이 년, 삼 년씩 모진 세월을 참아낸 사람들이 있었기 때문이야. 절대 잊으면 안 돼. 어떻게 그 시절을 다 까먹고, 완장 하나 찼다고 이렇게 생난리를 치는 거냐? 너희가 제대로

한 게 있으면 하나라도 내놓아봐. 아무것도 모르는 놈들이 청와대에 들어앉아서 권력 잡았다고 희희낙락하며 언론하고 싸움질이나 하면서 나라를 이 지경으로 끌고 가는 거잖아. 바깥에 나와서 한번 보고 들어봐라. 세상 사람들이 너희를 얼마나 싫어하는지… 너희 하는 모양을 보고 있으면 내 정말 한 표 찍은 게 분해서 자다가도 벌떡 일어난다."

진익훈이 깊은숨을 들이마셨다. 논쟁은 무의미했다. 그래도 최대한 인내해야 했다. 적어도 이 정부가 끝날 때까지는 참는 게 정답이었다.

"그래 알았다. 네 말이 무슨 말인지 안다. 아무튼 화나게 해서 미안하다. 하지만 끝까지 지켜봐라, 누가 너희 편인지… 우리도 하는 만큼 최선을 다하고 있는 거다."

진익훈은 최대한 차분히, 그러나 짧고 간단하게 말했다. 김이 옆으로 다가오더니 일어설 것을 재촉했다. 그렇지 않아도 기자들과의 이차 술자리에 참석하겠다고 약속해놓은 상태였다. 자리에서 일어나야 할 때였다. 김이 끌어당기다시피 해서 진익훈이 일어서자 박이 한마디를 던졌다.

"미안하다. 나도 이렇게까지 퍼부을 생각은 없었지만, 그래도 할 말은 해야겠다. 지금 너희 청와대 실세들 말이다. 그중에 운동의 대의를 위해 희생하고 헌신하는 사람들이 과연 몇 명이나 되냐? 제발 좀 겸손해다오! 부탁이다."

무언가를 대꾸하려 하는 순간, 진익훈은 김의 손에 이끌려 바깥으로 나오고 말았다. 김은 진익훈이 야당 의원 비서관으로 정치권 생활을 시작할 무렵 일반 광고회사에 취직한 후 지금까지 이십 년의 세월을 한 우물만 파면서 살아온 친구였다. 아무튼 공범은 공범이었다. 김의 우정에는 '무조건'이 있었다.

술집 바깥으로 나오자, 김은 진익훈에게 담배부터 권했다. 연기를 길게 내뿜으며 진익훈은 화를 삭였다. 김이 정색하며 그에게 물었다. 본론은 지금부터라는 표정이었다.

"익훈아, 너, '한수회'라고 알지?"

"…?"

진익훈이 고개를 갸우뚱했다.

"그게 뭐냐? 처음 듣는데."

"왜, '한수회'라고 있잖아? 보수 쪽 정치인과 언론인 가운데 핵심들이 모인다고 소문이 돌기도 했었지!"

"아, 그래. 한 번 들어본 것 같다. 구름 잡는 이야기라 보고는 그냥 넘어갔는데, 그런 모임이 진짜 있단 말이지?"

김이 고개를 끄덕이더니 진지한 표정으로 말했다.

"그 모임에서 뭔가를 단단히 준비하고 있다더라. 잘 살펴봐라."

"준비하다니, 뭘? 쿠데타라도 준비한단 말이냐?"

"아니, 쿠데타는 아니고…."

다 타들어 간 담배를 김이 담벼락에 비벼 껐다. 짧은 스포츠형 머리에 통통한 얼굴은 여전히 삼십 대에 머물러 있었다.

"대통령이 스스로 물러나도록 작전을 한다는 거야. 지금처럼 계속

흔들어대면서…"

"흔드는 거야 어제오늘 일도 아닌데, 뭐. 난 또 뭐라고."

진익훈이 대수롭지 않다는 반응을 보였다.

"아니야. 이번엔 좀 다를 거다. 아주 조직적이고 체계적으로. 또 전 방위적으로."

평소답지 않은 확신 같은 게 김의 말에 녹아 있었다.

"근거가 있냐?"

진익훈의 묻자 김이 심각한 표정으로 고개를 끄덕인다.

"그 모임에는 검찰, 정보기관의 주요 포스트들이 참석하는데 청와대 내부를 도청한 자료도 올라온단다. 최근엔 대통령이 순방을 떠나는 전세기 안에서 러시아 인공강우 기술 이야기를 했다고 올라왔단다."

진익훈이 김의 눈을 정면으로 응시한다. 상기된 표정이다. 그가 조 심스럽게 추측한다.

"참석자 중에 누군가가 바깥에 나가서 아는 체한다고 이야기한 것 이겠지."

김이 곧바로, 아주 강하게 고개를 가로젓는다.

"아니야. 대화록이란다, 대화록! 대통령의 일상이 그대로 보고된다 고 보면 돼. 아무튼 그 자료들을 종합해서 조금만 더 흔들면 대통령이 스스로 물러날 걸로 전망하고 있단다."

김은 그렇게 조심하라는 말을 덧붙이고는 다시 술집 안으로 들어갔 다. 진익훈은 대기하던 관용차에 몸을 싣고는 기자들의 이차 회식 장 소로 이동했다. 모래알을 씹는 것처럼 입안이 까칠했다. 자리에 도착하자마자 폭탄주가 돌기 시작했다. 술이 약한 진익훈이었지만 두어 순배가 돌 때까지도 취기가 오르지 않았다. 오히려 정신이 또렷해지는 느낌이었다. 어떤 긴장감 같은 것이 진익훈의 온몸을 휘감고 돌았다.

동지들 2

    인사동 일대는 제2의 여의도, 즉 또 다른 정치권이다. 아니 어쩌면 순수한 정치권보다 훨씬 범위가 넓다. 청와대와 세종로를 활보하는 고위관료들과 정치인들이 만나는 곳이다. 말 그대로 정·관계다. 점심도 좋지만, 기왕이면 반주도 곁들일 수 있는 저녁이 좋다. 여기에 기자 또는 언론인으로 불리는 그룹이 또 하나의 축을 형성한다. 이들이 다종다양한 조합으로 인사동 골목에서 마주치고 만난다. 결코 빼놓을 수 없는 마지막 단골이 또 있다. 기업인들이다. 밥값은 으레 이들의 몫이다. 그들에게는 법인카드라는 무기가 있다. 카드의 대가는 대체로 정보다. 자신의 회장에게 올라갈 정보도 있고, 자신에게 출세의 길을 열어줄 정보도 있다. 언론인도 하나의 정보를 내놓고 또 다른 정보를 얻는다. 정치인이나 고위관료도 크게 다르지 않다. 서로 간 갑과 을의 관계는 모임의 성격이나 상황에 따라 다르고, 참석자들의 위상에 따라서도 천차만별이다. 가난한 정치인이 잘나가는 기업 대표를 만나면 을이 될 수도 있다. 대권 주자급 정치인을 만나면 오히려 재벌 회장이 을이 될 수도 있다. 그렇게 사람들은 만나고 어우러지면서 서로에게 인맥이 되고 버팀목이 되어준다.

　광화문에서 시작해 종로구청과 조계사 인근을 지나 공평빌딩 골목을 따라 늘어선 한정식집들은 인사동에서 그 절정을 이룬다. 날마다 저녁이면 이곳에서 한국 정치의 표면과 이면을 장식하는 수많은 이야기가 오간다. 정치 현실은 자신들의 이해관계에 따라 낱낱이 해부된다. 그 과정에서 난도질당하는 정치인도 있고, 추켜세워지는 정치인도 있다. 그러나 정치 이야기는 양념에 그친다. 본론이 따로 있을 때가 많다. 대체로 모임에는 그날의 갑과 을이 있다. 특정한 인사에게 잘 보여야 할 사람이 있는가 하면, 자신에게 잘 보이려는 사람 앞에서 거들먹거리는 사람도 있다. 겉보기에는 절친한 친구이거나 학교 선·후배 관계라 해도 내막을 깊이 파고들어 가면 다르다. 한쪽은 부탁하는 사람이고 다른 한쪽은 부탁을 받는 사람이다. 또 다른 모습도 있다. 한낮의 브리핑룸에서 공개적으로 주고받기 어려운 이야기들을 공유하는 모습이다. 속닥속닥 도란도란 이야기하기에는 한정식집의 작은 방이 좋다. '오프 더 레코드'니 참고만 하라는 주문도 있고, '특별히 너에게만 하는 이야기'라며 대놓고 특종을 주기도 한다. '신문 한 귀퉁이라도 좋으니 제발 기사로 써달라'는 부탁도 있다. 취재원과의 인간적 관계는 필수다. 그러나 책임감 있는 취재원은 아무리 술을 마셔도 기자들 앞에서 긴장을 놓지 않는다. 간혹 거나하게 취해버린 취재원이 일순간의 호기로 머릿속에 저장되어 있던 알짜 팩트들을 한꺼번에 쏟아내기도 한다. 그런 절호의 기회를 대비해서라도 기자는 이십사 시간 깨어 있어야 한다. 인사동에서는 술을 마셔도 마시는 것이 아니다.

그런 인사동의 한가운데에 있는 춘미옥에서 오늘 색다른 모임이 하나 있었다. 이 거리에서는 다른 정치인들과 우연히 마주치는 일이 많다고 걱정했다면 상대적으로 직장인들이 많이 몰리는 무교동 쪽을 선택하는 게 나을 수도 있었다. 그러나 이들의 판단은 달랐다. 무교동의 반듯한 일식집이 오히려 사람들의 눈에 더 잘 뜨일 수 있다는 생각이었다. 날마다 제집 드나들듯 저녁 약속이 있는 인사동이 차라리 더 낫다는 판단이었다. 사람들이 큰 의심을 하지 않을 것이라는 계산이었다. 그것이 김인수의 결론이었다. 그는 에드거 앨런 포의 《도난당한 편지》를 떠올렸다. 가장 눈에 뜨이는 곳이 가장 발견되기 어려운 곳이다.

참석자들의 면면이 예사롭지 않았다. 오히려 김인수가 중량감이 떨어지는 편이었다. 보수를 대표하는 논객이 있었고, 학계의 거물이 있었다. 김인수를 비롯한 야당의 중진이 있었고, 검찰과 국세청의 간부들이 있었다. 여기에 대기업 총수의 비서실도 가세했다. 그야말로 보수의 핵심들이 모인 셈이었다. 다행스럽게도 군인의 모습은 보이지 않았다. 군까지 참석했다면 누가 보아도 반란을 꿈꾸는 모임이었다. 그렇게 오해받아도 변명의 여지가 없을 듯싶었다. 국세청의 고위간부가 밸런타인 30년의 뚜껑을 열었다. 시작부터 최고급 양주폭탄이 돌기 시작했다.

건배가 돌고 건배사도 돌았다. 구호도 다양했다. 흔하디흔한 '개나발'과 '위하여'도 있었고, '우리 세상', '올바른 정치'라는 교과서 같은 구호도 있었다. 왁자지껄한 분위기 속에 건배사가 한 바퀴 돌자 목소리 톤이 낮아지면서 대화가 시작되었다. 대체로 진지했지만 이따금 웃음꽃이 피어나기도 했다. 분위기는 더없이 좋았다.

"이미 시들어버린 정권입니다. 오래 참아온 보람이 있습니다. 결국은 이렇게 무력해지는 날이 오는군요."

"치욕 같은 사 년이었습니다. 이젠 사실상 우리 세상이 된 겁니다."

"이 년차에 어설프게 탄핵을 추진하는 바람에 역풍을 맞았습니다. 그 후유증을 극복하려고 고생하다가 다시 이 년이 흘러갔습니다. 그때 그렇게 서툴게만 하지 않았어도 벌써 무너졌을 정권입니다. 어쩌면 지금은 완전히 우리 세상이 되어 있을지도 모를 일입니다."

"하하하, 동감입니다. 하지만 이제는 옛날이야기를 하지 않아도 됩니다. 지난날은 이제 잊어버립시다. 이제 우리 세상이 열리고 있습니다. 과거지향적으로 살지 맙시다. 미래를 내다보며 생각하고 행동합시다."

참석자 가운데 가장 나이가 들어 보이는 사람이 '미래'를 이야기했다. 오십 대 중반 정도로 보였는데, 모두 그를 '실장님'이라 불렀다. 실장으로 불리게 된 내력은 분명하지 않았다. 실장의 오른쪽 옆자리에 김인수가 앉아 있었다. 다들 한마디씩 했지만 그는 발언하지 않았다. 실장의 이야기가 계속되었다.

"백악관을 설득하는 노력도 계속되고 있습니다. 에이전트들이 백방으로 뛰어다닌다고 합니다. 꽤 유능한 사람들입니다. 우리가 이 일을 본격적으로 시작한 지도 이제 반년이 되었는데, 백악관 주요 정책결정자들 가운데 절반 이상이 마음을 돌렸다고 합니다. 한미FTA의 체결에 기대를 거는 관료들이 일부 있다고는 하지만, 그래도 지금의 정부로는 안 된다는 인식이 팽배하다는 것이지요. 어제 보고받은 내용입니다. 이 정도면 어떤 상황이 발생해도 무리 없이 대응할 수 있을 겁니다. 돈이 조금 부족하긴 한데, 기업 쪽에서 적극적으로 협조해주시기 바랍니다."

실장이 맞은편에 앉은 두 남자에게 시선을 맞추었다. 그가 언급한 기업 쪽 사람인 듯싶었다. 둘은 과도하다 싶을 정도로 크게 고개를 끄덕였다. 계속해서 자금을 지원하겠다는 뜻으로 보였다. 그 가운데 한 명이 실장을 보며 말했다.

"이야기가 나온 김에 일본 쪽 동향도 파악된 게 있어서 말씀드립니다. 어제까지의 상황인데, 일본 측은 미국이 입장을 내놓기만 하면 곧바로 한국 정부에 대한 지지를 철회하겠다는 입장입니다. 그동안 한국 정부의 대일 초강경 기조가 심각한 부담이었다고 합니다. 하루라도 빨리 지금의 정부가 교체되기를 희망한다는 메시지입니다. 시기만 기다리겠다는 뜻입니다. 다만 총리의 의중까지 확인한 것인지는 분명하지 않습니다. 좀 더 면밀하게 추적해서 파악하도록 하겠습니다."

실장이 만면에 웃음을 지으며 고개를 끄덕였다. 누군가 한마디를 덧붙였다.

"미국과 일본이 그 정도로 돌아섰으면 일은 거의 다 된 거네요. 우리만 잘하면 되겠습니다. 박수 한번 칩시다."

갑작스레 박수가 좌중에 울려 퍼졌다. 순간 김인수가 얼굴을 찌푸렸다. 실장도 당황했는지 좌중을 향해 손을 내저었다.

"박수 칠 만하지요. 하지만 아직은 아닙니다. 아직 조심해야 합니다."

실장이 긴장의 고삐를 죄자 좌중에 다시 적막이 흘렀다.

"사실상의 식물정권이지만 그래도 임진혁에게는 한칼이 있습니다. 우리가 무장을 해제하면서 방심할 일은 절대 아닙니다."

참석자들이 긴장 어린 눈빛으로 서로를 마주 보았다. 실장이 말을 이어갔다.

"아이들에게 정권을 빼앗긴 지 사 년입니다. 측근실세란 게 다 386 아이들인데 임진혁도 딱 그 수준이에요. 사실상 386이에요. 그 대통령에 그 아이들입니다. 문제는 이 아이들이 도대체 싹수가 없다는 겁니다. 입만 열면 험한 이야기인 데다 걸핏하면 국민을 상대로 싸움질만 해요. 참으로 젖비린내 나는, 유치하기 짝이 없는 정권입니다. 대한민국의 품격이 낮아질 대로 낮아졌어요. 검찰보고 조폭이라고 하지 않나, 민주주의의 보루인 언론을 상대로 협박을 하지 않나, 뭐가 좀 잘 안된다 싶으면 언론 타령만 해댔습니다. 게다가 가관인 건 걸핏하면 그만둔다는 이야기였어요. 그래도 그런 건 넘어갈 수 있어요. 도저히 그냥 넘어갈 수 없는 심각한 문제는 미국이나 일본을 소 닭 보듯이 한다는 겁니다. 대한민국이 지금 누구 덕분에 이렇게 되었습니까? 미국과 일본이 도와줬기에 우리가 이렇게 북한의 면전에서 눈부시게 발전하면서 밥을 먹으며 살고 있는 것 아닙니까?"

실장은 이 대목에서 잠시 말을 멈추더니 앞에 놓인 폭탄주 잔을 들었다. 분을 삭이지 못하겠다는 표정이 얼굴에 쓰여 있었다. 헛기침을 몇 차례 하는가 싶더니 실장은 잔을 든 채로 말을 이었다.

"여기 계신 분들은 모두 똑같은 심정일 겁니다. 아무튼 우리의 고생이 헛되지 않아서 이제 성과가 나타나고 있습니다. 끝이 보이기 시작했어요. 그래서 더 조심해야 합니다. 여기서 지난번 탄핵처럼 삐끗하면 끝장입니다. 저 아이들은 국정운영은 못 해도 싸움에는 능합니다. 그런 쪽으로만 머리가 돌아가는 애들이지요. 다 이겼다고 방심하면 절대 안 됩니다. 자! 결의를 다지는 의미에서 다시 건배합시다. 저는 이잔을 끝으로 다음 약속에 가겠습니다."

좌중을 한 바퀴 둘러보고 나서 실장이 호기롭게 구호를 외쳤다.

"제 건배 구호는 다 아시지요? 힘차게 해주시기 바랍니다. 자, 흔들자, 흔들자, 무너질 때까지 흔들자."

"흔들자, 흔들자, 무너질 때까지 흔들자!"

소리를 낮춘다고는 했지만 합창인 탓에 구호의 위력이 제법 컸다. 건넛방 손님들에게도 충분히 들릴 만한 소리였다. 다들 그 정도는 기꺼이 감당할 수 있다는 표정이었다. 그것 역시 이래저래 상황이 유리하다는 걸 보여주는 것이었다. 실장은 먼저 자리를 떴다. 몇몇 사람이 함께 일어났다. 직업공무원들, 구체적으로는 관료와 검찰, 국세청, 국정원의 간부들이었다. 자리에 남은 대여섯 사람이 남은 술로 건배하며 환담했다. 김인수를 비롯한 야당 중진, 그리고 기업 쪽 사람들이었다. 김인수가 말을 꺼냈다.

"여기 우리 당 선배님도 계시지만, 어쨌든 이 일은 정치권과 기업이 핵심적 역할을 해야 합니다. 바로 우리의 일이라고 생각해야 합니다.

먼저 자리를 뜨신 분들의 경륜도 우리에게 필요하지만, 우리의 패기와 헌신이 함께하지 않으면 사업은 결코 성공할 수 없습니다."

"옳은 말일세. 나야말로 김 대변인 믿고 여기 참여한 걸세."

김인수의 정치권 선배로 보이는 인물의 화답이었다. 다음은 기업 측이었다.

"네, 옳습니다. 저희 그룹도 김 대변인님이 가는 길이라면 확실하다고 판단해서 감히 참여한 것입니다. 저희는 김 의원님과 운명을 같이할 겁니다."

김인수가 이끄는 그룹이었다. 정체는 불명하지만 역모의 핵심이라는 사실만큼은 분명했다. 밥상 한쪽 귀퉁이에 앉은 후배 정치인을 향해 김인수가 물었다.

"지금까지 가입자 중 적극적 참여자로 분류할 사람은 몇 명이지요?"

후배 정치인이 안경을 고쳐 쓰고는 서류를 뒤적이더니 대답했다.

"네, 어제까지 백 명에 육박하고 있습니다. 보안 문제도 있고 해서 이제 교섭활동을 더는 하지 않을 예정입니다. 선배님 말씀대로 세상을 바꾸는 데는 어중간한 천 명보다 똑똑한 백 명이면 족하다는 판단입니다. 여기에 일단 구두로 참여 의사를 밝힌 사람이 삼십여 명 됩니다. 이들 중 상당수가 참여 의사를 표명하면 거의 백이십 명에 달할 것으로 보입니다. 상황이 더 유리하게 전개되고 있는 만큼 이들이 가입을 망설일 이유는 없을 겁니다."

김인수가 고개를 끄덕이며 스트레이트 잔에 양주를 따랐다. 마침 그때 생각이 났다는 듯 그는 다시 물었다.

"좋습니다. 그런데 최근 새로 가담한 사람들은 어떤 분들입니까?"

다시 안경을 고쳐 쓴 후배가 자료를 몇 장 넘기더니 대답했다.

"네. 최근 스무 명의 신분을 말씀드리겠습니다. 먼저 재벌그룹 사장단이 다섯 명입니다. 두 명이 검사장이고, 세 명이 판사입니다. 그리고 교수가 세 명, 정치인이 두 명, 나머지 네 명은 고위관료입니다."

김인수가 양주 한 모금을 마신 뒤 다시 물었다.

"한 명이 남는데, 누구지요? 스무 명이라 했는데…."

후배는 당황하는 기색이 역력했다. 그사이에 스무 명 숫자를 계산하고 있었다는 사실이 놀랍다는 표정이었다.

"아, 네. 이 사람은 신분을 밝히지 말아달라고 해서요."

대답을 듣던 김인수가 껄껄 웃었다. 그러자 다른 참석자들도 덩달아 웃음을 쏟아냈다.

"아니, 그건 바깥세상에 이야기하지 말라는 뜻이지요. 우리한테까지 신분을 감춘다면 그게 말이 되나요? 누군지 뭐 하는지도 모르는 사람과 거사를 도모하자는 건가요?"

아차 싶었는지 후배가 머리를 긁적였다.

"하하, 네. 제가 잘못 생각한 것 같네요. 말씀드리겠습니다. 나머지 한 사람은 지금 청와대에 근무하고 있는 현직 비서관입니다."

김인수의 눈이 휘둥그레졌다. '저런!' 하고 감탄사를 내뱉은 사람도 있었다. 곧바로 김인수가 되물었다.

"그게 누구지? 이름이 뭐요?"

"네, 이형철입니다."

"이형철이라면 386 측근 가운데 한 사람 아닌가요?"

김인수의 질문이 계속 이어지자 후배 정치인은 아예 자료를 덮고 똑바로 앉은 자세로 대답하기 시작했다.

"네, 맞습니다. 386 측근입니다. 그런데 자신의 능력이 남들보다 못하지 않은데, 그걸 알아주지 않고 계속 한직으로 돌리는 대통령이 못마땅했다고 합니다. 또 취임 때부터 이제까지 나약한 모습으로 국정을 운영하는 모습도 싫었고 상대를 끌어안는 포용력도 부족한 것 같아서 등을 돌리게 되었답니다. 언제든 이탈할 기회를 보고 있었다고 합니다. 새로운 흐름에 기꺼이 동참하겠다고 이야기했습니다."

"그러면 청와대를 나와서 하면 되지요. 왜 굳이 거기 있으면서…"

이번에는 기업 측 인사의 물음이었다.

"아, 네. 자신이 끝까지 자리를 지키면서 청와대의 주요 자료와 정보를 빼내겠다고 합니다. 큰 소식은 물론이고 작고 소소한 이야기까지도 제공할 수 있답니다. 그게 이쪽에 도움이 된다면 그곳에 남아 있겠다는 생각입니다."

김인수가 담배를 찾았다. 무언가 판단이 잘 서지 않을 때 나타나는 행동이었다. 담배에 불을 붙이고는 김인수가 물었다.

"그것, 참 대단하긴 하네요. 그런데 마음이 변한 건 확실한 거지요? 이중첩자 역할을 하려는 건 아닌지 모르겠네요."

"그렇지는 않아 보입니다. 이미 자신의 입장을 확인시켜주기 위해 지난 3월부터 청와대 내부 자료와 대통령 대화록 등을 수시로 보고해

오고 있습니다."

고개를 끄덕인 김인수가 담배 연기를 길게 내뿜더니 이윽고 한마디를 덧붙였다.

"지금 그곳에서 자료를 빼낸다면 나중에 우리의 정보를 역으로 빼내 갈 수도 있는 사람이라는 뜻입니다. 한번 의리 없는 행동을 한 사람은 영원히 그런 짓을 되풀이하기 마련입니다. 정치 현실을 고려하면 기회주의자와 손을 잡을 수밖에 없지만, 아무튼 비밀스러운 일을 함께 도모해선 절대로 안 됩니다. 최대한 경계하십시오."

후배 정치인이 무언가를 대꾸하려다가 멈추었다. 그 모습을 흘끗 본 김인수가 조용히 두 손을 모아 박수를 치기 시작했다. 서둘러 상황을 끝내고픈 눈치였다. 이내 모든 참석자가 따라서 박수를 쳤다.

모임을 끝내고 집으로 돌아가는 길. 김인수는 비로소 9부 능선에 도달했음을 실감했다. 이제 곧 세상이 바뀌리라는 예감이 온몸을 휘감고 돌았다. 그는 선배의 차에 동승했다. 택시를 타고 가겠다는 사람을 선배가 군이 붙들어 자신의 차에 태웠다. 집이 있는 신촌까지 그리 먼 거리도 아니었지만, 그는 선배의 호의를 차마 거절할 수 없었다. 선배가 김인수의 무릎을 치며 말했다.

"이제 세상이 바뀌면, 아니 설사 바뀌지 않아도 자네는 앞으로 큰일 해야 하네."

"아이코, 선배님 무슨 말씀을요! 큰일 할 사람은 다 따로 태어납니다. 저는 아닙니다."

김인수의 겸사에 선배가 한술 더 뜬다.

"무슨 소리야? 자네만 한 사람이 어디 있다고? 똑똑하지, 인기 있지, 잘생겼지, 뭐 하나 빠지는 데가 없잖아. 자네 같은 정치인이 큰일을 하는 게 나라를 위해서도 좋은 거야."

"선배님도 참, 말씀은 고맙지만…. 저는 아닙니다."

김인수가 그만 말을 끊으려 하자, 선배가 한마디를 덧붙인다.

"자네는 한이 있지 않은가? 그 한을 풀어야지. 꼭 큰일을 해야 하네."

김인수가 갑자기 인상을 찌푸렸다. 술기운이 확 달아나는 느낌이었다.

"선배님, 그 이야기는 하지 마십시오. 부탁입니다. 두 번 다시 이야기하지 마세요."

김인수가 정색하고 말했다. 분위기가 어색해지자 선배는 서둘러 두 손을 내저으며 연신 '알았다'는 말을 거듭했다. 차가 달리고 다시 오 분여의 시간이 흘렀을까? 김인수가 못내 미안했는지 어색함을 털어내기 위해 선배를 향해 말했다.

"선배님, 남자가 가슴속의 응어리를 꺼내놓을 때는 복수에 성공했을 때뿐이라고 생각합니다. 성공하지 못하면 죽을 때까지 꺼내지 말아야죠. 지금 대통령처럼 시도 때도 없이 자기 속내를 드러내는 사람, 저는 정말 싫습니다."

회갑

9월의 마지막 토요일. 대통령은 오랜만에 참모들과 외출했다. 시내에서 함께 영화를 관람하는 일정이었다. 인기리에 상영 중인 〈왕의 남자〉였다. 극장에 도착하니 시간에 여유가 있었다. 상영관 앞 작은 카페에서 대통령은 비서실장과 환담을 나누었다. 진익훈도 함께였다. 원두커피가 제공되자 그는 수행부장을 불러 무언가를 지시했다. 멀리서 있던 경호관이 달려와 보온병을 대통령에게 건네었다. 보온병을 따르자 따뜻한 믹스커피가 잔을 가득 채웠다. 하루에도 여덟 잔 이상을 마실 만큼 좋아하는 커피였다. 대통령은 거기서 고향의 숭늉 맛을 느낀다고 했다.

"모난 돌이 정 맞는다. 계란으로 바위 치기다. 오늘 아침에는 어머니의 이 말씀이 또 귀에 들려오더군요. 육백 년 기회주의 역사를 청산하겠다는 생각으로 이 길로 들어섰는데 그건 아직 시작도 못한 것 같군요."

대통령은 어머니의 이야기가 실제로 들리는 듯, 가만히 눈을 감았다. 비서실장이 대통령의 마음을 헤아리며 위로했다.

"대통령님께서 후보로 나서기 전에 하신 말씀이 기억납니다. 기회주의자와 손을 잡을 수는 있지만 지도자로는 절대 모실 수 없다. 솔직히 그 말에 감명받아서 저는 대통령님에게 줄을 섰습니다."

"하하, 그랬었지요. 그렇게 호기롭게 외쳤었는데, 지금은 이렇게 초라하군요."

대통령이 감았던 눈을 뜨며 말을 잇는다.

"사실 완고한 보수 세력보다 더 나쁜 존재가 기회주의자들입니다. 노선이나 철학 없이 시류에 영합하며 경계를 넘나드는 사람들이지요. 이 당 저 당 옮겨 다니며 양지만 찾는 사람들도 있고요. 모두 정치를 망가뜨리는 해악입니다. 그런 사람들이 발붙이지 못하도록 정치를 근본적으로 흔들어서 크게 개혁하고 싶었는데, 역부족입니다. 대연정 제안이 혹시 그런 계기를 만들어줄까 기대했는데 잘못된 판단이었다는 결론만 났어요."

커피를 한 모금 마신 대통령이 다시 눈을 감는다. 진익훈은 대통령의 이야기를 하나도 빠짐없이 기록한다. 사적인 자리이지만 대통령의 말은 하나하나가 다 역사라는 생각에서다. 비서실장이 고개를 끄덕이며 대통령의 말에 화답한다.

"맞습니다. 역부족이었습니다. 다만 역량 자체가 부족했던 건 아니라고 봅니다. 그보다는 전선이 곳곳에서 생겨나 역량이 분산된 게 문제였다는 생각입니다. 야당이나 언론과 싸우기도 벅찬데, 뒤에서…."

눈을 여전히 감은 채로 대통령이 고개를 가로저었다. 창을 뚫고 들어온 가을 햇살이 커피잔에 부딪히는가 싶더니 사방으로 흩어졌다.

곧 상영이 시작되니 입장해달라는 안내방송이 나왔다. 그로부터 세 시간 후.

대통령 내외가 상춘재로 들어서자 미리 대기하고 있던 비서실장, 정책실장, 안보실장 그리고 수석과 보좌관들이 일제히 자리에서 일어났다. 대통령이 모두에게 앉으라고 손짓했다. 녹지원 한쪽에 자리한 상춘재는 한옥 구조의 응접실이었다. 대들보와 서까래로 쓰였다는 소나무의 향기가 삼백육십오 일 은은히 퍼지는 공간이었다. 한옥이다 보니 특별히 외국 손님을 맞는 경우가 아니면 식탁을 준비하지 않고 좌식으로 운영했다. 이날도 그랬다. 낮은 밥상에 한정식이 준비되었다. 수석과 보좌관들은 방석을 깔고 앉았다. 대통령 내외는 동쪽 벽면의 한가운데에 자리를 잡았고, 참모들은 나머지 세 면에 골고루 나누어 앉았다. 뒤늦은 회갑 식사였다. 회갑일은 이미 순방 중에 지나갔다. 이미 오래전부터 특별한 행사 없이 넘어가자고 거듭 당부해온 대통령이었다. 그의 뜻이 워낙 강했기에 그냥 넘어간 일이었다. 하지만 비서실에는 아무래도 찝찝한 구석이 남아 있었다. 결국 그냥 넘어가기에는 아쉬움이 크다는 비서진의 건의를 대통령 내외가 받아들여 자리를 마련했다. 비서관급에서는 의전비서관, 대변인, 국정상황실장, 제1부속실장이 참석했다.

하루 전까지만 해도 늦더위가 심술을 부렸다. 그런데 이날 아침 거짓말처럼 가을의 정취가 물씬 풍겼다. 상춘재에서 바라보는 녹지원의 풍광에는 어제와 다른 무엇이 있었다. 을씨년스러움 같기도 했고, 쉽게 표현할 수 없는 허전함 같기도 했다. 진익훈의 머릿속에서는 느닷없이 '조락'이라는 낱말이 떠올랐다. 청와대에서 맞는 네 번째 가을이었다. 가을의 청와대는 아름다웠다. 세상에 이런 풍광이 또 있을까 싶을 정도였다. 대통령도 가을로 이야기를 시작했다.

"가을이 완연하군요. 예전 같으면 가을 환갑잔치가 꽤 어울렸을 것 같은데, 요즘 세상엔 아닌 것 같지요? 환갑은 여전히 팔팔하고 가을은 한풀 꺾인 것 같고…"

가을은 회갑과 어울린다기보다, 이제 내리막을 걷기 시작한 권력의 위상과 어울렸다. 진익훈의 생각이었다. 점심이라 와인 대신 포도 주스가 건배용으로 잔에 채워졌다. 수석과 보좌관을 대표하여 비서실장이 축하 인사를 했다. 회갑선물도 있었다. 사방탁자였다. 대통령이 특별한 감회를 말했다.

"살아오는 동안 변변한 물건이 하나 없었습니다. 환갑이 되어서야 비로소 소중한 물건이 하나 생기는군요. 항상 옆에 두고 아끼겠습니다. 주신 분들의 정성을 잊지 않겠습니다."

식사가 시작됐다. 분위기는 화기애애했다. 평소에 비해 대통령의 농담이 많았다.

"최소한의 행사를 한다는 보고가 있어서 덮으라고 했습니다. 그렇게 덮기로 했는데, 진짜 덮었으면 섭섭할 뻔했습니다."

작은 케이크에 여섯 개의 초가 꽂히고 불이 붙여졌다. 대통령은 지난 순방 때 기내 축하 행사에서 선보인 세리머니를 재현했다. 집게손가락으로 케이크를 한 움큼 떠서 맛보는 동작이었다. 박수와 함께 터져 나온 함박웃음이 상춘재를 가득 채웠다.

"어쩌면 하루하루가 기념일인지도 모릅니다. 그러다가 이렇게 진짜 기념할 일이 있으면 오히려 밥을 굶던가 하는 게 맞아요."

유머와 밝은 분위기는 대통령의 천성이었다. 그는 웃음을 머금은 채로 이야기를 이어갔다. 다른 날과 다른 것이 하나 있었다. 대화의 주제에서 정치가 비껴 서 있었다. 평소 같으면 앉자마자 정치 이야기부터 했을 대통령이었다. 자리의 성격을 의식하는 눈치였다. 먼저 나서서 정치를 이야기하다가 분위기를 깨지 않을까 우려하는 모습이었다. 식사가 얼추 끝나자 그는 오전에 본 영화로 화제를 돌렸다. 짧은 감상이었다.

"상상력이 대단합니다. 스토리가 영화라고 생각했는데, 이젠 영상이 영화더군요."

그러면서도 스토리가 예측 불가로 전개되는 데 매력을 느꼈다고 말을 덧붙였다. 영화가 화제에 오르자 이번에는 참모들이 농담을 주고받았다. 농담 끝에 '조조할인'이 등장했다. 삼국지의 장비가 갑자기 주변을 때려 부수며 난리를 피웠는데 '왜 조조한테만 할인을 해주냐'는 불만의 표현이었다는 것이다. 헛헛한 웃음을 지으며 대통령이 분위기를 바꾸었다.

"요즘 틈틈이 신영복 교수의 《강의》를 읽고 있습니다. 표현이나 외양이 요란하면 본질이 죽고, 외양이 없으면 투박하다고 합니다. 왕은 역시 관을 쓰고 있어야 한다는 생각이 들었습니다. 대감이 감투를 쓰지 않고 있다 보니 책잡히는 게 아닐까 하는 생각입니다. 제가 관을 쓰지 않는 건 아닌데 어쩌다 보니 그런 이미지가 되었습니다. 지금이라도 관을 쓴다고 새로 생길 것 같지도 않습니다."

대통령은 검색과 사색을 탐했다. 시간이 있을 때마다 깊은 생각에 빠져들었고, 여유가 생길 때마다 책에 빠져들었다. 이 짧은 이야기에는 최근의 대통령이 깊이 고민하는 속내가 고스란히 담겨 있었다. 자신의 이미지를 보는 세간의 편견에 대해 아쉬움을 토로하는 이야기였다. 스스로는 끊임없이 서민적이고 소탈한 모습의 대통령이 되고 싶지만, 세상은 오히려 그런 대통령을 못마땅해하는 분위기였다. 그런 사람들이 요구하는 것은 '대통령다움'이었다. 대통령은 '대통령다움'의 실체를 가늠할 수 없었다.

"대중정치 시대에는 아무것도 아닌 것을 가지고 상징조작으로 만들어내곤 합니다."

비서실장이 말을 꺼내자 대통령이 이어받았다.

"클린턴의 선거운동은 모두 연출로 이루어졌다는 이야기가 있습니다. 그 팀이 영국으로 건너가 토니 블레어의 선거에 역할을 하기도 했고, 러시아에서도 불렀다고 하네요. 독일 사람인 헤르만 셰어가 쓴 《정치인을 위한 변명》을 보면, 전당대회의 모든 과정이 시나리오로 짜여 있다는 것을 알고 나서 '진짜는 없고 연출만 있다'며 부정적으로 묘사한 대목이 있습니다."

연출을 극도로 싫어하는 만큼 대통령은 이런 이야기에 특별한 관심을 보였다. 그리고 한마디를 할 때마다 책 한 권이 인용되었다. 가볍게 환담을 나누려던 자리가 의도와 달리 진지해지고 있었다. 급기야 대통령은 자신이 한참 천착하고 있는 세금 문제를 화제에 올렸다. 재정과 복지 지출의 규모를 놓고 여러 가지 의견이 오갔다. 아무리 청와대 경내에서의 이야기라 해도 '증세'는 그 자체로 민감한 주제였다. 이야기가 언제 어떻게 바깥으로 전해질지 알 수 없었다. 청와대 내부 회의에서 그런 논의가 있었다는 사실 자체로 커다란 역풍을 맞을 수도 있었다. 그 점을 의식했는지 대통령이 짧게 정리했다.

"세금 올린 정권은 다 망했습니다."

그렇게 말해놓고도 아쉬움이 남는 듯, 그는 몇 마디를 덧붙였다.

"우리뿐만 아니고 우리 국민들도 나라 살림에 대해 심각하게 이야기하려고 하지 않습니다. 이건 바람직한 모습이 아닙니다. 말도 안 하고 넘어가는 게 가능할지…. 항상 역풍을 맞을까 고심하기도 하지요."

이 대목에서 대통령은 말을 잠시 멈추고는 앞에 놓인 물을 마셨다. 가벼운 톤으로 시작되었던 대화가 점차 심각해지더니 이제 절정에 다다른 느낌이었다. 대통령이 말을 이었다.

"결국은 자기 삶을 대하는 자신의 태도입니다. 그런 점에서 약간의 불일치가 생깁니다. 참모들은 제 인생을 사는 게 아니지 않습니까? 그러다 보니 좋은 정치만을 이야기할 뿐입니다. 결국 한 인간으로서 삶의 선택에 치열하게 맞닥뜨리는 것은 아닌 셈이지요. 그런데 어찌 보면 사람들은 자기 멋에 살다가 죽는 게 아닐까요?"

증세 이야기가 어느 사이엔가 삶의 선택에 대한 대통령과 참모의 입장 차이로 옮겨가 있었다. 대통령은 참모들의 시각과 다른 선택을 할 수 있다는 것이었다. 참모들은 '좋은 정치'를 이야기해도 자신은 '자기 멋에 살다 죽을 수도 있다'는 의미였다. 정책실장이 고개를 끄덕이며 말했다.

"참모들로서는 그렇게 할 수 없지요."

대통령이 잠시 머뭇거리며 주변을 살폈다. 담배를 찾는 모습이었다. 그러나 담배를 피우기에는 부적절한 상황이었다. 상춘재라는 공간도 그랬지만 무엇보다 여사님이 동석한 자리였다. 아쉬웠는지 대통령이 얼굴을 찌푸리며 말을 이었다.

"이 벽은 무너뜨릴 수 없다, 이 벽은 도저히 넘을 수 없다, 그 대목에서 순교를 생각하게 되는 것 아닐까요? 자기 삶을 어떻게 마감할까 생각하는 것이지요. 당사자가 아니라면 그런 점을 이해하기 어려울 수도 있습니다. 어떻든 이 벽을 넘을 수 있다는 판단이 서지 않으면, 자기 삶에 변명거리를 만들려고 하지 않겠습니까? 그래서 최선을 다하지 못하는 경우는 순교를 생각하는 것이겠지요. 저는 그런 점을 이해할 수 있습니다."

찬물을 끼얹은 것처럼 좌중이 조용했다. 모두 긴장한 표정으로 대통령의 다음 이야기를 기다렸다.

"별로 이상한 게 아닙니다. 보통 사람들이 생각하는 겁니다. 분신하는 사람을 생각해봅시다. 거대한 벽에 맞닥뜨려서 넘어서지 못하기 때문입니다. 분신하는 사람은 적어도 자신에게는 최선을 다하는 것입니다. 남들이 보면 우습기 짝이 없을 수도 있습니다. 그렇게 한다고 달라질 게 없지만, 그러나 그 사람한테는 진지한 것입니다. 사람이 산다는 게 그렇게 항상 진지하고 엄숙할 수는 없지만…."

침묵이 흘렀다. 대통령도 선뜻 말을 잇지 않았다. 이 말은 과연 무슨 의미일까? 대통령은 무슨 이야기를 하고 싶은 것일까? 참모들의 머릿속이 여러 가지 상상과 추론으로 복잡한 듯 보였다. 잠시 후 대통령이 다음의 한마디로 이야기를 정리했다.

"제가 이 이야기를 여러분 앞에서 할 것인지를 두고 사실 굉장히 많은 고민을 했습니다."

분위기가 땅 밑으로 가라앉고 있었다. 그러자 장관급 참모들이 분위기를 전환할 요량으로 이야기에 나섰다. 먼저 비서실장이었다.

"이제 남은 과제는 '양극화' 문제입니다. 여기에 집중하면 됩니다."

이번에는 안보실장이었다.

"대통령님이 웃으시면 정부가 웃는 겁니다."

그러나 한번 가라앉은 분위기를 되살리기에는 역부족이었다. 어색함을 의식했는지 대통령이 서둘러 자리를 파했다. 다음 일정을 준비해야 한다는 이유였다. 상춘재를 나서면서 대통령은 배웅하는 참모들을 향해 말했다.

"DVD로 된 외국 시리즈물을 보고 있습니다. 대통령 후보 암살 사건을 다룬 건데, 꽤 재미있습니다. 보고 싶은 분 있으면 이야기하십시오. 빌려드리지요."

대통령 내외는 걸어서 관저로 향했다. 1부속실장과 함께 진익훈이 수행했다. 끝내 궁금증을 참지 못한 진익훈이 대통령에게 물었다.

"조금 전 발언은 갑작스럽습니다. 무슨 뜻으로 하신 겁니까? 잘 모르겠습니다."

대통령이 진익훈을 바라보며 웃었다. 1부속실장도 궁금했는지 진익훈 옆으로 다가와 보폭을 맞추며 대통령을 응시했다. 대통령이 말했다.

"말 그대로일세. 커다란 벽에 부닥쳤을 때 참모들과 나는 그 문제를 대하는 입장에 차이가 있을 수밖에 없다는 뜻이지. 자네들도 동감하지 않는가?"

"물론 다를 수밖에 없지만…"

진익훈이 말끝을 흐렸다. 언제나 사생관이 뚜렷한 대통령이었다. 어느 순간 죽을 수도 있다는 생각으로 살아온 사람이었다. 초선 국회의원 시절, 기득권 노조의 횡포에 맞서기 위해 현장을 조사하던 때였다. 각종 루트를 통해 그에게 많은 협박이 전달되었다. 그중에는 실제로 살해하겠다는 협박까지 있었다. 하지만 그는 전혀 개의치 않는 모습이었다. 당시 그는 이렇게 말했다.

"항상 죽음을 각오하고 산다. 협박은 전혀 두렵지 않다."

진익훈의 머릿속에서 그 말이 다시금 오버랩되었다.

대통령의 생각이 어디까지 미치고 있는 것인지 진익훈은 가늠할 수 없었다. 분명한 것은 대통령 스스로가 큰 벽을 마주하고 있다고 느낀다는 사실이었다. 그 벽을 어떻게 넘으려는 것인지는 전혀 알 수 없었다.

핵실험

시월. 깊어가는 것은 가을만이 아니었다. 대통령의 수심도 깊어가고 있었다. 어디 하나 기댈 곳이 없었다. 지난 사 년 동안 그는 자신의 당선 자체가 커다란 정치 발전이라고 이야기해왔다. 사면초가의 상황이지만 흔들림 없이 의연하게 버티는 것만으로도 역사에 기여한다는 생각이었다. 지지자들에게 보내는 해명이었고 스스로에게 보내는 위로였다. 그런데 그런 호기와 믿음이 언제부터인가 흔들리고 있었다. 걱정도 깊었고 고심도 깊었다. 이제 지지자들은 가까운 곳에 있지 않았다. 그 대신 정적은 사정거리 안에 들어와 화살을 쏘아댔다. 나라 바깥의 환경도 수심을 깊게 하기는 마찬가지였다. 그동안 한반도는 힘의 균형 상태에 있었다. 하지만 주변국들은 항상 그 균형을 깨는 방향으로 변화를 추구했다. 대한민국 대통령은 균형을 유지하기 위해서 버텨야 했다. 버팀이 길어질수록 힘겨움이 가중되었고, 힘겨움이 가중될수록 인내심에 한계가 왔다. 대통령은 무언가 변화가 필요하다고 생각했다. 이대로는 안 되겠다는 판단이 머릿속을 지배했다. 안타깝게도, 달리 대안을 갖고 있는 것은 아니었다. 시월이 초순에서 중순으로 넘어갈 무렵이었다. 가까스로 균형을 유지하던 주변 환경에 커다란 자극이 가해졌다. 나쁜 소식이었다. 나쁜 소식은 자신의 모습을 드러내기 전에 좋은 소식을 앞세웠다. 한국의 외교부 장관이 유엔 사무총장에 선출되었다는 소식이었다.

경사였고, 분명히 좋은 일이었다. 한국인 유엔 사무총장을 탄생시키기 위해 엄청난 노력을 기울였기에 기쁨이 더 컸다. 선거를 위해 이 년여에 걸쳐 숱한 외교 일정을 소화했던 터라 대통령 당선에 견줄 만한 보람이 있었다. 하지만 바깥으로 감정을 드러낼 일은 아니었다. 의전비서관이 축하 행사를 어떻게 하면 좋을지 물어왔다. 그는 최대한 간단히 하자면서 한마디를 덧붙였다.

"내가 생색낼 일이 아니다."

그것이 전부였다. 기쁨은 짧았다. 좋은 소식의 유효기간은 오래가지 않았다. 이어서 나쁜 소식의 크고 검은 그림자가 청와대를 비롯한 세종로 일대를 덮었다. 국무총리, 국가정보원장, 국방부 장관, 외교부 차관 등이 일제히 청와대를 향해 달렸다. 나쁜 소식은 한글날 기념식을 마치고 나오던 대통령에게도 전해졌다. 북한이 핵실험을 했다는 소식이었다. 어느 정도는 예상하던 일이라 아주 크게 놀랄 것은 아니었다. 그래도 그 자체로 커다란 뉴스였다. 대통령은 곧바로 국가안전보장회의를 소집했다.

본관 백악실에서 열린 회의는 신속하게 진행되었다. 보고가 있었고 상황분석이 있었고, 발표문안의 점검이 있었다. 외길 수순이었다. 대통령의 일정도 차례로 확정되었다. 회의에 집중하면서, 대통령은 한편으로는 북한이라는 곳에 대해 곰곰이 생각했다. 왜 꼭 이 길을 가야 하는 것일까? 왜 이 길만을 고집하는 것일까?

때마침 일본의 신임 총리가 방한 중이었다. 역사 왜곡과 독도 문제를 놓고 심각하게 문제를 제기하려던 참이었다. 계획을 포기할 수밖에 없었다. 회담 시간의 절반 이상을 북핵 문제에 대한 대응을 논의하는 데 활용해야 했다. 그동안 날을 세워온 일본과 이 대목에서 다시 공조해야 하는 운명이었다. 모든 것이 아이러니였고, 모든 것이 원치 않는 상황이었다.

보수언론이 대북 포용 정책에 대한 맹폭을 개시했다. 한일회담 결과를 설명하기 위해 나간 춘추관에서 대통령은 기자들의 날 선 질문에 답해야 했다. 평소에는 양비론을 유지하다가도 큰일이 벌어지면 모세의 기적처럼 정확하게 두 쪽으로 나누어지는 게 대한민국 언론계였다. 이날도 다르지 않았다. 어중간한 양다리는 이미 사라지고 없었다. 기자들의 질문은 극명하게 나뉘었다. 아프게 공격하거나 아니면 확실하게 방어하거나, 둘 중 하나였다. 극한 상황이 또 다른 극한을 만들고 있었다. 그래서 훌륭한 지도자는 위기 상황에서만 탄생하는 것이라고 대통령은 생각했다.

이튿날 점심에는 전직 대통령들을 청와대로 초청했다. 해결책이나 조언을 구한다기보다는 국민들에게 보여줄 그림이 필요했다. 썩 내키는 일은 아니었다. 상황이 상황이다 보니 그로서도 마다할 힘이 없었다. 네 명의 전직 가운데 와병 중인 한 명을 제외하고 세 사람이 초청에 응했다. 대화가 시작되자마자 한 사람이 대북 포용 정책에 대해 파상 공세를 펼치기 시작했다. 지난 정부와 현 정부 때문에 나라가 이 지경이 되었다는 주장이었다. 두 대통령 때문에 북한이 핵을 개발하고 실험까지 하게 됐다는 논리였다. 바로 직전의 전직 대통령에게 본의 아니게 결례를 끼친 결과가 되었다. 북한의 핵실험은 그렇게 대한민국의 정치권을 크게 뒤흔들고 있었다. 대통령은 이러한 상황이 며칠, 아니 몇 달 동안 계속되지 않을까 우려스러웠다.

국회의장과 대법원장은 저녁 식사를 겸해 만났다. 다시 다음 날 점심에는 국회의 여야 지도부를 청와대로 초청했다. 저녁에는 개성공단 입주 업체들을 만나 대화를 나누었다. 모든 것이 여론을 수렴한다는 명분이었다. 그러나 대통령의 선택은 이미 정해져 있었다. 여지가 많은 것처럼 보일 수 있었지만, 사실상 가야 할 길은 하나뿐이었다. 단기적으로는 북의 핵실험을 규탄하며 국제적 공조를 강화하는 모습을 취해야 하지만, 장기적으로는 다시 긴장을 완화하며 평화를 모색해야 했다. 적어도 민주진보진영이 선택한 대통령이라면 당연히 선택해야 할 노선이었다. 이 방침을 단기적으로는 어떻게, 또 장기적으로는 어떻게 유연하고 설득력 있는 어조로 표현할 것인가의 문제만 남아 있었다.

담배를 입에 문 채 그는 본관의 소집무실에서 관련 보고서들을 읽어 내려갔다. 문제는 언제나 세력이었다. 그를 뒷받침해주는 지지자들의 존재였다. 민주진보진영의 힘이었다. 안타깝게도 항상 부족하고 소수였다. 그러다 보니 여론전에서 항상 밀렸다. 민주정부가 들어선 지 구 년째였다. 십 년이면 바뀐다던 강산은 아주 더디게 변하고 있었다. 생각만큼 쉽지 않았다. 변화 자체를 어렵게 만드는 환경도 있었다. IMF 사태도 있었고, 거기서 비롯된 신용불량자 문제도 있었다. 북핵역시 또 다른 걸림돌이었다. 민주진보진영의 지지로 선택되었지만, 대통령의 선택지는 제한적이었다. 주어진 상황에서 최선을 다할 수밖에 없었다. 하지만 권력기관과 담을 쌓으며 법 위의 권력을 놓아버린 대통령이 할 수 있는 일은 많지 않았다. 그는 안팎으로, 또 좌우로도 수세적인 위치에 있었다. 그래도 그를 지지해주는 세력이 있기는 했다. 그들은 인터넷 공간에서, 또 저녁 술집에서 자신의 대통령을 위해 토론하고 언쟁했다. 그러나 역부족이었다.

보고서를 덮고 뉴스 채널을 켜자 특집들이 계속되고 있었다. 초점은 여전히 대북 포용 정책이었다. 대통령은 한숨을 길게 내쉬었다.

'여기까지 오는 것도 정말 쉽지 않은 일이었는데…'

미국의 국무장관이 급히 한국을 찾았다. 북한 핵실험에 대한 대응을 논의하기 위한 것이었다. 일본과 한국, 중국을 연쇄 방문하면서 북에 대한 압박의 수위를 높이려는 시도였다. 외교부가 분주해졌다. 미국 대통령이 온 것 같은 분위기였다. 얼마 전까지 국가안보보좌관을 지낸 여성 장관은 유엔 차원의 대북 제재에 한국 측이 적극적으로 나서줄 것을 대통령에게 요구했다. 평소답지 않은 모습에 대통령이 반응했다.

"이제까지 봐온 것 중에 오늘이 제일 강경하군요."

미국의 입장을 이해 못 할 바는 아니었다. 그러나 미국의 안보도 중요하지만 한반도의 평화도 못지않게 중요한 것이었다. 그는 대한민국의 대통령이었다. 대통령은 어떤 형태든 한반도 긴장을 높이는 방향의 제재 조치에는 반대한다는 뜻을 분명히 했다.

"전쟁을 결정하는 것은 정치인이지만, 막상 전장에서 죽는 것은 군인이다."

그가 평소 자주 하는 말이었다. 그렇듯 그는 전쟁이 초래할 비극을 원치 않았다. 또 결코 그런 지도자가 되고 싶지 않았다. 혹여 미국과 북한 사이의 갈등이 깊어져 군사적 충돌이라도 생기면 한반도의 남쪽은 전쟁의 참화에서 결코 벗어날 수 없었다. 접견이 계속되는 동안 대통령의 얼굴은 몇 번이나 벌겋게 상기되었다. 때로는 격앙된 표정이 되기도 했고 때로는 긴 설득이 이어졌다. 접견을 마치고 관저로 돌아오는 승용차 안에서 그는 진익훈 대변인에게 기록해두라며 말했다.

"우리는 세계에서 가장 고집 센 나라와 가장 힘센 나라 사이에 끼어 있다."

음모

김인수의 검은색 승용차가 강남 테헤란로의 이면도로에 있는 일식집 구로다 앞에 멈춰 섰다. 화려한 인테리어와 싱싱한 회로 소문난 곳이었다. 특유의 식감이 손님들의 입맛을 사로잡아 꽤 오래전부터 유명했지만, 찾는 사람은 생각보다 많지 않았다. 비싼 가격 때문이었다. 김인수는 그 점이 마음에 쏙 들었다. 은밀하게 대화를 나누기에 이곳만큼 좋은 곳이 없었다. 지금 청와대나 여당의 주머니 사정으로는 절대로 출입할 수 없는 곳이었기 때문이다.

'없는 놈들은 없이 살아야 돼.'

김인수의 평소 생각이었다. 한술 더 떠서 그는 이런 식당들이 조금 더 많이 생겨날 필요가 있다고 생각했다. 그래서 연봉이 일정 정도 넘는 사람들만 출입하도록 해야 한다는 것이었다.

어쨌든 이 일식집 구로다로 말하면 사회의 주류들, 그것도 최상의 클래스가 주로 출입하는 곳이었다. 일식집이었지만 범상치 않은 차림의 여종업원들이 음식을 나르며 손님을 모셨다. 여기에 비하면 시내의 최고급 한정식집도 허름하다는 평을 들을 수밖에 없었다. 식사 가격은 특급호텔 일식당의 세 배에 달했다. 그러다 보니 저녁이면 정보를 찾아 인사동과 테헤란로를 배회하는 기관원들도 감히 출입할 엄두를 낼 수 없었다. 당연히 누가 출입하는지, 누가 누구와 만나는지가 베일에 가려졌다. 식탁 아래에 도청 장비가 부착되어 있을 염려도 없었다. 인근에 정차한 수상한 승합차에서 장비를 동원하여 방 안의 대화를 감청할 가능성도 없었다. 회식 도중 급한 용변 때문에 화장실을 찾다가 그곳에서 껄끄러운 누군가를 만날 일도 없었다. 룸마다 입구 옆에는 전용 화장실이 있었다. 식사가 끝난 후 방에서 나와 짧은 복도를 지나면 그만이었다. 곧바로 자신의 승용차에 탑승하는 시스템이었다.

식당의 사장은 김인수의 든든한 후원자였다. 김인수가 검찰에서 옷을 벗은 후 국회의원에 처음 출마했을 때 선거구인 신촌에서 만난 인연이었다. 사장은 그때부터 김인수가 틀림없이 큰 인물이 될 것이라며 기꺼이 돕겠다고 나섰다. 현금 동원력으로 강남뿐 아니라 대한민국 전체에서 독보적이라 알려진 인물이었다. 현금보유액이 50위 안에 든다는 이야기가 자자했다.

"우리 김 의원 같은 인물이 대통령이 되어야 부자들이 마음 놓고 돈을 쓰는 세상이 되지요. 이거야 원, 돈 가진 게 죄라도 지은 것처럼 손가락질받는 세상이니. 쯧쯧."

사장은 김인수보다 다섯 살이 많았다. 한국전쟁 때 월남한 아버지 밑에서 산전수전 다 겪은 끝에 오늘의 식당을 일구었다고 했다. 이미 다양한 사업으로 돈을 많이 번 터라, 식당 구로다는 사실상 그의 취미가 된 셈이었다. 더 정확히 말하면, 이 고급 일식당을 찾는 귀빈들과 교류하면서 당당하게 주류 사회의 일원으로 편입되는 것이 그의 목표였다. 이날은 구로다의 주요 귀빈들이 모이는 날이었다. 김인수를 매개로 넓혀진 인맥이었다. 이들은 가끔 모여서 대한민국의 현실을 걱정하기도 했고 장래의 대책을 논의하기도 했다. 이날은 특별히 무언가 중요한 결정을 내린다고 이야기를 들었다. 일행 가운데 가장 먼저 도착한 김인수가 안쪽에 자리를 잡고 앉았다. 김인수한테 양복 상의를 건네받으며 사장이 말한다.

"내가 도울 수 있는 일이 뭐 없을까? 일단 오늘 식사는 내가 대접할게."

"고맙습니다."

김인수가 쿨하게 웃었다. 일단 예의로라도 거절하는 제스처를 취할 법했지만, 그는 그렇게 하지 않았다. 매사가 분명했고 일사천리였다. 사장은 양복을 조심스럽게 받아들어 옷걸이에 건 다음, 김인수의 맞은편에 앉았다. 테이블 아래 바닥이 팬 전통적인 일식집 스타일이었다. 조금은 흥분했는지 사장은 양다리를 식탁 아래서 좌우로 심하게 흔들고 있었다.

"오늘 모임에는 나도 저 말석에라도 앉아서 함께 들으면 안 될까?"

순간 컵에 물을 따라 마시려던 김인수가 멈칫했다. 사장이 이내 말을 바꿨다.

"하하, 그냥 해본 소리야. 신경 쓰지 말고."

사장이 손을 내밀어 크게 가로저었다. 그 모습을 보며 김인수가 말했다.

"아닙니다, 형님. 형님도 같이 이야기하면 좋지요. 어차피 다 아시는 분들이잖아요?"

순간적인 판단이었다. 구로다의 사장을 관찰자나 제삼의 인사로 남겨두기보다 계획에 적극적으로 가담시키는 편이 나을 듯싶었다. 어차피 알 만큼 알 것이고 짐작할 만큼 짐작할 것이었다.

"그래, 고마워."

사장이 두 손을 내밀어 김인수의 손을 잡더니 고개를 꾸벅했다. 그러고는 자리에서 일어나며 말했다.

"내가 나가서 손님들 맞을게. 그리고 음식도 특별히 챙길 테니까 걱정하지 마."

조심스럽게 방을 나서는 사장의 뒷모습을 보며 김인수가 담배에 불을 붙였다. 오늘은 중요한 날이었다.

모임의 주관자는 김인수였다. 얼마 전 인사동에서 있었던 '한수회'의 결정을 추진하고 집행하는 모임이었다. 들어오는 사람들의 면면을 보며, 김인수는 옛날 독재정권 시절의 표현 하나를 떠올렸다. '관계기관대책회의'라는 용어였다. 헌법이나 법률로 정해진 대책회의가 아니고, 핵심 부처들이 임의로 모여 주요 현안에 대해 대응 방향을 결정하고 집행하던 회의였다. 말하자면 초법적인 권력기관이었다. 주로 반정부 시위나 조직을 무력화하기 위한 대처방안이 논의되었다. 시대가 바꾸고 여야가 바뀌었을 뿐, 이날의 모임은 과거 관계기관대책회의와 다를 바가 없다고 김인수는 생각했다. 나라를 정상적으로 그리고 효율적으로 운영하기 위해서 꼭 필요한 기구였다. 말하자면 주류의 관계기관대책회의였다. 예나 지금이나 대한민국에는 이런 기구가 필요했다. 그래야 '진보'로 위장한 좌익 세력으로부터 나라를 지키면서 건전한 시민을 보호할 수 있었다. 아무튼 지금의 이 관계기관대책회의는 그 첫번째 목표가 '정권의 탈환'이었다. 그리고 정권의 탈환을 위해 구체적인 작전을 집행하는 것이 임무였다. 구성원은 다양했다. 우선 '한수회'에 참석한 기관장들의 심복이 많았다. 말하자면 검찰, 경찰, 국세청의 중추 요직에 있는 사람들이었다. 기업 측에서도 핵심 실무자가 참석했다. 이날은 특별히 몇몇 언론사의 핵심 간부들도 자리를 함께했다.

일곱 시 반이 되자 얼추 성원이 되었다. 식당의 사장도 맨 끝자리에 조심스럽게 앉았다. 김인수가 먼저 이야기를 꺼냈다. 이야기라기보다는 정보 확인이었다. 기본적인 정보들을 확인하고 공유하는 절차였다.

"임진혁 대통령이 환갑잔치를 하면서 순교 발언을 했다는데 사실입니까?"

정보를 다루는 기관에서 온 사람들이 서로의 얼굴을 마주 보며 고개를 끄덕였다. 이미 들어서 알고 있다는 눈치였다. 다른 직원이 김인수를 보며 말한다.

"그런 이야기가 있긴 했지만, 크게 무게를 실어서 한 이야기는 아닙니다. 그냥 지나가듯 한 이야기입니다. 신경 쓰실 일 전혀 아닙니다."

"하하, 그런가요? 공연히 긴장했군요. 하긴 워낙에 어디로 튈지 모르는 대통령이다 보니⋯."

김인수가 푸념하면서 말끝을 흐렸다. 순식간에 좌중에서 웃음 소리가 터져 나왔다. 국세청 직원이 장단을 맞추었다.

"럭비공도 이런 럭비공이 없습니다. 한 번씩 튈 때마다 운동장이 출렁거립니다."

김인수가 껄껄 웃었다. 그러는 동안에도 몇몇 사람이 추가로 도착하여 빈자리를 채웠다. 김인수가 먼저 간단한 인사말을 했다. 참석에 대한 감사, 모든 일은 계획대로 진행 중이라는 보고, 우리의 노력으로 정권이 막바지에 왔다는 평가 등이었다. 진중하지만 희망이 넘치는 분위기였다. 이어서 다양한 채널을 통해 확보된 정보가 차례로 보고되었다. 구십 퍼센트 이상이 현 정권이 처한 사면초가의 상황에 대한 보고였다. 대통령에 대한 지지를 철회한 재야단체, 날 선 비판을 쏟아낸 유명 지식인, 비밀리에 준비되고 있는 경제단체의 비난성명 등과 같은 보고들이었다. 정보 담당자들에게 김인수가 다시 물었다.

"임진혁이 사석에서 걸핏하면 미국 대통령을 욕한다는데 사실입니까?"

이번에는 경찰 측 담당자가 답했다.

"네, 사실입니다. '욕'이라고 하기엔 조금 모호하지만, 어쨌든 크게 보면 '비난'보다는 강한 톤입니다."

"어쨌든 점잖은 대통령의 표현은 아니었겠지요? 저잣거리 건달처럼 걸렁걸렁하게 한마디 씨불였겠지요."

양주 스트레이트 잔을 들어 단숨에 들이켜더니 김인수가 미소를 머금는다. '안 봐도 비디오'라는 표정이다. 그러자 경찰 측 담당자가 흠칫하며 말한다.

"꼭 그렇다고 하기에는…."

김인수가 금테안경을 고쳐 쓰며 미간을 찌푸린다. 경찰 측 담당자에게 빈 술잔을 건네고는 술을 따르며 말한다.

"세상일은 다 종이 한 장 차이입니다. 모두 경계가 뚜렷하지 않습니다. 그래서 '그것이 어떻다' 설명하는 게 중요하지 않고 '그것은 무엇이다'라고 규정하는 게 중요합니다. 골프공이 OB 선상에 놓이면 그게 누가 친 공이냐를 서둘러 파악한 후 얼른 'OB다, 아니다'를 콜해야 합니다. 우물쭈물할 시간 없습니다. 그렇지 않습니까, 손 주필님?"

좌중의 시선이 김인수의 오른쪽 옆으로 쏠렸다. 〈강남일보〉의 주필이었다. 진보진영을 사정없이 두들겨 패는 것으로 유명한 논객이었다. 손 주필이 씩씩하게 대답했다.

"그럼요, 옳은 말씀입니다. 그런 역할을 하는 게 바로 우리 언론이지요."

김인수가 몸을 틀어 손 주필에게 건배를 제안한다.

"그럼, 그 역할 좀 한번 해주시지요. 어때요? 좋지 않습니까? '미국 대통령 향해 욕지거리 쏟아낸 한국의 대통령!' 어떻습니까?"

반쯤 잔을 비운 손 주필이 되묻는다.

"내용은 무엇으로 채울까요? 어느 정도 수위로? 우리 김 대변인께서 아예 작품을 만들어주시면 좋지요. 제가 그대로 지면에 반영하렵니다."

김인수가 좌중을 한번 둘러본다. 스트레이트 잔을 연거푸 들이켠 탓인지 모임의 초입부터 눈가가 발갛다.

"뭐, 그냥 '미국 대통령이 도대체 바보 같아서 대화가 안 된다. 멍청하다' 이렇게 발언했다고 하면 되지 않을까요?"

손 주필이 껄껄 웃는다. 마음에 든다는 뜻으로 보인다. 그러자 경찰 측 담당자가 굳은 표정으로 말한다.

"그건 아닙니다. 그렇게까지 말하지는 않았습니다. 말이 통하지 않는다는 표현이 있긴 했지만… 아무래도 너무 무리 같습니다."

순간 김인수가 빈 술잔을 테이블에 '쾅' 내려놓는다. 소리가 제법 크다.

"그게 그겁니다! 솔직히 거기 있던 사람, 대통령이 무슨 말 했는지 하나하나 기억하고 살지 않습니다. 어쩌면 임진혁 자신도 기억 못할 겁니다. 한번 해봅시다. 그래서 미국 쪽에서 불쾌한 반응이 나오도록 합시다. 그러면 결정적 한 방은 될 겁니다."

김인수가 스트레이트 잔에 술을 따르더니 다시 온더록스 잔에 붓는다. 속도 조절을 하겠다는 눈치다. 이번에는 손 주필 옆에 앉은 기업 측 실무자가 말한다. 사뭇 조심스러운 톤이다.

"좋긴 좋은 아이디어인데 문제가 있어요. 아무리 문제가 많은 대통령이지만 그래도 한국의 대통령입니다. 한국 대통령이 미국 대통령 보고 멍청하다고 말했다고 보도되면 한미관계는 어떻게 될까요? 미국 대통령도 사람인데 기분 나쁘지 않겠습니까? 백악관 참모들도 술렁일 테고."

몇몇이 고개를 끄덕인다. 그러나 김인수의 표정에는 변화가 없다. 그의 표정을 흘끗 살핀 기업 측 실무자가 잠시 주저하는 듯싶더니 이야기를 잇는다.

"그리고 우리 손 주필님 신문에서 그런 기사를 쓰면 역효과를 볼 가능성이 큽니다. 자칫 시비에 휘말리면 원래 목표한 효과는 거두지도 못하고 상처만 날 수도 있습니다. 얼마 전에는 청와대와 관련하여 명백한 사실을 보도했는데도, 왜곡 시비가 상당하지 않았습니까?"

김인수가 뭔가 말하려고 호흡을 가다듬는 순간, 또 다른 정보 담당자가 한발 앞서 말한다.

"확실한 정보입니다만, 미국 대통령을 칭찬하는 일도 꽤 자주 있습니다. 그러니 그런 사례가 인용된 반박 자료가 나올 수도 있습니다. 또 미국 국무부 쪽을 접촉해보면 두 대통령이 성격이 비슷해서 오히려 통하는 게 많다는, 그런 이야기도 듣습니다. 이런저런 사정을 고려해보면 그 건은 일단 보류하는 게 좋을 듯싶습니다."

더는 밀어붙이기가 어려운 상황이었다. 최근 바깥으로 알려지고 있는 임진혁 대통령과 청와대 동향은 사실과 한 치의 오차도 없었다. 김인수 자신이 구축한 라인을 통해 확보한 정보와 백 퍼센트 일치했다. 청와대는 이미 여기저기 구멍이 뚫리고 있었다. 보안 시스템도 이미 레임덕을 맞고 있는 것이었다. 이런 정도라면 굳이 위험을 감수하며 내부 전산망 침투를 고집할 필요가 없었다. 그는 전산실에 들어가 있는 젊은 친구의 철수를 고려할 때가 되었다고 판단했다. 이 추세대로 간다면 곧 마지막 임무를 맡겨야 할 상황이었다.

조금 어색해진 분위기를 되돌리려는 듯 손 주필이 전체 건배를 제안했다. 김인수도 온더록스 잔에서 희석된 술을 스트레이트 잔에 따라 부으며 동참했다. 건배를 마치자 기업 측 실무자가 정보 담당자들을 향해 묻는다.

"그나저나, 이제는 미국도 흑인 대통령 시대가 되는 건가요? 민주당 쪽 후보가 꽤 인기가 좋다던데요."

때아닌 실소가 좌중에 퍼졌다. 키득키득 웃는 사람도 있었다. 설마 그럴 리가 있겠느냐는 분위기였다. '미국이란 나라가 어떤 나라인데' 하는 정서였다. 김인수가 다시 말한다.

"미국도 미국이지만, 이런 국면에서 북한 관련 사건이 하나 더 터진다면 좋겠네요."

다들 의아스럽다는 표정을 짓자 김인수가 구체적으로 말한다.

"뭐니 뭐니 해도 한반도에서는 북한 관련 이슈가 최곱니다. 핵실험한 방에 정권이 흔들리는 것 좀 보세요. 그런 게 하나만 더 터진다면 모르긴 몰라도 임진혁은 스스로 내려와야 할 겁니다."

여러 사람이 고개를 끄덕이며 공감을 표했다. 그러나 그 무언가가 무엇일 수 있는지에 대해서는 더 이야기가 없었다. 손 주필이 김인수의 이야기를 받는 정도였다.

"김 대변인 말이 맞습니다. 사실 이런 때 뭔가 한 방이 더 있으면 좋지요. 비틀비틀할 때 센 거 한 방이 나오면 거의 회복 불능 상태가 되지 않겠어요?"

손 주필의 이야기가 끝나기를 기다렸다는 듯 김인수가 곧바로 말했다. 결의에 찬 표정이었다.

　"꼭 북한 관련이 아니어도 될 겁니다. 추락하는 것은 날개가 없다고 하지 않았습니까? 이미 추락은 시작되었습니다. 곧 속도가 더 붙을 겁니다. 어쩌면 표시 나지 않게 아주 살짝만 건드려도 될지 모릅니다."

항명

기자들과의 일문일답을 마친 뒤 춘추관 정문을 나설 때마다, 대변인 진익훈은 마음 한구석이 찜찜했다. 두 번째로 대변인직을 수행하고 있는 이 가을은 특히 더 그랬다. 현안들이 많았지만 무엇 하나 명쾌하게 정리되는 것이 없었다. 그나마 전시작전통제권 문제가 지난번 한미 정상회담을 통해 단독 행사로 가닥이 잡힌 것이 유일했다. 나머지 사안들은 여전히 안갯속이었다. 전망도 그랬고 당장의 방침도 그랬다. 대변인이 딱 부러지게 대답할 수 있는 것이 없었다. 생각과 철학은 누구보다 선명한 대통령이었지만, 힘과 세력의 관계가 그 모든 문제를 안갯속으로 끌고 들어갔다. 북한과 미국 사이의 힘겨루기가 그랬고, 여당과 야당 간의 갈등이 그랬다. 청와대와 여당 간에도 치열한 권력투쟁이 있었다. 시선을 돌리는 곳마다 전선이었다. 대통령 권력이 상황을 제압하는 장면은 어디에도 없었다. 진익훈은 임기 일 년차의 대변인처럼 시원하게 한번 말하고 싶었다. 말할 때마다 새로운 청사진이 있고, 발표할 때마다 강력한 추진력이 뒤따르던 그 시절이 그리웠다.

청와대 경내의 사무실로 돌아오는 길. 진익훈은 대변인실 국장과 함께 걸었다. 이백 미터 남짓의 짧은 거리였지만 한껏 무르익은 가을 정취를 느끼기에는 충분했다. 은행나무가 길을 따라 늘어서 청와대 경계 역할을 했다. 문득 위를 보니 아주 오래전 그날처럼 잎이 노랗게 물들고 있었다. 옆의 왕복 2차선 도로와 그 너머의 보도는 청와대 경내가 아니어서 사람들이 자유롭게 오갔다. 평소에는 한산하지만 이맘때면 청와대 앞 가을 풍광을 즐기려는 사람들로 붐비는 곳이었다. 그런 탓일까. 경내에 해당하는 이 보도는 오히려 더욱 한적해 보였다. 진익훈에게 이번 가을은 어쩔 수 없는 '쇠락'의 느낌이었다. 전성기가 지난 여배우였고, 손님이 더는 찾지 않는 음식점이었고, 철 지난 유행어였다. 이 정부의 청와대는 정확히 그 지점 어딘가에 있었다. 효자동 쪽에서 2차선 도로로 진입한 검은색 그랜저 승용차가 삼청동 방향으로 서행했다. 갑자기 승용차의 창문이 내려가더니 운전자가 진익훈을 향해 손을 흔들었다. 진익훈은 모르는 남자였는데, 그가 TV 뉴스에서 보던 청와대 대변인을 알아본 것이었다. 사람들은 TV에 자주 나오는 사람을 보면 알은체를 하거나 반가운 인사를 건네곤 했다. 대체로 정치적 성향과는 무관한 편이었다. 오른손을 가볍게 들어 화답하는 순간, 조금 전 기자와의 일문일답 내용이 진익훈의 머릿속에 다시 떠올랐다.

"헌법재판소장 문제는 이제 결론 내야 하는 것 아닙니까? 대통령이 결단해야 하는 시점 아닌가요?"

야당의 공세에 굴복해야 하는 것 아니냐는 의미였다. 사실 헌법재판관을 다시 헌법재판소장으로 임명하는 과정에서 절차상의 하자가 없지는 않았다. 그렇다고 해서 불법이나 편법에 기댄 것은 아니었다. 충분히 정치적으로 양해하고 타협할 수도 있는 사안이었다. 그러나 야당은 일관되게 임명 취소를 요구했다. 어떤 협상도, 어떤 제안도, 어떤 절충점도 거부했다. 야당은 그럴 수도 있었다. 문제는 여당이었다. 지도부는 이 문제에 대해 이렇다 할 입장을 내놓지 않았다. 입장이 없다는 것은 사실상 청와대를 향한 반기였다. 불편한 감정의 표현이었다. 여당이 중립지대에 남아 있거나 '입장 없음'을 견지하는 한, 이 문제의 귀결은 명백한 것이었다. 그 점을 잘 알면서도 대통령은 오랫동안 버티었다. 여기서 밀리면 모든 것이 무너진다는 절박한 인식이 있었다.

"어제의 입장에서 달라진 것 하나도 없습니다. 새롭게 말씀드릴 내용 없습니다."

'대통령도 고민 중'이라고 무심코 대답할 수는 없는 물음이었다. 그런 표현을 내뱉는 순간, 기사는 '대통령, 임명 철회로 가닥'이라고 한발 앞서나갈 것이 분명했다. 그런 기사가 '청와대발'로 나온다면 그렇지 않아도 언짢은 대통령의 심기가 더욱 불편해질 것이었다. 그래서 진익훈은 이런 때를 위해 준비된 멘트를 한 것이다. 기자가 다시 물었다.

"그럼 어제의 입장은 뭐였지요?"

진담 반 농담 반의 질문이었다. 역시 여유 있는 대답이 필요했다.

"그제의 입장과 달라진 게 없었던 것이 어제의 입장입니다."

오늘의 일문일답은 그렇게 마무리되었다. 그리고 춘추관 정문을 걸어 나왔지만 진익훈은 여전히 찜찜했다. 피하고 얼버무리는 것이 대변인의 역할은 아니라는 생각이었다. 한 걸음 뒤처져 오던 국장이 걸려온 휴대전화를 받더니 그에게 말했다.

"지금 곧 관저로 올라오시랍니다. 긴급회의가 잡혔답니다."

진익훈이 관저의 응접실에 들어섰을 때는 회의가 이미 시작된 상태였다. 보고 자료를 검토하고 있는 대통령의 표정이 심각했다. 예사롭지 않은 분위기였다. 대통령이 앉은 1인용 소파 앞쪽으로는 3인용 소파 두 개가 테이블을 가운데 두고 놓여 있었다. 대통령 가까운 쪽에 비서실장과 민정수석이 마주 보고 앉아 있었다. 보고자는 민정수석이었다. 사십 대 초반의 나이로 수석급 가운데 나이가 가장 어렸다. 진익훈보다도 사 년 아래였다. 그러다 보니 얼마 전 승진할 당시에도 작은 논란이 있었다. 서열의식이 강한 법조 관련 업무를 원만히 다루기에는 나이가 적다는 우려였다. 거기에 검찰 출신도 아니었다. 그러나 대통령은 전혀 개의치 않았다. 나이나 서열은 그에게 전혀 중요한 판단 기준이 아니었다.

일 년 전, 지금의 비서실장을 임명할 때의 일이었다. 내정자의 이름을 접한 보수언론이 황당하다는 반응을 보였다. '깜'이 아니라는 것이었다. 청와대 내부에서도 그런 기류가 돌았다. 수석들이 함께 청와대 본관에 올라와 대통령에게 재고를 요청했다. 그는 평소와 달리 불쾌한 감정을 여과 없이 드러내며 일언지하에 거절했다. '깜'은 그가 가장 듣기 싫어하는 소리였다. 실제로 대통령 후보이던 시절 그를 향한 세상의 공격은 모두 '깜'으로 모였다. 그 공격을 이겨내고 된 대통령이기에 그는 어떤 사람에게도 '깜'이라는 잣대를 들이대지 않았다. 그로부터 다시 일 년 후, 이번에는 국책은행장의 인사를 놓고 비서실장이 본관에 올라와 대통령에게 재고를 요청하는 일이 벌어졌다. 일 순위 후보로 오른 인물이 '깜'이 아니라는 것이었다. 대통령이 껄껄 웃으며 이렇게 대답했다.

"비서실장, 당신을 실장으로 임명할 때도 주변에서는 '깜'을 이야기하면서 안 된다고 했지요. 그런데 지금 이렇게 일 년 동안 아주 잘하고 있지 않습니까? 깜, 그거 아무 소용없는 겁니다. 당신이 증명하고 있잖아요?"

대통령의 일갈에 비서실장은 더는 문제 제기를 하지 못하고 돌아서야 했다.

긴급회의의 보고자가 민정수석임을 확인한 순간, 진익훈의 가슴이 덜컥 내려앉았다. 민정이 보고하는 긴급 사안치고 사건 아닌 게 없었기 때문이다. 하다못해 헌법재판소장 문제조차 민정의 현안이긴 했지만 긴급의 성격은 아니었다. 그렇다면 대통령 친인척이나 측근의 비리에 관한 보고일 가능성이 커 보였다.

'이 와중에 무슨 측근 비리까지 터진 것일까?'

진익훈은 불길한 상상부터 했다. 3인용 소파의 끄트머리에 앉아 있던 1부속실장이 진익훈을 보더니 자리를 비켜주었다. 선배에 대한 대접이었다. 평소 같으면 일단 사양한 뒤 뒤쪽의 의자를 당겨와 앉았을 것이다. 지금은 마음이 급했다. 그럴 여유가 없었다. 양보한 자리에 진익훈이 앉자 1부속실장은 옆의 회의용 탁자로 자리를 옮겼다. 그를 보자 민정수석 옆에 앉은 민정비서관이 보고 자료 한 부를 건넸다. 진익훈은 서둘러 제목부터 보았다. '검찰총장 사표와 검찰의 항명에 대한 보고'였다. 그는 한숨부터 내쉬었다. 친인척이나 측근의 비리보다는 다행스러운 일이었다. 정치적 사건은 대체로 시간이 지나거나 대응을 얼마나 잘하느냐에 따라 회복 가능성이 생긴다. 반면 친인척 또는 측근 비리는 작은 것이라도 치명타가 되기 일쑤였다. 쉽게 회복하기 어려운 상처로 남곤 했다. 더욱이 대통령 리더십에 대한 지지도가 지금처럼 극도로 낮은 상황에서는 작은 사건 하나에도 파국을 맞을 수 있었다. 지금 이 정부에 남아 있는 것은 도덕성뿐이었다. 그것마저 무너지는 상황은 상상조차 할 수 없었다. 진익훈은 숨을 돌린 후 민정수석의 보고를 경청했다. 대통령 직속인 사법제도개혁추진위원회가 고위공직자비리수사처 설치와 검경 수사권 분리를 주요 내용으로 하는 검찰 개혁안을 제시하자, 이에 반발한 검찰총장이 사표를 냈다는 것이었다.

"기다리고 있었다는 듯 사표 낸 것을 보면, 기회를 보고 있었다는 판단이 듭니다. 평검사들의 집단 동조 움직임 또한 일련의 힘이 작용했다는 인상이 강합니다."

대통령이 담배를 입에 물고 라이터를 켰다. 표정에는 특별한 변화가 없었다. 민정수석의 보고가 끝나자 비서실장이 말했다.

"이 정부만큼 검찰의 독립을 보장해준 정부는 또 없었습니다. 대통령께서 검찰에 전화를 건 일이 한 번도 없지 않습니까? 임기 초반 불법 대선자금 수사 때도 대통령님 측근을 겨냥한 수사가 지나치다 싶었지만 저희는 입 한 번 벙긋하지 않았습니다. 그런데 각계 인사가 참여하여 만든 합리적인 개혁안을 놓고 이렇게 항명을 벌이다니 천부당만부당입니다."

민정수석이 고개를 끄덕이며 이야기를 받았다.

"지금 시점에서는 사표 반려도 아무런 의미가 없는 것 같습니다. 총장은 사표 냈다는 사실을 곧 언론에 발표하고 검찰청을 떠날 것으로 보입니다."

그러고는 진익훈을 흘끗 쳐다보며 물었다.

"아직 언론에는 보도된 것이 없지요? 물어보는 기자들이 있나요?"

"아니, 없습니다. 저도 여기 와서 처음 듣는 이야기입니다."

그때 민정비서관의 손에 있던 휴대전화가 진동했다. 그는 곧바로 폴더를 열어 문자를 확인한 후 대통령을 보며 말했다.

"총장이 사의 표명 사실을 오픈했습니다. 장문의 글을 언론에 배포했다고 합니다."

민정수석이 민정비서관을 보며 말했다.

"우선 글 내용부터 확인해보세요. 뭐라고 했는지를 알아야…"

그 순간 진익훈의 휴대전화도 진동음을 내기 시작했다. 기자의 전화였다. 사건이 터질 때면 쓰나미처럼 걸려오는 전화의 행렬이 시작된 것이다. 그러나 지금은 받을 처지가 아니었다. 회의 중이기도 했거니와, 우선 대답할 내용이 없었다. 기자들의 관심은 수리할 것이냐, 반려할 것이냐에 집중될 것이었다. 총장 사퇴의 변을 구체적으로 확인하기 위해 민정비서관이 응접실을 잠시 나선 사이, 비서실장이 대통령의 결단을 재촉했다.

"내용은 확인해봐야겠지만, 별거 없을 겁니다. 이 대목에서 사표를 냈다는 것 자체가 항명입니다. 신속한 수리가 대통령님의 입장을 명확하게 보여주는 것입니다. 될 수 있는 대로 빨리 새로운 내정자를 임명하고 수습해야 혼란과 논란을 최소화할 수 있습니다."

반쯤 타들어 간 담배를 재떨이에 비벼 끄며 대통령이 고개를 끄덕였다.

"그래요. 어쩔 수 없지요. 임기 이 년을 최대한 지켜주려고 그렇게 애를 썼는데 이런 일이 생기는군요. 검찰과 나는 어차피 이런 인연인가 봅니다."

아쉬움이 섞인 한마디를 한 뒤 대통령이 민정수석에게 지시했다.

"인사수석과 상의해서 우선 검찰총장 후보군을 최대한 빨리 압축하세요. 그런 다음에는 곧바로 인사추천회의를 열어서 일 순위를 정하도록 하세요. 그리고 진 대변인은 총장의 사표를 지체 없이 수리한다고 발표하게. 후임은 결정되는 대로 발표하겠다고 하고…."

민정수석과 진익훈이 대답 대신 고개를 끄덕이자, 비서실장 옆에 앉은 인사수석이 말했다.

"사실 차기 총장 후보는 오래전부터 내정된 상태나 마찬가지입니다."

"아, 그런가요? 누구지요?"

대통령이 궁금하다는 표정으로 인사수석과 민정수석을 바라본다.

민정수석이 답한다.

"이치훈 A지검장입니다. 한 달 전에 차기 총장 후보로 검토 중이라고 보고드린 바 있습니다."

'이치훈'이라는 말에 진익훈의 귀가 번쩍 뜨인다. 지난 3월 이지원 시스템에서 하루 만에 결재되어 내려간 문서에 등장했던 주인공이다. 미성년자를 성추행했다는 의혹을 받던 당사자였다. 하루 만에 문서의 보고와 검토, 지시가 이루어진 이례적인 경우였다. 미스터리였지만, 그 후 겨를이 없어 내막을 확인할 수는 없었다. 지시메모에 드러난 대통령의 의중도 매우 분명해 다시 물어볼 수도 없는 사안이었다. 그런데 그렇게 파렴치한 범죄 의혹을 받는 당사자가 자리에서 물러나기는커녕 어느덧 검찰총장이라는 자리에 오르기 직전에 있었다.

"아, 그랬나요? 너무 많은 문서를 처리하다 보니 기억이 나지 않네요."

진익훈은 고개를 갸웃했다. 흔한 경우가 아니었다. 아무리 양이 많아도 웬만한 보고서의 내용은 대체로 기억하는 대통령이었다. 그렇다면 혹시 한 달 전 보고에도 3월의 경우처럼 어떤 미스터리가 숨어 있는 게 아닐까 하는 의심이 들었다. 하지만 지금 당장은 그걸 따지고 있을 상황이 아니었다. 3월의 일은 대통령이 더욱 기억을 못 할 수도 있었다.

민정비서관이 응접실로 돌아와 검찰총장이 배포했다는 사퇴의 변을 보고했다.

"지금 막 언론에 배포되었다고 합니다. 주요 내용은 다음과 같습니다. 총장 취임 당시부터 검찰을 심하게 모욕하는 언사를 대통령한테서 들었다. 때로는 사람들이 두려워한다는 이유로 검찰을 조직폭력배에 비유하기도 했다. 사람들이 두려워할 만큼 깨끗함과 정의를 지키는 것이 검찰이다. 대통령의 잘못된 인식이 검찰과 나라를 망치고 있다. 이번 사법제도개혁추진위원회가 제시한 검찰 개혁안 역시 검찰에 대한 대통령의 왜곡된 인식과 편견이 반영된 결과임이 틀림없다. 사실상 검찰을 약화시켜 정권의 입맛에 맞게 통제하려는 발상을 드러낸 것이다. 이런 발상과 인식을 가진 대통령이 있는 한 검찰의 진정한 독립은 요원한 일일 수밖에 없다. 자랑스러운 후배들이 검찰 독립을 위해 잘 싸워줄 것을 믿는다. 대강 이런 내용입니다."

실소를 머금은 대통령이 말했다.

"그걸 모욕으로 생각하는군요. 그래서 자신들의 과거는 모두 정당하다는 주장이네요. 부끄러운 과거에 대해서는 일말의 반성도 없으니, 참으로 답답합니다. 엘리트주의의 전형입니다."

대통령이 인터폰을 눌렀다.

"여기 담배 좀 주게."

비서실장이 대통령의 말에 동의를 표했다.

"내부적인 판단이 있었을 겁니다. 이 정권에 이제 더는 기대할 게 없다는 판단을 한 것으로 보입니다. 사표 수리 사실을 곧 발표하고 기민하게 대응해야겠습니다."

담배 연기를 길게 내뿜은 대통령이 혼잣말처럼 말한다.

"선출되지 않은 권력들이 선출된 권력을 흔들고 있습니다. 그게 이

나라의 현실입니다."

다시 춘추관으로 향한 진익훈은 이 층 브리핑룸의 연대에서 검찰총
장 사표의 수리 사실을 공식으로 발표했다. 이번에는 기자들과의 일
문일답이 길지 않았다. 상황은 바야흐로 전면적인 갈등 국면이었다.
많은 설명이 필요하지 않았다. 기자들 또한 계속되는 사건으로 고단했
다. 오후 여섯 시가 되기를 기다려 진익훈은 서둘러 퇴근했다. 일찍 집
에 들어가 눈이라도 붙일 작정이었다. 관용차가 자유로에 진입했을 무
렵, 대검찰청에 출입하는 기자가 전화를 걸어왔다. 기자이기 이전에
같은 대학교 같은 과를 졸업한 친구였다. 전화를 받자마자 친구가 다
짜고짜로 물었다.

"야, 익훈아. 너 예전에 증권투자 한 적 있니?"

이건 또 무슨 일인가 싶어 진익훈은 사실부터 정확히 밝혔다.

"음. 의원 보좌관 시절에 약간… 물론 직무와 관련한 것도 아니었고
오백만 원 안쪽으로 아주 소액투자였는데…?"

진익훈은 조심스레 질문의 이유를 물었다. 그러자 친구는 판도라의
상자를 열기라도 하듯이 수많은 이야기를 한꺼번에 쏟아내었다.

"야, 익훈아! 오늘부로 검찰과의 전면전이다. 검찰 관계자한테 들은
이야긴데, 네가 옛날에 증권투자 한 것까지 다 뒤져본 모양이다. 큰 문
제는 없다고 하던데, 그렇다 해도 그걸 뒤져봤다는 것 자체가 문제 아
니냐? 문제는 그런 이야기를 이제 공공연히 흘리고 있다는 거야. 이
젠 정권과 정면으로 싸우겠다는 뜻이겠지. 아무래도 난 너희 정부가

잘못한 것 같아. 이건 검찰을 독립시킨 게 아니라 무소불위의 호랑이를 키운 거야. 그래서 이전 정부까지는 정권과 딜을 하는 정도에 그쳤지만 이제는 아예 정치권을 장악하겠다는 마음을 감히 갖게 된 거야. 측근 비리 한 건이면 지금 정부도 끝장난다고 보는 것 같아. 아무튼 조심하고, 잘 살펴봐라. 난 네가 걱정이다."

진익훈의 가슴이 다시 덜컥 내려앉는다. 그럴 가능성을 염두에 두지 않은 것은 아니었다. 그래도 그것이 이렇게 구체적으로 진행되고 있다는 사실, 그래서 그 이야기가 이렇게 자신의 귀에까지 전해진다는 사실 자체가 놀라웠다. 놀라움을 넘어 충격이었다. 집에 가서 잠시나마 눈을 붙이려던 계획은 이래저래 물 건너간 상황이었다.

임기 단축

끝내는 정말 일어나지 말아야 할 사태까지 벌어지고 말았다. 웬만큼 심각한 사태는 그래도 감당할 수 있었다. 사태가 심각해지기까지 자신의 잘못을 되돌아보고 안팎의 공세에 머리 숙여 사과하면 되었다. 그래서 다시금 대책을 마련하여 새로운 돌파구를 찾으면 될 일이었다. 물론 이 사태도 그렇게 하면 새로운 활로가 모색될 것이었다. 그러나⋯. 그래도 이 일만큼은 이렇게 되면 안 되는 것이었다. 이렇게 파국이 닥치지 않기를 간절히 바라던 일이었다. 신이 정말로 존재한다면 틀림없이 매일 기도를 올렸을 사안이었다. 그런 사안이 이처럼 허무하게 무너질 것으로는 상상조차 하지 못했다. 대통령은 참담한 기분이었다.

부동산 가격이 폭등했다. 부동산 가격의 상승 억제는 대통령이 후보 시절 내건 최대이자 최고의 핵심 공약이었다. 분권형 국정운영 등 권력을 나누는 문제보다 훨씬 중요하고 절실한 약속이었다. 뿌리를 흔들어서라도 영원히 바로잡을 수 없는 것이라면, 그래도 최소한 임기

오 년 동안만큼은 부동산 가격을 꽉 붙들어 매어놓을 것이라고 스스로에게 몇 번이나 다짐했었다. 잠깐의 방심이었을 수도 있고, 정권의 역량 부족일 수도 있었다. 이제 와서 과정의 문제점을 탓하는 것은 어리석은 일이었다. 최악의 지표로 나타난 현실 앞에서는 어떤 변명도 소용없었다. 임기 사 년차 후반기, 그렇지 않아도 사방의 전선 앞에서 정권이 흔들리는 마당에 민생의 보루마저 무너져 내린 것이었다. 그는 고개를 숙인 채 회의를 기다렸다. TV 뉴스 채널은 야당 대변인의 표독스러운 논평을 전하고 있었다. 엄청난 기회를 잡았다는 듯, 악의적인 표현들이 총동원되었다.

"경제를 포기한 대통령은 이미 오래전의 말입니다. 이제는 '경포대'라는 말조차도 붙이기 아깝습니다. 민생을 쓰레기통에 처박은 사람은 이미 이 나라의 대통령이 아닙니다. 빨리 스스로 자리에서 내려오는 것만이 모두를 위한 길입니다. 임진혁 대통령 한 사람이 마음을 비우면 온 국민이 행복해질 것입니다."

리모컨으로 향하던 대통령의 손이 이내 멈추었다. 지금 듣지 않는다 해서 듣지 않을 수 있는 소리가 아니었다. 자꾸 들어 내성을 키우는 게 차라리 나을 수도 있겠다는 생각이 들었다. 그때였다. 1부속실장이 소집무실의 문을 노크했다.

"회의 준비됐습니다."

집무실의 회의용 탁자에 앉아 있던 관계자들이 일제히 일어섰다. 대통령의 표정에서 냉기가 뿜어져 나왔다. 자리에 앉은 대통령은 집무실 바깥으로 향하는 1부속실장을 불렀다.

"회의 끝나는 대로 총리와 비서실장 좀 오라고 하게. 정책실장은 여기 있으니까 됐고. 관저에서 이야기할 수 있도록 준비해주게."

1부속실장이 가볍게 묵례를 하고 나갔다. 대통령은 곧바로 보고 자료로 눈길을 돌렸다. 정책실장, 경제수석, 경제보좌관이 청와대 참모였고, 경제부총리, 건설교통부 장관, 국무조정실장, 주택공사와 토지공사 사장이 외부에서 온 참석자였다. 부동산 가격 폭등을 일단 잠재울 방안을 모색하기 위한 회의였다.

"죄송합니다. 좀 더 면밀하게 시장 동향을 점검하고 챙겼어야 했는데 부족함이 많았습니다."

정책실장이 먼저 이야기했고 이어서 경제보좌관도 같은 취지로 말했다. 그들의 책임이기도 하지만, 그렇다고 해서 그들의 잘못이라고만 이야기할 수는 없었다. 무엇보다 대통령 자신의 잘못이었다. 부동산 투기를 억제하려고 지난 사 년 동안 숱한 노력을 기울인 것은 사실이었다. 그러나 강력한 억제책을 담은 법안은 국회의 입법 과정에서 번번이 좌절되었다. 언론도 투기 억제책이 경제 활성화에 역행한다면서 반대했다. 기득권 세력의 저항도 만만치 않았다. 2005년 이후에는 다시 여소야대 상황이 되면서 관련 법안을 의지대로 관철하기도 쉽지 않았다. 그러던 중 공급물량이 부족해지면서 과열과 폭등이 재연된 것이었다. 해결책은 여전히 공급의 확대였다. 가장 내키지 않는 방안이었다. 그는 부동산 세제, 특히 보유세를 강화하는 데 초점을 맞추고자 했다. 하지만 가장 저항이 큰 방안이었다. 대통령이 말했다.

"우리나라 국민은 대부분 자신이 보유세 대상도 아닌데 세금만 올린다면 왜 반대하고 나서는지 모르겠습니다. 아주 돈 많은 사람에게만 해당되는 일인데, 오히려 아무 관계가 없는 사람들까지 나서서 반대합니다. 언론과 기득권 세력이 그렇게 분위기를 만들기 때문입니다. 부동산 가격과의 싸움은 투기 세력과의 싸움이기도 하지만 그들을 옹호하고 거드는 세력과의 싸움이기도 합니다. 사활을 걸고 홍보해야 합니다."

목소리의 톤이 어느 때보다 높았다. 참모와 장관들은 그의 의견에 공감을 표했다. 일단은 내부 문제로 규정짓기보다 외부에서 문제의 원인을 찾는 게 좋다는 생각이었다. 그러나 대통령의 이야기는 거기서 멈추지 않았다. 임기 초부터 다가구 임대주택 등 다양한 아이디어를 직접 내놓았지만, 그것이 정책으로 실현되지 못했다는 아쉬움이 컸다. 대통령의 지적을 받자 주공 사장과 토공 사장은 여러 가지 현실적 한계를 설명했다. 참고 참았던 대통령의 분노가 결국 폭발했다.

"왜, 이제 와서 그런 변명을 합니까? 한 번이라도 제 이야기를 실현해보려고 생각은 해보았습니까? 대통령이 밀어주겠다고 했고, 어떻게든 성사시켜보라고 신신당부했는데도 그냥 지나가는 일과성 정책, 일과성 이벤트로만 생각한 것 아닙니까? 다른 분들도 마찬가지입니다. 모두 다 새롭게 아이디어를 만들고 정책을 개발하기보다는 한계만 이야기하다가 여기까지 온 것 아닙니까?"

어쩔 수 없었다. 대통령은 공급 확대 정책을 추인했다. 강남의 투기를 잠재우기 위해서 다시 강남에 집을 공급하는 것이었다. 그는 먼저 자리에서 일어섰다. 회의 참석자들이 일어서서 배웅했다. 정책실장이 따라나섰다. 진익훈도 대통령을 따라나섰다. 그가 왜 갑자기 총리와 비서실장, 정책실장을 부른 것인지 궁금했다. 중요한 문제를 상의하고 자 한다는 게 확실했다. 일단은 배석해야 했다.

관저로 가는 길. 그사이에 녹지원의 가을은 한껏 깊어져 있었다. 플라타너스 잎들이 금방이라도 떨어질 듯 바싹 메말라 있었다. 하늘이 더없이 깨끗했다. 이제 일 년 반만 버티면 자유롭게 만끽할 수 있는 하늘이었다. 관저의 접견실로 들어서자 총리와 비서실장이 긴장된 표정으로 대통령을 맞았다. 지난 몇 년 동안 갑작스레 그것도 일방적으로 관저로 들어오라는 지시가 떨어진 적은 한 번도 없었다. 대통령이라 해서 무조건 자기 편한 대로 시간을 정하는 일은 없었다. 급히 잡는다 해도 적어도 두세 시간의 여유를 주는 것이 대통령의 배려였다. 유례없는 호출은 당연히 참모들을 긴장시켰다. 취임한 지 반년밖에 안된 총리만이 그나마 긴장의 도가 덜한 편이었다. 자리에 앉자마자 대통령은 본론을 이야기하기 시작했다.

"지난 사 년 힘들게 꾸려왔습니다. 부족하다는 생각은 늘 했지만, 그래도 제가 이 자리에 남아 있는 것이 민주주의 발전에 기여한다는 소명의식으로 버텨왔습니다. 그러나 이제는 한계에 달한 것 같습니다. 시작한 일 어떤 것 하나도 제힘으로 마무리하기가 어렵습니다. 모두가 전선이고 모두가 지뢰밭입니다. 앞으로 갈 길은 더욱 험합니다. 지혜를 빌리려고 이렇게 오라고 했습니다."

소파의 한쪽 끝에 앉은 채로 진익훈은 대통령의 말을 받아 적었다. 대통령의 말은 한 마디 한 마디가 중요한 역사였다. 공식회의에서는 기록관리비서관이 녹음도 하고 받아 적기도 했다. 하지만 이렇게 갑작스럽게 일정이 생기면 기록비서관실 직원이 대처할 수 없었다. 그런데 중요한 발언들은 공식회의보다 이처럼 예정에 없는 일정에서 나오는 경우가 많았다. 그래서 진익훈은 다소 몸이 고되더라도 우발적인 일정일수록 더욱 배석하려고 애썼다. 오늘은 특히 더 그랬다.

총리가 걱정스러운 표정으로 대통령을 위로했다.

"모두 저희가 보좌를 잘못한 탓입니다. 대통령님 스스로를 탓하실 일은 아닙니다. 그리고 이 고비만 넘기면, 이제 큰 문제는 없을 것입니다. 임기 마지막 해에는 마무리 관리만 잘하면 되지 않겠습니까? 지금 벌여놓은 현안이 많고, 또 현안마다 갈등의 골이 깊어서 그럴 뿐입니다. 작전통제권 문제나 한미FTA가 정리되면 어쨌든 날 선 여론도 차차 진정될 것입니다. 그리고 내년 일사분기를 지나면 정국도 급격하게 대통령 선거로 넘어가지 않겠습니까? 그러면 대통령님이나 청와대로 쏟아지는 공격의 화살도 아무래도 무뎌질 것입니다."

정책실장이 안경을 고쳐 쓰며 고개를 끄덕였다. 그는 정통관료 출신으로 정치권과 가까운 편이지만, 그렇다고 해서 정치인은 아니었다. 이번에는 비서실장이 말했다.

"대통령님 심경 충분히 알겠습니다. 정말 힘든 고비인 것만큼은 분명합니다. 그러나 이 고비를 잘 이겨내셔야 내년 선거를 통해 정권을 재창출할 수 있습니다. 힘겹더라도 여기서 물러설 수는 없습니다. 극복해야 합니다. 이렇게 전선이 혼란스럽고 어지러울 때는 차라리 새로운 어젠다로 모든 사안을 정리하는 것도 좋을 것입니다."

비서실장의 말에 대통령이 반응을 보였다.

"글쎄요. 그런 어젠다가 뭐가 있을까요? 비서실장이 생각하는 게 있나요?"

비서실장이 총리와 정책실장을 번갈아 보며 대답했다.

"중임제 개헌 같은 것입니다. 개헌을 추진하면 그것이 블랙홀이 될 것입니다."

대통령이 고개를 끄덕였다. 표정에 약간의 미소가 비쳤다.

"그건 저도 오래전부터 생각하고 있는 것입니다. 이미 지난여름부터 국정상황실과 정무비서관실을 통해 자료와 논리를 충분히 검토했습니다. 이제 그걸 언제 어떤 방식으로 제기할 것인가를 결정하는 일만 남아 있을 뿐입니다."

모두가 미처 몰랐다는 표정을 지으며 대통령의 다음 이야기를 기다렸다. 그런 상황을 몰랐던 건 진익훈도 마찬가지였다. 물론, 개헌과 관련된 지시와 보고가 이지원 시스템을 통해 수차례 오르내린다는 사실은 알고 있었다. 그러나 그 정도였다. 국정운영에 참고하려는 것으로만 생각했다. 임기 종료를 일 년 몇 개월 앞둔 대통령이 꺼낼 카드는 아니라는 생각이 강했다. 대통령이 이야기를 이어갔다.

"개헌은 그러나 정국을 반전시킬 의제로 준비한 것이 아닙니다. 그것을 문제 제기 하려고 마음먹은 것은 이 시대에 우리가 반드시 해야 할 과제라는 차원에서입니다. 1987년 6월항쟁으로 만들어진 지금의 헌법은 사실상 그 소임을 다했습니다. 변화하는 국내외 상황을 고려하더라도 이제는 단임제 정신을 접고, 보다 효율적인 국정운영 시스템을 만들어야 합니다. 그래서 개헌을 제안하려는 것입니다. 하지만 그것이 제가 임기를 마지막까지 채워야 하는 이유는 되지 못합니다. 개헌을 위해서도 오히려 제가 임기를 단축할 필요가 있습니다."

총리와 두 실장의 얼굴이 굳어졌다. 당황하기는 진익훈도 마찬가지였다. 힘든 상황이라는 것은 알고 있었지만, 대통령이 임기 문제를 직접 거론하리라고는 전혀 예상하지 못했다. 대통령이 분위기를 진정시키며 말을 이었다.

"아무리 어려워도 극복할 수는 있습니다. 부동산 가격 폭등, 북한 핵실험에 대한 대응, 헌법재판소장 지명 철회 문제, 작전통제권 환수 문제, 한미FTA 추진 문제, 그리고 검찰의 항명 사태, 게다가 여당의 노골적인 차별화까지…. 그래도 마음만 먹는다면 이 어려움을 뚫고 나갈 수는 있습니다. 그러나 그렇게 뚫고 나가는 게 과연 무슨 의미가 있겠습니까? 저는 이미 보수 세력과 야당에 저주받는 대통령이 되어 있습니다. 진보진영 일부에게는 '변절자'와 '배신자'로 낙인 찍힌 사람입니다. 누구에게 잘못이 있든 간에, 아니 저에게 잘못이 있겠지요, 지지자를 잃어버린 대통령은 식구들이 떠나버린 가장입니다. 존재할 이유가 없습니다."

총리와 비서실장, 정책실장이 번갈아 대통령을 위로하며 결코 임기 단축을 거론하면 안 된다고 호소했다.

"그렇게 되면 저희는 한국에서 더는 살 수 없습니다."

"버텨야 합니다. 버티시는 게 나라와 민족을 위하는 길입니다."

"그분들도 지금은 그렇게 욕하지만, 언젠가는 대통령님의 뜻을 이해하고 알아줄 날이 올 겁니다."

대통령이 차갑게 웃으며 이야기했다.

"취임할 때부터 성공한 대통령이 되기는 어렵다 싶었습니다. 그렇게 사 년을 해왔습니다. 아니다 싶으면 일 년이 남았다 하더라도 물러나야지요. 그게 올바른 정치인의 도리입니다."

골프장

"굿 샷! 굿 샷!"

작은 공이 창공으로 날아오르자 야당 당 대표가 큰 소리로 외쳤다. 하얀 공은 저 멀리 날아가 초록의 한가운데에 떨어졌다. 함께 라운딩에 나선 동반자들이 일제히 박수를 쳤다. 김인수가 가볍게 묵례를 했다. 마지막 홀의 첫 샷도 무난한 편이었다. 230야드 이상 날아가 페어웨이 한가운데에 안착한 것으로 보였다. 김인수가 샷을 할 때마다 당 대표는 과도하다 싶을 정도로 '굿 샷'을 연발했다.

실력은 단연 김인수였다. 당연히 게임의 승자도 그였다. 18홀을 보기로 끝내더라도 80타 안으로 들어오게 되어 있었다. 처음으로 싱글을 기록하는 날이 될 것이었다. 당 대표의 강권으로 마지못해 필드에 끌려 나온 지 정확히 일 년 만의 일이었다. 타고난 운동감각에 특유의 승부욕이 결합된 결과였다. 당 대표는 김인수의 일취월장에 혀를 내둘렀다. 내심 싫지 않은 눈치였다. 오히려 보람 같은 것을 느끼는 듯했다. 김인수 역시 당 대표의 그런 칭찬이 싫지는 않았다. 그 배경이 골프 실력 자체에 대한 평가이든, 아니면 정치적 동지가 되어주기를 바라는 갈망이든 상관없었다. 김인수는 야당 내 유력 대권 주자들 모두가 탐내는 인물이었다. 검찰 출신 엘리트에 호남형 인물, 거기에 화려한 언변을 갖춘 대변인은 대중적 인기를 누리며 차차기 주자로까지 거론되고 있었다. 그런 인물을 자신의 동지로 영입할 수 있다면, 그 주자는 당내 경선은 물론 본선에서도 꽤 유리한 입지를 확보할 것이 분명했다. 역으로 김인수는 유력한 후보를 선택할 수 있는 위치에 있었다. 그런 여유가 있었기에 그는 당 대표의 찬사를 기꺼이 즐길 수 있었다. 또 그 찬사를 굳이 마다할 이유도 없었다. 최근 여론조사에 따르면 당 대표는 야당 내 후보들 가운데 독보적인 선두 주자였다.

김인수의 호쾌한 샷에 영향을 받았는지, 당 대표가 과도하게 큰 동작으로 드라이버를 휘둘렀다. 공은 페어웨이 가운데로 향하는가 싶더니 우측으로 급격하게 꺾어지며 OB 구역에 떨어졌다. 슬라이스였다.

"역시 대표님은 확실한 우파로군요. 기념으로 '몰간' 드립니다."

김인수가 다른 동반자들의 동의도 받지 않은 채 당 대표에게 멀리건을 주었다. 대표는 잠시 머쓱해 하더니 이내 다시 티를 꽂고 공을 올려놓았다. 마음이 급했는지 대표는 연습 스윙도 생략한 채 곧바로 드라이버를 휘둘렀다. 다행히 공은 페어웨이 한가운데로 날아갔다. 거리도 제법 났다. 김인수의 공이 떨어진 쪽이었다. 당 대표와 김인수는 가운데 방향을 향해 함께 걷기 시작했다. 동반자인 사무총장과 원내총무는 각자의 공이 떨어진 좌우로 흩어져 갔다.

"대표님, 거리가 제법 나왔습니다. 날로 젊어지시는 것 같아 좋습니다."

당 대표가 호탕하게 웃는다. 그는 선이 굵은 정치인이었다. 통도 큰 편이었다. 그러나 큰 욕심은 꼭 챙겼다. 정치인으로서는 훌륭한 캐릭터였다. 작은 이해나 시비에는 연연하지 않았지만, 큰 자리는 놓친 적이 없었다. 어떤 형태로든 로비를 벌여 자리를 차지했다. 미루어 짐작건대 돈에 대해서도 그러했으리라. 원래 부자는 아니었던 사람인데 제법 돈을 쓰는 품새로 보아 그랬다. 그는 언제나 한 가지 일에만 열중했다. 몰두하는 중에는 다른 일에 전혀 관심을 두지 않았다. 지금의 관심은 오로지 대권이었다. 그 목표를 위해 지금 공을 들이는 일이 있었다. 바로 김인수를 자신의 사람으로 만드는 것이었다. 이날의 골프도 몇 차례에 걸친 그의 요청을 김인수가 받아들여 잡게 된 일정이었다.

김인수는 사교로서의 골프를 그다지 좋아하지 않았다. 다만 게임으로서의 골프는 즐기는 편이었다. 남다른 승부욕 때문이었다. 하지만 오늘의 라운딩은 백 퍼센트 친선이었다. 대권 주자인 당 대표, 그의 핵심 측근인 사무총장, 그리고 범계보인 원내대표가 동반자였다. 두어 차례 거절했지만 대표의 청을 거듭 물리치는 것도 결례라는 생각으로 응했다. 귀빈만이 예약할 수 있다는 안양의 고급 골프코스였다. 막상 나오고 보니 공이 생각보다 잘 맞아 기분이 좋았다. 덩달아 당 대표에 대한 호감지수도 높아지는 느낌이었다.

"이제 공식으로 우리 캠프에 와서 일 좀 해주게. 시간이 없어. 자네 같은 인재가 와서 틀어쥐고 홍보를 해줘야 할 것 같아."

당 대표가 비로소 오늘 라운딩의 목적을 꺼냈다.

"아, 네. 제가 지금 추진 중인 프로젝트가 하나 있는데, 그게 끝나는 대로 합류하겠습니다."

당 대표가 대세인 것만큼은 분명한 사실이었다. 그래도 김인수는 시간의 여유를 갖고 싶었다. 최대한 늦게 합류하는 게 좋겠다는 판단이었다. 정치는 생물이 아니던가. 몇 달 사이에도 엄청난 격변이 만들어지는 곳이 정치판이다. 뜬금없는 사건이 선거 판도를 바꾸는가 하면, 뜻밖의 검찰 수사로 유탄을 맞아 하루아침에 감옥에 가는 사람도 생겨난다. 몸값이 싼 편이라면 서둘러 캠프에 참여하여 밥상 차리는 일부터 하는 게 옳았다. 그러나 김인수는 비교적, 아니 절대적으로 몸값이 비싼 편이었다. 미리 합류하여 밥상 차리는 일까지 할 군번은 아니었다. 느긋하게 숟가락 하나만 들고 합류해도 상석을 차지할 수 있을 터였다. 그리고 만에 하나 진행 중인 프로젝트가 큰 성공을 거둔다면 그 여세를 몰아 자신이 직접 대선에 나설 수도 있었다. 김인수는 그 가능성까지 미리 배제하고 싶지 않았다.

"프로젝트? 허허. 갑자기 궁금증이 발동하는데, 뭔지 말해줄 수 없나?"

"하하! 기회가 되면 말씀드리겠습니다. 어쨌든 대표님을 위해서도 좋은 일입니다."

당 대표의 공이 보였다. 캐디가 핀까지의 거리를 불러주었다. 180야드. 당 대표는 '고구마'로 불리는 유틸리티 클럽을 꺼냈다. 김인수가 옆에서 지켜보았다. 자세를 잡은 대표가 연습 스윙을 하며 말했다.

"자네는 내가 꼭 청와대에 데리고 들어가고 싶네. 내 곁에서 일을 해 주면 좋겠어."

대표가 스윙을 했다. 똑바로 날아갔지만 공은 그린 위에 오르지 못했다. 다시 김인수의 공을 향해 둘이 걸었다. 김인수가 말했다.

"말씀만으로도 고맙습니다. 제가 능력이 되는지는 모르겠지만요."

"무슨 말을? 능력 하면 자넬세. 우리 당 최고의 인재야. 여야 정치권에서 최고 아닌가?"

샷을 하기 위해 어드레스에 들어간 김인수는 굳이 대답하지 않고 웃기만 했다. 핀까지의 거리는 150야드였다. 가볍게 연습 스윙을 한 뒤 그는 9번 아이언으로 부드럽게 공을 내리쳤다. 높이 떠오른 공은 정확히 핀을 향해 날아갔다. 대표가 다시 한 번 크게 소리쳤다.

"굿 샷!"

샤워를 마친 일행은 클럽하우스의 룸에서 식사를 했다. 바깥에 나가 인근의 유명 맛집을 찾을 수도 있었지만 당 대표는 명문 클럽의 고급스러운 분위기를 끝까지 즐기고 싶었다. 요리와 서빙이 오성호텔 식당급이었다. 당 대표는 수행비서를 불러 차 트렁크에서 술을 가져오도록 했다. 로열 살루트 38년산이었다. 참석자들의 얼굴에 은근한 미소가 퍼졌다. 고급 양주는 언제나 최고의 대접을 받는다는 느낌을 주었다. 그 점에 관한 한 김인수도 예외가 아니었다. 자연산 도미회를 안주로 폭탄주가 돌았다. 불콰하게 술이 오르자 현 정권과 대통령에 대한 비난으로 분위기가 고조되었다. 원내대표가 포문을 열었다.

"못해도 이렇게 못할 수가 있을까요? 대통령 말입니다. 아무튼 이제 천운은 우리에게로 넘어오는 것 같습니다. 북핵에 부동산 가격 폭등까지 일어났으니 말입니다. '이 모든 게 임진혁 때문이다'라는 말이 정말 장난 아닙니다."

"하하하, 그러게 말입니다. 그거 뭐 작통권인가 그것도 환수하겠다고 했지만, 보세요. 여당 내에서도 나이 든 사람이나 군 출신 중심으로 이미 반대의견이 커지고 있어요. 이 년 전 국가보안법 때도 그랬잖아요. 자기네 당내 의견도 통일시키지 못하는 사람들이 무슨 나라를 운영한다고 그러는지 모르겠습니다."

3선 중진인 사무총장의 화답이었다. 사무총장은 6선인 지금의 당대표가 처음 국회의원에 당선되었을 때 보좌관을 지낸 인물이었다. 그야말로 직계 중의 직계였다. 대표가 말을 받았다.

"국가보안법이요? 그때 그랬지요. 택도 없는 소리였습니다. 이 나라가 어떤 나라인데요. 우리 아버지와 형님들이 피 흘리며 공산주의와 싸워가면서 지킨 나라입니다. 돈키호테 같은 대통령과 몇몇 애송이가 그렇게 쉽게 바꿀 수 있는 나라가 아닙니다. 우연히 어떻게 두 번에 걸쳐 사람들 마음을 홀려 대통령이 되었는지는 모르지만 이제는 절대 안 속습니다. 오히려 두 차례 십 년 경험한 게 차라리 잘된 건지도 몰라요. 좌파정권의 실상을 속속들이 알게 되었잖아요. 이제는 절대로 십 년이고 백 년이고 그 작자들에게 정권이 넘어갈 일은 없습니다. 자, 건배합시다."

다시 원내대표가 말을 받았다.

"비주류도 어디 이런 촌스러운 비주류가 다 있는지 모르겠습니다. 그 야당의 주류들도 다 싫어하는 비주류 아닙니까? 정통 운동권 출신들은 다 싫어해요. 운동권이라도 족보가 있어야 할 것 아닙니까? 그야말로 천둥벌거숭이예요. 비주류 중의 비주류. 어쩌면 여기까지 온 것도 오래 버틴 겁니다."

네 개의 술잔이 부딪쳤다. 당 대표가 말했다.

"우리 김 대변인도 건배사 한마디 하세요. 술만 마시지 말고. 이렇게 좋은 술은 꼭 말씀 한마디 하고 마셔야 돼!"

잠시 주저하는 듯싶더니 김인수가 입을 연다.

"대표님, 원내대표님, 사무총장님, 고맙습니다. 이렇게 좋은 자리에 초대해주셔서 영광입니다. 저는 내년 우리 당의 집권을 위해서 제 한 몸 바칠 각오로 뛰고 있습니다. 아니, 더 정확히 말씀드리겠습니다. 내년이 아니고 올해 안이라도 바꿀 수 있다면, 그렇게 하기 위해 총력을 기울이고 있습니다. 기대하셔도 좋습니다."

김인수가 다시 잔을 높이 들었다. 그러나 이번에는 다가와 부딪치는 잔들이 없었다. 좌중을 둘러보니 모두 그에게 시선을 맞춘 채 정지된 모습이었다. 김인수는 '아차' 싶었다. 말실수를 한 것이다. 아직은 때가 아닌데, 분위기가 달아오르다 보니 그냥 관계기관대책회의 정도로 생각하고 너무 나간 발언을 한 것이었다. 사무총장이 조심스럽게 물었다.

"아니, 올해라니요? 올해 안이라면, 그게 무슨 뜻입니까?"

당황한 김인수가 높이 들었던 잔을 살며시 내려놓았다. 당 대표는 김인수에게 향한 시선을 거두지 않은 채 대답을 재촉했다. 김인수는 결심한 듯 입을 앙다물었다. 어차피 이들도 알아야 할 이야기인 만큼 차라리 잘되었다는 생각이었다. 그가 대답했다.

"사실 오 년이 지겹지 않습니까? 일 년이라도 먼저 대권을 가져오 자는 뜻입니다. 우리가 일 년이라도 빨리 권력을 되찾자는 것입니다. 그게 국민을 위하고 나라를 위하는 길이라는 생각에서입니다."

당 대표는 당황한 표정이 역력했다. 그가 김인수에게 물었다.

"그런 작업이 진행 중이라는 건가요? 어떤 사람들이지요? 아까 이 야기한 프로젝트라는 게 그것인가요?"

김인수가 조용히 고개를 끄덕인다. 사무총장과 원내대표의 입이 크 게 벌어진다. 당 대표의 낯빛이 바뀐다. 김인수가 양해를 구한다.

"어차피 우리가 해야 할 일 아니겠습니까? 모두 대표님과 우리 당 을 위하는 일입니다. 구성원들은 다양합니다. 그러나 여기서 밝히기는 곤란합니다."

당 대표가 의자 등받이에 몸을 기대며 눈을 감는다. 낭패스럽다는 표정 같기도 하다. 금방 생각이 정리되지 않는 모습이다. 김인수는 덧 붙여 설명하고픈 이야기가 있었지만, 그러다가 보안사항이 묻어갈까 우려해 얼른 입을 다문다. 그러자 사무총장이 이야기한다.

"안 됩니다. 너무 위험한 발상입니다. 지금 대통령을 자리에서 내려 오게 하는 일이 있어서는 절대 안 됩니다. 내년 2월 전에 사임해서 보 궐선거를 치르게 되는 상황은 절대 막아야 합니다. 아니, 2월 후에 사 임해도 마찬가지입니다. 대통령의 사임 자체가 지금의 판세를 크게 바 꾸어놓을 게 분명합니다. 전세가 한순간에 역전될 수도 있습니다. 절대 안 됩니다. 지금 선거를 하면 우리가 이길 것이라는 생각이야말로 순진한 발상입니다."

원내대표가 맞장구를 친다.

"선거는 내년 이맘때 해야 합니다. 정치 일정이 바뀌는 것 자체가 문제입니다. 어떤 변수가 생길지 모릅니다. 탄핵을 경험해보지 않았습니까. 그 역풍을 겪어보지 않았습니까. 그런 프로젝트가 진행 중이라면 야권의 인맥을 총동원해서 저지해야 합니다."

도대체 이해할 수 없는 반응들이었다. 김인수는 당 대표의 얼굴을 주시했다. 그도 그런 생각을 갖고 있는지 의문이었다. 적어도 대권 주자라면 이렇게 형세가 불리하다고 판단하지는 않을 것이라는 믿음이 있었다. 어쩌면 빨리 대통령이 되는 길이 열릴 수도 있지 않은가. 김인수의 시선을 의식한 듯 당 대표가 마침내 입을 열었다.

"구 년을 기다렸습니다. 십 년을 못 기다리겠습니까? 필요하면 십일 년도 기다릴 수 있습니다."

결혼

없던 일로 해둡시다.
함께 피웠던 모닥불도
함께 쌓았던 모래성도
없던 일로 해둡시다.

세상의 움직임이 심상치 않았다. 수십 년 동안 전혀 달라지지 않던 세상이었다. 꼼짝도 하지 않을 것 같던 세상이었다. 그 세상이 바뀔 수도 있다는 조짐이 보이기 시작했다. 1985년에 두 야당 정치인이 만든 신당이 2·12총선에서 돌풍을 일으키는가 싶더니 독재정권이 흔들리기 시작했다. 야당과 학생들은 대통령 직선제로의 개헌을 요구하며 전국 순회 집회를 벌였다. 1986년 11월에는 전국의 학생들이 한 대학교에 모여 농성을 전개했다. 경찰이 이를 강제진압하면서 혼란은 극에 달했다. 경찰은 학생들을 '좌경용공'으로 규정했다. 이듬해인 1987년 1월에는 치안본부 대공분실에서 수사를 받던 대학생이 물고문으로 사망하는 사건이 발생했다. 완고했던 정권이 비로소 몰락의 길로 접어드는 계기였다. 사건을 규탄하는 가두시위가 시내 전역에서 벌어지던 날 저녁, 신촌역 근처의 고깃집에서 진익훈과 민희연, 김인수가 해후했다. 군 법무관이었지만 인수는 사복 차림이었다.

"세월 빠르네. 이제 일 년 정도 후면 제대하겠군. 예비검사님!"
첫 잔을 부딪치고 나서 익훈이 말문을 열었다.
"투사님도 안녕하신가요? 오늘은 잡으러 온 것 아니니까 마음 놓고 먹자!"
첫 대화부터 약간의 신경전이었다. 인수 옆에 앉은 희연은 말없이 고기를 굽기만 했다. 1984년 복교 조치가 내려지면서 익훈은 대학교에 복학하여 졸업했다. 졸업은 했지만 취직은 불가능했다. 실업자로 남아야 했다. 취직할 생각도 없었지만, 취직하고 싶다고 해서 받아줄 기업도 없었다. 그는 전과자였다. 그것도 평범한 기업들이 무척 꺼리는 공안사범이었다. 사회과학 서적을 번역하면서 근근이 용돈을 버는 처지였다. 두 친구에게 고기를 대접할 형편은 물론 아니었다. 상대가 군인이긴 하지만 그래도 법무관이라는 사실이 마음의 부담을 덜어주었다. 그런 마음을 눈치챘는지 인수가 말했다.
"사실 오늘은 희연이가 한턱낸다고 해서 마련된 자리다. 출판사에 취직한 지 이 년 만에 편집팀장이 되었단다. 그러니까 마음껏 먹자고."
처음 듣는 이야기였다. 익훈은 감옥에서 나온 이후로 희연을 찾지 않았다. 투쟁에 전념해야 하는 시절이었다. 세상을 바꾸기 위해 나섰고 다시 돌아갈 수도 없는 길이었다. 무엇보다 나약한 감상을 경계해야 했다. 여자를 만나도 굳이 세계관과 갈 길이 다른 사람을 만날 일이 아니었다. 집으로 걸려온 희연의 전화를 몇 차례 거절하자, 연락이 뜸해지기 시작했다. 그 후로 연락은 완전히 끊어졌다. 익훈이 복학한 84년 2학기에 희연은 이미 학교를 졸업하고 없었다.

"아, 그랬구나. 좋은 소식이다. 축하해야지."

멋쩍은 표정으로 익훈이 다시 건배를 제의했다. 희연이 고기를 굽던 젓가락을 내려놓고 황급히 잔을 부딪쳤다.

"너 옥바라지하느라 3학년 때 휴학하지 않았다면 일 년 전에 팀장이 되었을 거다. 미안하게 생각해라!"

처음 듣는 이야기였다. 할 말이 없었다. 미안함에 잠시 고개를 떨어뜨리고 있던 익훈이 화제를 돌렸다.

"전역하는 대로 검사로 임관하는 거냐?"

인수가 밝은 표정으로 고개를 끄덕였다. 익훈은 예전처럼 인수를 냉소로만 대할 상황이 아니라고 생각했다. 이제는 그럴 나이가 아니기도 했고, 또 오랜만에 만난 희연 앞에서는 왠지 그러면 안 될 것 같았다. 그래도 그냥 아무 일 없다는 듯 곱게 넘어가기는 싫었다. 익훈은 최대한 수위를 낮추어 조심스럽게 물어보았다.

"설마 공안부로 가는 건 아니겠지?"

"하하하. 이 친구 봐. 그게 내 맘대로 되냐? 내가 그쪽에 가서 널 잡으러 갈까 봐 걱정되는구나?"

인수가 세게 되받자, 익훈이 당황했다.

"그냥 물어본 거다. 이왕이면 그쪽으로는 가지 않는 게 좋을 것 같아서."

약간의 냉소가 금세 진지함으로 바뀌었다. 익훈은 희연을 거듭 의식하고 있었다. 그런 마음을 아는지 모르는지, 인수가 한술 더 떠서 이야기했다.

"걱정하지 마라. 내가 너를 잡아서 기소해야 할 상황이면 옷 벗고 나올게. 친구 잡기 위해 검사되었다는 소린 나도 듣기 싫다. 하하!"

서먹했던 분위기가 농담이 오가면서 부드러워졌다. 익훈이 조심스럽게 희연에게 물었다.

"영문과를 나왔으면 작가가 돼야지. 왜 출판사로 갔을까?"

기다리고 있었다는 듯, 희연이 대답한다.

"아니, 포기한 건 아니야. 사실 출판사와 작가의 길이 꼭 다르지는 않아. 어쨌든 지금 당장은 직장생활을 해보고 싶었어. 아버지로부터 독립해서…. 작가 수업을 하려면 아무래도 아버지한테 또 기대야 하니까. 뛰어난 작가로 이름을 떨친다는 보장도 없으니, 일단은 독립이 먼저라고 생각했어."

"그래, 네 마음 내가 안다. 그래서 나는 네가 예쁘다."

인수가 전혀 어울리지 않게 장단을 맞춘다. 한 잔 술에 얼굴이 붉어진 희연이 익훈에게 묻는다.

"앞으로는 어떻게 살 거야? 계속 지금처럼 힘들고 어려운 길로…?"

희연이 물음을 끝맺지 못한다. 익훈은 고개부터 끄덕이며 담배를 입에 문다.

"공장생활은 접기로 했어. 나 같은 약골이 감당하기도 힘들고, 아무래도 나한테는 지식인의 허위의식, 뭐 그런 게 아직 남아 있어서. 어쩌면 소시민적인 것 같기도 하고…"

익훈이 침울한 표정을 짓자 인수가 소주잔을 들이민다.

"센티멘털은 여전하구나. 그런 감상이 운동하는 데 도움이 되겠냐? 여자 홀리는 데에나 먹히겠지."

인수의 혀가 꼬부라지고 있었다. 순간 익훈의 속에서 욱하는 게 치밀고 올라왔다. 하지만 오늘은 희연을 생각해서라도 참아야 했다. 그렇다고 그냥 아무 일 없었다는 듯 넘어갈 수는 없었다.

"그래, 감상이 뭐가 문젠데? 감상적이 되지 않기 위해 포기하고, 버리는 것도 많다."

익훈이 약간 인상을 찌푸리자 인수가 되물었다.

"무얼 그렇게 많이 버렸는데?"

인수의 도발이었다. 익훈은 즉각 반응했다.

"이렇게 되기까지 많은 걸 버렸다. 어쩌면 호의호식할 수도 있는 기회를 포기한 거 아니냐? 그건 어떤 면에서는 희생이야. 너희 같은 친구들은 모른다. 많은 동료가 경찰에 끌려가 고문당하고 있을 때 도서관이나 절에 틀어박혀 있던 너희야말로 나라와 민족을 위해서 하나도 버린 게 없는 사람들 아니냐?"

인수가 실소를 머금은 표정으로 반격했다.

"야, 웃기지 마라! 그거야말로 너의 궤변이다. 희생? 네가 유인물 뿌릴 때 마음속에 단 한 번도 영웅심리가 없었다고? 그런 것 하나 없이 정말로 조국과 민족을 위해 가진 걸 다 바쳤다고? 물론 순수한 마음도 있었겠지. 그러나 그 정도까지 가려면 그래도 영웅심리가 없으면 불가능한 일 아니냐? 사실 운동한다는 친구들 다 그렇게 남과 다르다는 자부심 때문에 버티는 것 아니냐? 그것도 일종의 선민의식이야. 엘리트의식과 별로 다르지 않아. 두고 봐라. 이제 너희도 정치권으로 우르르 몰려갈 테니까⋯ 거기 가서 존경하는 야당 지도자들 만나서 자리도 보장받고 말이야."

짧은 시간에 이야기가 격론으로 번지고 있었다. 익훈이 말했다.

"그건 명백한 매도다. 그런 사람은 있다 해도 아주 극소수에 불과해. 막말로 나도 검사가 될 수 있었지만 포기한 것 아니냐? 너는 나라와 민족의 내일을 위해서, 아니 우리나라의 민주주의를 위해서라면 그렇게 어렵게 공부해서 차지한 검사직을 던질 수 있겠냐? 검사를 포기할 수 있냐고?"

인수가 고개를 절레절레 흔든다.

"절대 그렇게 안 한다. 내가 잘되는 게 국가와 민족이 잘되는 거다."

급기야 희연이 싸움을 말리려고 끼어든다.

"오늘 이렇게 싸우려고 만난 건 아니잖아. 각자의 삶을 열심히 살면 되는 거지. 그러면 언젠가 또 만날 거야. 인생은 그렇게 짧지 않아."

희연의 말에 인수가 금방 고개를 끄덕이며 부드러워진다.

"예비작가님의 말씀에 동의한다. 그만하자. 자 술이나 마시자."

인수가 술잔을 높이 든다. 익훈이 못마땅한 표정으로 한마디를 덧붙인다.

"오, 예비검사님에 예비작가님이로군. 나는 예비를 붙일 게 없어서 어떡하나. 아무튼, 그냥 현실이 중요하다."

한 잔을 단숨에 들이마신 인수가 갑자기 심각한 표정으로 말한다.

"사실 오늘 만난 건 이런 이야기 하려는 게 아니고…."

익훈이 자세를 고쳐 앉자, 인수가 짧게 말을 잇는다.

"네가 말한 예비검사와 예비작가가 곧 결혼한다. 3월에."

순간 술잔을 붙잡고 있던 익훈의 손이 가늘게 떨렸다. 그것을 눈치 챈 사람은 다행히 아무도 없었다. 어쩌면 익훈 스스로도….

북악산

늦가을의 일요일. 청와대 경내는 고요했다. 너무 고요해서 쓸쓸한 구석마저 있었다. 남쪽 맞은편에 자리한 경복궁에 들어서도 쓸쓸함은 별반 다르지 않을 듯싶었다. 하지만 고궁은 고궁이라서 늦가을 쓸쓸함이 나름의 정취로 다가올 법했다. 그러나 이곳은 청와대였다. 사람이 있을 때와 없을 때의 차이가 큰 곳이었다. 청와대의 일요일에는 이제 출근하는 직원들의 숫자도 점차 줄고 있었다.

시골의 큰아버지가 익훈의 이름을 지어주며 말했다고 한다.

"쥐띠가 동짓달에 태어났으니 먹을 복은 없겠어. 그냥 부지런히 일만 할 팔자야."

변화무쌍한 지난날이었지만 그 시간을 관통하는 키워드가 있다면, 바로 '일할 팔자'였다. 그놈의 팔자는 무서운 것이었다. 부지런함과 성실함은 진익훈의 트레이드마크였다. 아쉽게도 그것이 돈으로 이어지는 않았다. 성실함은 그저 성실함일 뿐이었다. 큰돈을 벌어 풍족하고 여유 있는 삶을 누리려면 다른 무엇이 더 필요했다. 그것이 무엇인지는 알 수 없었다. 돈을 움켜쥐는 손아귀의 힘 같기도 하고, 돈이 있는 곳으로 달려가는 영악함 같기도 했다. 할 수만 있다면 그렇게 하고 싶었다. 하지만 하고 싶은 것과 실제로 그렇게 할 수 있는 것은 또 다른 차원의 문제였다. 그것이 인생이었다.

세상 어디를 가나 일요일에 출근하는 사람은 정해져 있었다. 진익훈은 그렇게 정해진 사람이었다. 청와대에 첫발을 들여놓은 이래, 온전하게 집에서 쉰 일요일은 단 한 번도 없었다. 일 년에 딱 두 번 출근하지 않은 날이 있었다. 설날과 추석. 결국 지난 사 년 동안 그에게 허락된 휴일은 칠 일뿐이었다. 그런 탓일까. 점점 더 썰렁해지는 일요일의 청와대를 접할 때마다 그는 아쉬움을 넘어 섭섭함마저 느꼈다.

일요일에는 언제나 자신의 차를 몰고 출근했다. 오는 길은 대개 뻥 뚫려 있다. 일요일 출근이 주는 유일한 선물이었다. 사직터널을 빠져나와 효자동 삼거리에서 좌회전한 후 다시 수백 미터를 달렸다. 삼청동만큼은 아니지만 일요일의 효자동 거리도 제법 붐비는 편이었다. 상권이 점차 이쪽까지 진출하고 있었다. 연무관 앞에서 우회전한 차는 분수대 옆을 통과했다. 청와대 앞으로 이어지는 도로 입구에 의경이 서 있었다. 그는 초소 벽에 걸린 수화기를 붙잡고 급히 무언가를 말하고 있었다. 진익훈의 차가 곧 정문으로 향할 예정임을 알리는 듯했다. 청와대 소속 관용차가 아니었지만 초소 의경들은 익훈의 차를 한눈에 알아보았다. 남다른 눈썰미 탓인지 거듭된 교육 때문인지 알 수 없었다. 일백여 미터를 전진한 익훈의 차는 청와대 정문을 향해 좌회전했다. 차량 진입을 차단하는 장치들이 곳곳에 얼굴을 내밀고 있었다.

익훈의 차량임을 확인한 근무경찰이 서둘러 장치들을 거두었다. 다시 정문 앞 십 미터 지점까지 차를 몰고 간 후 익훈은 차창을 내렸다. 정문을 담당하는 경위가 다가와 거수경례를 붙였다. 그는 차량 안에 동승자가 있는지부터 확인했다. 요청은 없었지만 익훈은 뒤 트렁크를 여는 버튼도 눌렀다. 그러자 뒤쪽에서 다가온 의경이 내부를 확인했다. 또 다른 의경은 탐지기를 차량 밑으로 넣어 훑었다. 익훈이 경위에게 인사를 건넸다.

"일요일인데, 수고가 많으십니다."

정문이 열리자 익훈은 가볍게 묵례하며 통과했다. 일요일마다 관저를 찾는 승용차인 만큼 익숙할 대로 익숙한 통과의례였다. 차는 곧바로 관저를 향했다. 관저 전방의 철문 앞에서 익훈의 차는 다시 멈춰섰다. 그는 창문을 내린 뒤 얼굴을 바깥으로 내밀었다. 신원을 확인한 의경이 직접 철문을 열어주었다. 조금 더 앞으로 나아가자 상징적 대문인 인수문이 보였다. 익훈은 멀찌감치 차를 세웠다.

이날은 아예 등산복 차림으로 집을 나선 터였다. 대통령과 참모들이 뒷산인 북악산에 함께 오를 예정이었다. 청와대 안팎에 있는 오랜측근들로 모두 일곱 명이었다. 대통령이 되기까지 우여곡절과 신산고초를 같이한 참모들이었다. 대부분 십 년 이상 인연을 이어온 관계였다. 그렇다고 해서 이들이 항상 대통령 곁에 머무른 것은 아니었다. 가까우면 멀어져야 하는 것이 세상의 인심이었다. 대통령에 당선되기까지 큰 공을 세웠지만 대선자금 문제 때문에 청와대로 들어오지 못한채 야인으로 남아야 했던 측근도 있었다. 청와대에 들어오긴 했으나 여당 일각의 견제를 받아 열 달 만에 청와대를 떠나야 했던 참모도 있었다. 거기에 총선에 출마하기 위해 나간 사람들, 그래서 국회의원에 당선된 사람들도 있었고, 진익훈처럼 여전히 대통령의 지근거리에 머물며 보좌 역할을 해온 참모들도 있었다.

　이들과의 등산은 연례행사와도 같은 것이었다. 특별히 기념할 날짜도 아니었고 특별히 상의할 현안이 있는 것도 아니었다. 그러나 시절이 하 수상한 탓인지 표정들은 하나같이 굳어 있었다. 대통령이 되기 이전 수없이 선거를 치르는 과정에서 겪었던, 대통령의 '폭탄선언' 같은 것을 걱정하는 눈치였다. 예정보다 이른 시각이었지만 모두 긴장한 표정으로 출발을 기다리고 있었다. 진익훈이 마지막으로 합류한 참석자였다. 대통령도 등산복 차림으로 마당에 나와 담소를 나누고 있었다. 대통령이 웃으며 말했다.

　"요즘은 그런 것 잘 못 보겠던데, 접시 돌리기 말일세. 그거 보고 있으면 일부러 사람들을 불안하게 만들지 않던가? 한쪽에 신경을 쓰다 보면 다른 접시가 막 떨어질 것 같고… 지금 내 처지가 그런 것 같아. 접시 돌리는 사람. 그런데 돌려야 할 접시가 너무 많아!"

　1부속실장이 대통령에게 다가가 모두 도착했다고 보고했다. 대통령이 고개를 끄덕이며 말했다.

　"그럼 이제 올라가볼까? 자, 출발하세."

　관저 옆 나무계단을 오르는 것으로 등산이 시작되었다. 대통령이 개척한 등산로였다. 특유의 성격 탓일까. 그는 길을 만드는 것을 좋아했다. 북악산을 등산하는 중에도 몇 번이나 새로운 길을 내는 데 도전했다. 미지의 땅을 조심스레 밟고 나가면, 그래서 다음 사람이 그 땅을 다져나가면 얼추 새로운 길이 만들어졌다. 나무계단을 따라 관저 뒤편에 오르자 듬성듬성한 숲이 나왔다. 숲을 지나자 길이 나왔고 경내임을 표시하는 담장이 길을 따라 이어졌다. 다른 쪽은 가파른 비탈이었다. 골프를 좋아하던 전직 대통령이 이곳에서 샷을 날렸다는 이야기가 전해지고 있었다. 그렇게 십여 분 동안 완만한 경사를 오르자 비를 피할 수 있도록 만든 셸터가 나왔다. 버스정류장의 대기소처럼 지어졌는데 함께 앉아 차를 마실 수도 있었다. 광화문 앞 세종대로가 한눈에 들어올 만큼 전망이 빼어난 곳이었다. 일행은 대통령을 중심으로 앉거나 선 모습으로 기념사진을 촬영했다. 경호원들이 배낭에 담아온 따뜻한 차를 나누어주었다. 차를 마시며 일행은 세종로 너머로 희미하게 보이는 관악산을 응시했다. 시계가 비교적 좋은 편이었다. 깨끗한 서울의 풍광을 감상하며 대통령이 감회를 말했다.

"탄핵 때 관저에 갇혀 있는 동안 저녁이면 이곳에 올라와 촛불시위를 보려고 했었네. 잘 보이지도 않고 잘 들리지도 않았지만, 뭉클한 무언가를 느낄 수 있었지. 그게 이제는 아주 오래전 일처럼 느껴지는군."

"네, 한 시대를 상징하는 사건이었습니다. 영원히 잊힐 수 없는 역사입니다."

야인으로 있는 측근이 화답했다. 대통령이 따뜻한 시선을 보내며 가볍게 고개를 끄덕였다. 그러자 국회의원 신분인 또 다른 측근이 이야기했다.

"세종로는 대한민국의 역사가 스며 있는 길입니다. 좋은 쪽이든 나쁜 쪽이든 시대와 역사를 만들었고 또 만들고 있는 주역들이 이 길에 모여 있기 때문입니다. 그런데 문제가 하나 있다고 합니다. 길은 관악산을 향해 곧게 뻗어 있는데, 광화문은 약간 틀어져 있답니다. 일제가 일부러 그렇게 만들었다고 하네요. 관악산이 아니라 일제의 신궁이 있는 남산을 향하도록 만들었다는 것이지요."

"형님, 그건 우리 다 이미 알고 있는 이야기인데요."

1부속실장이 장난스럽게 면박을 주었다. 좌중에 웃음이 터졌다. 그 이야기는 바로 작년 이맘때 일행이 북악산에 함께 올랐을 때 대통령이 들려준 것이었다. 그 사실을 까맣게 잊은 선배의 아픈 곳을 1부속실장이 정확히 찌른 것이었다. 대통령이 이야기를 덧붙였다.

"이제 이 북악산도 국민에게 돌려주게 된 만큼, 세종로도 광장을 만들어 돌려주는 게 좋겠어. 그때 가서 광화문도 틀어져 있다는 3.5도를 바로잡는 게 어떨까 싶네. 나는 거기서 한 걸음 더 나아가서 기왕하는 김에 육조 거리도 재현했으면 좋겠다는 생각이 있다네. 저 왼편으로는 이조·호조·예조를 복원하고, 오른편으로는 병조·형조·공조를 재현하는 것이지. 그렇게 되면 왼편의 종묘, 오른편의 사직과 함께 옛날의 모습이 복원되는 셈이지."

"그거 괜찮은 아이디어입니다."

이구동성으로 '좋다'는 반응이 나왔다. 대통령이 넉넉한 웃음을 지었다.

"그렇게 서울을 비우면 좋을 것을…. 왜 그렇게 정부를 옮기는 일에 위헌 딱지까지 붙여가며 반대하는 것일까? 서울이 비어야 서울사람도 쾌적하게 살고, 또 그래야 지방도 사람이 늘어나 살기 좋고… 그렇게 될 텐데. 우리가 뭘 한다고 하면 무조건 반대부터 하고 나서는 사람들 때문에 정작 해야 할 일을 제대로 못 하고 말았어."

아쉬움을 나타낸 대통령이 자리에서 일어섰다. 그곳부터는 경사가 급해졌다. 해마다 한 번씩 함께해온 등산이지만 그때마다 대통령은 해설사가 된 듯 북악산을 설명했다. 만세동방 약수터에서는 한 모금씩 물을 마셨다. 이 지점에서 그는 이승만 내외의 산책길을 의무감으로 끝까지 수행하다가 결국 면박을 듣고 말았다는 경호원의 일화를 들려 주었다. 정상에 오른 일행은 그곳에서 다시 시내를 조망했다. 대통령 은 조선의 도읍을 정하기까지 태조 이성계와 무학대사의 이야기를 소 개했다. 정상에서 내려와 법흥사 절터에서 다과를 나눈 일행은 숙정문 으로 향했다. 숙정문 아래의 마당에는 접의자들이 마련되어 있었다. 대통령이 미리 경호실에 부탁해놓은 것이었다. 동그란 모양으로 가지 런히 놓인 의자들을 보자 진익훈이 긴장했다. 미리 의자를 준비해놓 은 것 자체가 예사로운 일이 아니었다.

의자에 앉자마자 특유의 가벼운 농담으로 대통령이 이야기를 시작 했다. 좌중이 웃음바다가 되었다. 그러나 진익훈은 웃지 않았다. 일부 러 그런 것은 아니었다. 웬일인지 웃음이 나오지 않았다. 웃지 않기는 1부속실장도 마찬가지였다. 한바탕 웃음의 파도가 휩쓸고 지나간 뒤,

대통령이 정색하고 새로운 이야기를 시작했다. 분위기가 금세 무거워졌다.

"돌이켜보면 초선 의원 시절에는 멋도 모르고 날뛰었던 같아. 하긴 그때는 그렇게 싸우는 게 또 최선이었지. 어쨌든 그렇게 하다가 대통령이 되었고, 대통령으로 얼추 사 년을 살았는데… 어쩌다 보니 이룬 게 하나도 없다는 생각이 드는군."

"무슨 말씀을요. 하신 일 많습니다."

진익훈에게는 후배가 되는 국회의원 김이 반대의 추임새를 넣었다. 대통령은 개의치 않고 이야기를 계속했다.

"무력감의 끝에 와 있네. 무엇보다 임기 오 년이면 지역구도 정치를 끝내거나 최소한 그 해결의 실마리라도 마련할 것으로 생각했는데, 당의 모습을 보니 오히려 그 이전으로 돌아가 버렸어. 그사이에 바뀐 것이라고는 큰 기대를 받던 대통령이 큰 비난을 받는 대통령이 되었다는 것뿐이라네."

모두 하나같이 침울한 표정이었다. 대통령의 말에 동의하는 분위기는 전혀 아니었다. 그래도 선뜻 나서서 이야기를 막는 사람은 없었다. 대통령의 이야기가 길어졌다.

"그래서 재임 중에 영남권 인사를 키워보려고 애썼는데, 결과적으로는 잘 안 된 것 같네. 그러다 보니 호남에서는 영남 편중 인사를 했다고 욕을 먹어야 했고… 어쨌든 그 모든 것을 버틸 수는 있지만, 당이 과거로 돌아가고 있다는 것만큼은 견디기 어려운 게 사실이라네. 거기에 한미FTA나 대연정을 추진한 것 때문에 진보진영으로부터 받는 비난도 감당할 수 없을 만큼 거세고…. 사실 내가 성공한 대통령이 되고 싶다는 집착이 있는 것도 아니지 않은가? 모두 나라의 미래를 위해서 선택한 것인데, 공감을 받기보다는 손가락질을 받는 일이 더 많았다네. 이라크 파병도 그랬었지. 최근 나름대로 큰 공을 들여 '비전 2030'이라는 미래 한국의 복지 프로그램을 만들었지만 모든 언론이 공격을 퍼붓고 있지 않은가. 누군가 당연히 해야 할 일을 했다고 나는 생각하는데, 진보 쪽 언론조차 그렇게 생각해주질 않아. 대통령의 정책이 싫은 게 아니라 그냥 대통령 자체를 싫어한다는 느낌이 든다네. 당장 헌법재판소장 지명을 철회하게 되면 이제 권력은 속절없이 무너질 테지. 그러면 이제까지는 생각할 수도 없었던 엄청난 비판 공세에 포위될 것이 분명하고…. 옛날에는 그래도 돌파할 힘과 의지가 있었고 또 돌파구도 보이곤 했는데, 요즘은 그런 게 통 보이지 않는군."

대통령은 손에 들고 있던 믹스커피를 두어 모금 마셨다. 그러고는 1부속실장을 쳐다보며 담배를 찾았다. 바로 옆에 앉아 있던 야인 측근이 자신의 담배를 건네었다. 청와대 안에서 자주 보던 담배는 아니었다. 대통령은 낯선 담배가 신기한 듯 뚫어지게 쳐다보더니 바지 주머니에서 일회용 라이터를 꺼내 불을 붙였다. 그러곤 말을 이었다.

"아무 일도 할 수 없는 식물대통령이다, 앞길도 잘 보이지 않는다, 버티는 것이 최선이다 생각했는데 이제는 버티는 것만이 능사가 아니라는 생각도 든다네. 얼마 전 진익훈 대변인에게 들었는데 저쪽, 아니 이른바 주류 사회에서는 내가 일 년이라도 일찍 대통령직에서 내려오길 바란다는 소문이 있다고 하더군. 곰곰이 생각해보았는데, 그렇게 하는 게 낫겠다는 판단이 들더군."

좌중이 술렁거렸다.

"말도 안 되는 말씀입니다."

"그거야말로 야당의 전략입니다. 그것에 맞추어주면 안 됩니다."

야인 측근과 젊은 국회의원 김의 이야기였다. 대통령이 미소를 지으며 말했다.

"그것이 야당의 전략이지만, 뒤집어 생각하면 우리의 전략이 될 수도 있네. 같은 전략도 먼저 쓰면 우리 전략이 되는 법이지. 누가 이기는지는 실제로 겨뤄봐야 알걸세."

숙정문 위의 하늘로 담배 연기가 피어올랐다. 대통령이 담담한 표정으로 말했다.

"나는 아무런 욕심이 없다네. 남은 임기 일 년을 내놓고, 그것을 매개로 조금이라도 정치 발전을 이루었으면 좋겠다는 생각이야. 개헌도 좋고, 지역구도 해소도 좋다. 그것을 위해 기여할 수 있으면 좋겠다."

그 순간 진익훈의 휴대전화가 주머니 속에서 진동했다. 일요일인 만큼 기자들의 취재가 뜸한 날이었다. 심각한 분위기 탓에 전화를 받기는 어려웠다. 그러나 문득 불길한 예감이 그의 머리를 스치고 지나갔다. 그는 등을 돌려 휴대전화를 꺼낸 뒤 낮은 목소리로 전화를 받았다. 통신사의 출입기자였다.

"진변, 이야기 들었어요? 검찰발이에요. 최측근 김 의원의 알선수재를 내사 중이랍니다. 액수가 수억 원에 달한답니다. 고등훈련기 수출과 관련한 리베이트라네요. 아는 대로 청와대 반응을 정리해주세요."

진익훈의 얼굴이 노랗게 변했다. 그러나 대통령을 비롯해 그의 표정을 주시하는 사람은 아무도 없었다. 단 한 사람만이 진익훈의 얼굴을 유심히 쳐다보고 있었다. 최측근 김 의원이었다.

사임

헬기가 서서히 고도를 높이자 청와대 비서동이 한눈에 들어왔다. 프로펠러의 강한 바람에 잔디와 흙먼지가 사방으로 휘날렸다. 헬기는 상승하면서 방향을 백팔십 도 틀었다. 이번에는 경복궁의 풍광이 시야에 잡혔다. 경회루가 보였고, 현대박물관이 보였다. 엔진과 프로펠러의 굉음이 고막을 울렸다. 진익훈은 잠시 귀를 막았다. 대통령과 같이 헬기를 타는 것은 처음이었다. 내외용 좌석이 마련되어 있었지만 이날은 옆자리가 비어 있었다. 그는 경호실장, 의전비서관과 함께 뒤편의 좁은 좌석에 앉았다. 평소에는 수행원용 헬기에 탑승하던 진익훈이었다. 그 헬기는 VIP용 좌석이 없기 때문에 상대적으로 공간이 넓고 쾌적했다. 수행원으로서는 대통령 헬기가 오히려 답답하고 불편한 셈이었다. 헬기는 신속한 이동수단이었지만 소음이 심한 탓에 탑승 중에는 아무것도 할 수 없었다. 그런데 이날은 대통령이 직접 진익훈에게 동승을 지시했다. 목적지까지 가는 동안 연설 원고를 마지막으로 한 번 더 점검할 계획이었다. 해당 일정은 코엑스에서 열린 민주평화통일자문회의 상임위원회였다. 그는 이 자리에서 프리토킹 스타일로 자유롭게 연설할 예정이었다. 대통령은 며칠 전부터 이 연설을 준비하는 데 심혈을 기울였다. 어쩌면 2006년의 마지막 주요 연설이 될 것이었다.

지난밤에는 첫눈이 살짝 내렸다. 비서동 옥상에도, 경회루 지붕에도 하얀 눈이 남아 있었다. 눈 알갱이들이 햇빛에 반짝반짝 빛나고 있었다. 첫눈과 함께 추위도 찾아왔다. 대통령은 진익훈에게 옆에 와 앉으라고 지시했다. 아무리 대통령의 지시라 해도 그 자리에 앉을 수는 없었다. 승용차 옆자리라면 모르되, 봉황 무늬가 수놓인 좌석은 부담스러웠다. 불경을 범한다는 생각이 강했다. 엉거주춤 선 채로 진익훈은 대통령의 질문에 대답했다. 질문과 대답이라 했지만 헬기 소음 때문에 정상적인 소통은 불가능했다. 그저 느낌으로 대답하는 수밖에 없었다. 대통령의 질문은 전작권 환수와 관련하여 몇 가지 기본적인 사실을 확인하려는 것이었다. 가까스로 몇 마디 대화를 주고받는 사이에 헬기는 이미 영동대교 상공을 넘고 있었다.

하루 전날, 대통령은 오랫동안 끌어온 헌법재판소장 지명 문제를 정리했다. 지명을 철회하는 것 말고는 다른 방법이 없었다. 자존이 강한 대통령이었기에 그나마 그렇게 오랜 시간을 버텨온 것이었다. 사실상 그의 뚝심이었다. 언론은 그 뚝심을 대부분 오기라고 표현했다. 가을 정국이 파행으로 점철되기까지 그 시발이 되었던 문제는 이렇게 정리되었다.

한 달이 넘도록 국내는 물론 국제적 현안이었던 북한 핵실험도 뉴스의 주요 무대에서 사라졌다. 새로운 뉴스가 더는 나오지 않기 때문이었다. 사람들은 다시 북핵을 잊기 시작했고, 대한민국의 일상은 예전과 다름없이 흘러가고 있었다. 여당에서는 삼십여 명의 국회의원이 인기 없는 대통령을 성토하며 탈당했다. 탈당과 동시에 새로운 교섭단체가 구성되었다. 그들은 여당과 정책 공조는 하겠지만 기본적으로 야당의 역할에 충실할 것임을 분명히 했다. 사태를 수습하기 위해 당 대표는 지도부와 대통령의 만남을 제안했다. 대통령은 흔쾌히 받아들였고 전날 저녁 청와대에서 만찬이 이루어졌다. 추가 탈당이 더는 없을 것으로 당 대표는 확언했다. 그러면서 지도부는 대통령에게 한미FTA를 재고해달라고 요청했다. 대통령은 '뜻은 알겠지만 이미 각오하고 결단한 일이어서 이제 와서 돌이킬 수는 없다'고 대답했다. 한미FTA의 의미와 효과에 대해 논쟁이 벌어졌지만 쉽게 결론이 날 문제는 아니었다. 부족하지만 그렇게 하나둘씩 문제들이 정리되고 있었다. 그러나 당 대표는 만찬이 끝날 때까지 한 가지 사안에 대해서만큼은 대통령의 의견을 묻지 않았다. 지난 한 달, 언론의 지면을 뜨겁게 달구어온 이른바 '측근 비리' 의혹이었다. 김 의원은 물론 당 소속이긴 했지만, 그 이전에 대통령의 측근이었다. 굳이 묻지 않는 게 예의라고 당 대표는 생각했다. 대통령에게 보내는 최소한의 신뢰라는 판단이었다.

　검찰발로 시작된 기사는 지난 한 달 동안 그렇지 않아도 어수선한 정국에 혼란을 가중시켰다. 측근인 김 의원은 일체의 의혹을 부인했다. 돈을 받았다는 의혹도, 또 고등훈련기 건에 개입했다는 의혹도 사실무근이라고 주장했다. 기사들이 연일 춤을 추었다. 김 의원의 최근 수년간 행적에 대한 기사가 이 주일 내내 신문의 지면을 장식했다. 대통령은 '유령 같은 사건'이라고 표현했다. 실체가 없다는 뜻이었다. 그는 김 의원에게 거듭 신뢰를 표했다. 그러면서 정권을 위해서도 또 스스로를 위해서도 끝까지 결백을 주장하며 싸워달라고 요청했다. 사실은 사실대로 당당하고 솔직하게 밝힐 것, 특검 등 모든 조사를 철저히 받을 것. 그것이 김 의원에게 보내는 대통령의 주문이었다.

의혹의 시작은 그럴듯해 보였다. 지난봄 대통령이 중동을 순방했을 당시 김 의원이 동행했다는 사실이었다. 기사는 어지간해선 알기 힘든 팩트들까지 담고 있었다. 순방에 동행한 김 의원이 묵었던 호텔, 접촉한 사람, 그리고 그의 재산 내역과 증감 현황 등 쉽게 접근하기 어려운 정보들이 모여 의혹의 축을 이루고 있었다. 사실인 것도 있었지만 사실이 아닌 것이 더 많았다. 도대체 누가, 무슨 목적으로 이처럼 허튼 사실들을 의혹으로 재구성한 것인지 가늠할 수 없었다. 황당함과 더불어 극도의 불쾌감을 느낀다는 게 청와대의 지배적인 분위기였다. 그러나 진익훈은 전혀 다른 느낌으로 사건을 보고 있었다. 그의 뇌리에는 대학 동기인 법조 출입기자가 얼마 전에 전해준 이야기가 똬리를 틀고 있었다. 일련의 세력에 의한 음모가 분명했다. 하지만 무턱대고 음모론을 제기할 수도 없는 것이 청와대의 처지였다. 검찰은 내사 중이라는 사실만 거듭 확인할 뿐 공식적으로는 어떤 입장도 내놓지 않았다. 그것이 혼란을 더욱 가중시키는 요인이 되고 있었다. 일각에서는 지난번 검찰개혁안 파동과 항명사태의 여파라는 분석도 있었다. 검찰이 현 정권에 대한 적대감을 적나라하게 드러낸 것이라는 의견이었다. 그러나 이 모든 의혹이 나중에 사실이 아닌 것으로 밝혀질 경우, 책임을 질 사람은 아무도 없었다. 내사 중이라는 말만 되풀이하는 검찰도, 모든 의혹을 탈탈 털어 보도하는 언론도 모두 구체적 책임에서는 쉽게 벗어날 수 있는 권력이었다. 결국 이 장난과도 같은 의혹의 제기로 가장 크게 타격을 받는 것은 국민에 의해 선출된 대통령 권력이었다. 의혹의 사실 여부와 관계없이 대통령과 청와대의 도덕성은 이미 사람들에게 의심을 받고 있었다. 그것만으로도 아픈 타격이었다. 쓰러질 듯 가까스로 이어져 오고 있는 정권이 깊은 수렁에 빠진 꼴이 되고 말았다.

　대통령의 표정에는 큰 변화가 없었다. 항상 그랬듯이 그는 당면한 과제에 깊이 몰두했다. 지금 당장은 코앞에 닥친 연설에 집중했다. 헬기의 소음도 그의 집중력을 방해하지는 못했다. 대통령은 간간이 허공을 보며 생각을 가다듬었다. 이윽고 헬기가 잠실야구장에 바람을 일으키며 내려앉았다. 대통령은 다시 승용차편으로 옮겨 타고 행사장으로 향했다. 옆자리에 탈까 하고 잠시 망설였지만 진익훈은 이내 포기했다. 그러고는 승용차 뒤를 따르는 소형버스에 몸을 실었다.

　권력이란 손잡이가 없는 칼과도 같은 것이었다. 쥐고 휘두를 수는 있지만 그러는 동안 자기 손에서도 피가 흐를 것을 감당해야 했다. 어설프게 사용했다가 자기만 다치는 경우도 적지 않았다. 그만큼 조심해야 하는 것이 권력이었다. 또 대통령과 가까울수록 표적이 되는 것이 이 판의 섭리였다. 권력투쟁의 대상은 대체로 대통령과 가장 가까운 사람으로 좁혀지기 마련이었다. 진익훈은 비교적 일찍 그 섭리를 깨달았다. 대통령과의 거리를 무한대로 좁히는 것만이 능사는 아니었다. 상황에 따라 거리를 조절할 필요가 있었다. 많은 사람이 부러워하는 자리에 앉았다고 으스대거나 자랑할 일이 결코 아니었다. 그것은 말 그대로 집중 표적이 된다는 의미였기 때문이다.

행사장에 들어서자 우레와 같은 박수가 터져 나왔다. 지난 사 년 동안 민주평화통일자문회의 조직의 인적 구성에 많은 변화가 있었던 탓인지, 참석자들은 대통령이 나타나자 열렬한 환호를 보냈다. 연대에 선 대통령이 활짝 웃었다. 최근에 볼 수 없던 자신감이 얼굴에 감돌았다. 그는 준비한 메모를 한 장 한 장 넘기며 연설했다. 대중연설에 관한 한 차별화된 특기가 있는 대통령이었다. 오 분 간격으로 웃음이 터졌고, 십 분마다 박수가 쏟아졌다. 대통령은 최근 자신을 힘들게 했던 모든 고심과 갈등을 털어버리려는 듯 많은 말을 작정하고 토해내었다.

"자기들 나라, 자기 군대 작전통제도 제대로 할 수 없는 군대를 만들어놓고, 나 국방장관이오, 나 참모총장이오, 그렇게 별들 달고 거들먹거리고 말았다는 얘깁니까? 그래서 작통권 회수하면 안 된다고 줄줄이 몰려가서 성명 내고, 자기들이 직무유기 아닙니까? 부끄러운 줄 알아야지!"

연설은 한 시간 반이 넘도록 계속되었다. 지루하게 느낄 수도 있지만, 청중은 전혀 그렇지 않다는 분위기였다. 진익훈도 마찬가지였다.

그는 호기심 가득한 표정으로 대통령의 모든 이야기와 동작을 눈과 귀로 담았다. 생각할수록 신기했다. 저분이 최근 사임이나 임기 단축을 통해 남은 일 년 임기를 접겠다고 말하던 대통령이 맞는 것일까? 가슴속 깊이 묻어왔던 말들을 오늘 저토록 시원하게 털어놓는 이유는 또 무엇일까? 모르긴 몰라도 둘 중의 하나일 것이었다. 저렇게 모든 이야기를 토로한 연후에 지난날을 훌훌 털고 다시 일어나 새롭게 출발하는 게 하나의 선택지일 것이었다. 그러나 틀림없이 또 다른 선택지도 존재했다. 가슴속에 켜켜이 쌓아온 모든 이야기를 털어놓고 대통령직에서 미련 없이 물러나는 것이었다. 진익훈은 대통령의 다음 선택이 궁금했다.

　연설을 끝낸 대통령은 홀가분한 표정으로 승용차에 올랐다. 예정보다 연설이 길어진 탓에 이미 해가 지고 날이 어두워졌다. 진익훈은 이번에도 승용차에 동승하지 않았다. 삼십 분 정도 이동한 끝에 대통령은 청와대로 돌아왔다. 소형버스에서 내린 진익훈은 곧바로 본관의 연설기획비서관실로 향했다. 이지원 시스템에서 며칠간 챙겨 보지 못한 보고와 지시 문건들을 일람해야 했다.
　북핵, 측근 비리, 유엔 사무총장 등 보고서의 주제는 다양했다. 대강 훑어보는 데에도 적지 않은 시간이 소요되었다. 마우스 휠을 위아래로 돌려가며 중요하다고 판단되는 보고와 지시들을 열람하던 중이었다. '개헌 관련 주요 쟁점 검토의견'이라는 제목이 눈에 띄었다. 정무기획비서관실이 작성한 문건이었다. 그동안 이지원을 통해 수차례에 걸쳐 보고되었고 대통령의 보완 지시도 여러 번 내려온 파일이었다. 대통령이 검토를 끝낸 뒤 부속실로 하여금 '지시처리'하라고 내려보낸 것이었다. 마우스를 대고 클릭하여 열어보자 대통령이 직접 작성한 지시메모가 떴다. 평소와 달리 지시사항이 꽤 길었다. 문득 불길한 느낌이 들었다. 진익훈은 얼굴을 모니터에 최대한 가깝게 가져간 후 지시사항을 찬찬히 읽어 내려갔다.

"1월 중 일단 발표합시다. 전당대회와는 상관없이 진행합시다. 공식 제안 시기는 조정하여주시기 바랍니다. 국회에서 부결할 경우 대통령이 사임하면 5~6월에 후임 선거와 취임이 이루어져서 그다음 대통령 선거와 총선이 동시에 치러질 수 있도록."

뒷목이 서늘해지는 느낌이었다. 대통령은 구체적인 말을 삼가고 있었을 뿐, 임기를 단축하겠다는 기존의 생각을 고수하고 있는 것이었다. 문제가 심각했다. 그동안 대통령은 사석에서 참모들과 대화하는 과정에서만 사임을 언급했었다. 이번에는 달랐다. 공식적인 보고와 지시 속에서 의사를 분명히 밝힌 것이었다. 이지원상의 보고와 지시는 역사에 남는 기록이었다. 진익훈은 대통령이 지시메모를 작성한 시각을 확인했다. 아까 코엑스로 가기 위해 헬기에 탑승하기 직전이었다. 대통령은 이미 마음의 결정을 내린 후에 행사장으로 향한 것이었다. 1부속실장이나 진익훈 모두 민주평통 행사를 수행하느라, 그런 지시사항이 이지원상에 내려왔다는 사실 자체를 모르고 있었다. 이제 대통령의 사임 의사는 그 결과 여하에 상관없이 역사의 기록이 되고 말았다.

진익훈은 1부속실장에게 지시처리를 요청한 후 서둘러 비서실장실에 전화를 걸었다. 문건을 확인한 비서실장은 지체 없이 핵심 수석과 비서관들의 회의를 소집했다. 혹여 이야기가 외부로 새어 나갈 것을 우려해 참석자는 최소한으로 제한되었다. 비서실장실에서 삼십여 분 동안 토론이 이어졌다. 사실 토론이라 할 것도 없었다. 결론이 분명하기 때문이었다. 어떻게 해야 대통령이 사임 의사를 접을 것이냐에 논의가 집중되었다. 이야기된 내용을 가지고 비서실장과 몇몇 수석이 관저로 향했다. 진익훈도 뒤따라 올라갔다. 대통령이 웃으며 일행을 맞았다.

"제가 해야 할 일은 얼추 다 했습니다."

대통령의 한마디였다. 낭패한 표정의 비서실장이 뜻을 접어달라고 간곡하게 호소했다. 대통령은 시종일관 웃음을 보이며 이해한다는 말만 되풀이했다. 사임 의사를 접겠다는 말은 없었다. 대통령이 다시 한 번 강한 어조로 이야기했다.

"대통령이 사임한다 해서 대한민국 잘못될 일 없습니다. 그렇게 쉬운 나라 아닙니다."

대책회의

63빌딩 중국음식점 야래향, 가장 큰 방에서 고성이 새어 나오고 있었다.

"아니 도대체 무슨 백이 있어서 그렇게 버티고 있는 걸까?"

"게다가 어제 그렇게 거칠게 이야기하는 건 또 뭐야? 뭐 믿는 구석이라도 있나?"

누군가를 집중 성토하는 분위기였다. 개중에는 비교적 차분한 설명도 있었다.

"대통령 자신이 백이지요. 우리나라 최고의 백이 대통령 아닙니까? 대통령이 대통령 믿고 그러는 것이지요!"

이구동성으로 대통령을 성토하는 모임은 김인수의 관계기관대책회의였다. 이날은 장소가 여의도였다. 김인수가 급하게 모임을 청했다. 오늘은 윗선에 해당하는 '한수회'의 실장도 참여했다. 역시 김인수가 급하게 초대한 것이었다. 이전과 마찬가지로 수집된 정보에 대한 보고가 먼저 있었다. 대통령이 개헌을 모색하면서 임기 단축을 검토하고 있다는 사실이 우선 보고되었다. 배포된 자료에는 관련한 대통령의 지시메모 전문이 그대로 복사되어 있었다. 보고자는 그러나 '이는 대통령의 생각일 뿐, 참모들이 강하게 반대하고 있어 실현 가능성은 미지수'라고 말했다. 다른 정보의 보고가 계속되었다.

"측근 비리 의혹 제기는 일정한 성과를 거두기는 했지만 한계도 있었습니다. 조금 더 면밀하게 증거들을 제시했어야 하는데, 부족함이 있었습니다. 그러나 어쨌든 그 정도라도 일정한 타격을 주는 데는 성공했다고 봅니다."

보고가 미처 끝나지도 않았는데 언론사 손 주필이 말한다.

"중요한 국면에서 그렇게 대충 작업해도 되는 건가요? 우리 언론이 떠들면서 받쳐주니까 그 정도였지요. 만일 언론이 아니었다면 검찰은 완전히 되치기당할 뻔했어요. 어떻게 그렇게 엉성할 수 있지요?"

김인수가 손을 들어 양해를 구했다. 보고가 우선이라는 의미였다. 보고는 계속되었다. 그사이에 기업 측 실무자가 테이블을 한 바퀴 돌며 참석자들 앞의 술잔에 수정방水井坊을 따랐다. 김인수는 잔을 들어 코앞에 대고는 잠시 향을 맡더니 조용히 내려놓았다. 자제하려는 분위기가 역력했다.

"어제 민주평통에서 대통령이 한 발언에 대해 각계가 반발하고 있습니다. 무엇보다 군 쪽의 동요와 이반이 컸습니다. 지금까지는 그래도 관망하는 자세가 강했는데, 어젯밤 급하게 저희 프로젝트에 적극적으로 참여하겠다고 의사를 전해왔습니다. 실장님께 급히 보고드렸고, 논의를 거쳐 오늘 모임에도 군 대표가 참석하기로 했습니다."

보고가 끝나자 실장이 이야기했다.

"군이 우리 쪽으로 마음을 돌린 것은 대단한 사건입니다. 사실 군은 우리와 일관되게 생각은 같이하면서도 과거 쿠데타의 주역이었다는 아픈 기억 때문에 섣불리 행동하지 않았고 입장 표명도 유보해왔던 게 사실입니다. 최대한 중립을 표방하면서 그 틀 안에서 적절하게 처신해왔습니다. 그랬던 군조차도 어제 대통령의 발언은 묵과할 수 없는 것이었습니다. 참으로 기가 막힌 현실입니다. 이렇게 끝까지 중립지대에 남아 있던 세력까지도 등을 돌리게 하는 대통령이야말로 대한민국 최악의 대통령입니다. 도대체 뭘 기대하겠습니까? 참으로 한심합니다. 우리의 계획이 옳고 지극히 정당하다는 사실을 새삼스럽게 확인하는 순간입니다."

실장의 말이 끝나자 박수가 터져 나왔다. 김인수도 박수를 쳤지만 시늉에 그쳤다. 어쨌든 좋은 일이었다. 그렇다고 마냥 기분이 좋지는 않았다. 찜찜한 일들이 여러 가지로 많았다. 이번에는 실장이 자리에서 일어나 테이블을 돌며 수정방을 따라주었다. 김인수의 잔은 아까 채워진 그대로였다. 새로운 요리가 서빙되고 있었다. 그사이에 참석자들은 옆의 사람과 자연스레 대화를 주고받았다. 서빙이 마무리될 무렵, 새로운 손님이 방문을 두드렸다. 짧게 깎은 머리에 조금은 어색해 보이는 정장 차림이었다. 손님은 조심스럽게 테이블로 다가섰다. 검게 그은 피부와 네모로 각진 얼굴이 전형적인 군인임을 말해주고 있었다. 김인수도 익히 아는 사람이었다. 군을 이끌어가는 3대 리더 가운데 한 명이었다. 군인은 자리에 앉자마자 수정방 석 잔을 연거푸 마셨다. 누가 권하지 않았음에도 스스로 후래자 삼배 의식을 치르는 것이었다. 그러고는 고량주가 성에 차지 않는 듯 입맛을 계속 다시더니 전가복 안주를 몇 점 집어 먹고는 한숨을 돌렸다. 실장이 정중하게 인사를 청하자 그가 말했다.

"군은 그동안 많은 걸 참고 또 참았습니다. 정말 사리가 나올 정도로 참았습니다. 지난날의 부끄러운 역사 때문입니다. 두 번 다시 정치에 개입해서는 안 된다는 것이 우리 군의 불문율이었습니다. 아무리 안타까운 일이 벌어져도, 우리의 생각과 아무리 다르더라도 함부로 나서지 말자고 다짐하고 또 다짐해왔습니다. 정치 일선에 나서기를 자제하는 것은 물론, 정치적 발언조차 하면 안 된다는 것이 내부의 일반적인 정서였습니다. 그렇게 군인의 기본자세를 유지해온 것이 사실입니다. 여러분 모두가 익히 알고 계실 겁니다."

목이 칼칼했는지 군인은 이 대목에서 헛기침을 몇 차례 한 뒤 이야기를 계속했다.

"사실 이 정부가 처음 들어섰을 때 못마땅한 점들이 많았지요. 지난 정부 때도 그랬습니다. 북한과 가까이 지내며 교류하는가 싶더니 나중에는 김정일까지 직접 만나지 않았습니까? 군은 이렇게 피땀을 흘려가며 나라를 지키고 있는데, 거꾸로 그들에게 돈을 주고 물자를 주다니요? 그래도 어쩌겠습니까. 우리는 인내하고 또 참았습니다. 언젠가는 우리가 바라는 세상이 올 거라는 희망이 있었지요. 그리고 이 모든 것은 지난날 우리 선배 군인들의 잘못 때문에 마땅히 치러야 하는 대가라고 생각했지요. 이 어려운 시기를 잘 참고 이겨내면 다시 옛날처럼 대접받는 시절이 올 거라는 믿음으로 버텼습니다."

"네, 잘 알고 있습니다. 장군님. 그러니까 이야기를 요점 위주로 해주시면 좋겠습니다. 우리가 또 논의해야 할 일이 많아서 그렇습니다."

김인수가 정중하게 끼어들어 재촉했다.

"아, 네, 그럼 간단히 말씀드리겠습니다. 그러다가 이 정부가 들어선 이후 무슨 이유에서인지 몰라도 국방 예산을 높이 책정해주었습니다. 명분은 '자주국방'이었습니다. 그건 아무튼 좋은 일이어서 호의로 받아들였습니다. 도대체 미국의 도움 없는 '자주국방'이라는 게 가능한가? 어떻게 그런 발상을 했을까? 그런 의문이 들긴 했지만, 그래도 국방 관련 예산을 높여준다는 것 자체는 긍정적으로 해석하고 싶었습니다. 그리고 얼마 후 '동북아 균형자론'이라는, 그 말도 안 되는 해괴한 이론을 대통령이 들고 나왔을 때도 군은 그것이 국방 예산을 올리는 근거라는 생각으로 다른 목소리를 내지 않고 참았습니다. 그러면서 일말의 기대, 아니 기대라기보다는 일말의 인정이라고 해야겠네요, 어떻게든 남은 삼 년을 억지로 참아보자고 해왔습니다. 그런데 갑자기 청와대가 전시작전통제권을 환수하겠다고 나서는 것이었습니다."

김인수가 인상을 찌푸렸다. 모두 빤히 알고 있는 이야기라는 표정이었다. 군인이 김인수의 마음을 읽었는지 갑자기 말이 빨라지기 시작했다.

"아무튼 군 통수권자의 지시라, 우리는 거부할 수 있는 위치가 아니었습니다. 다만 우리가 군 내부에서 최대한 합의한 방침은 있습니다. 지시는 따르더라도 환수 시기는 최대한 뒤로 미루자, 협상 타결도 될 수 있는 대로 최대한 지연시키자는 것입니다. 다음 대선에서 정권이 바뀔 가능성도 커서, 그때 가면 상황이 뒤집힐 수도 있는 만큼 최대한 지연시키는 게 좋다는 판단이었습니다. 그런 합의를 토대로 급하게 일을 추진하지 말자는 뜻을 여러 차례에 걸쳐 협상단에 전달했습니다. 그래서 최근 협상이 타결되긴 했지만 환수 시기는 최대한 늦출 수 있었던 것입니다. 우리 군의 일치된 의견이 반영된 결과입니다. 그런 과정에서는 솔직히 대통령에게 미안한 마음도 없지 않아 있었습니다. 무조건 이행해야 할 군 통수권자의 지시를 이런저런 이유로 해태했다는 미안함 같은 것입니다. 그런데…"

느닷없이 '대통령에 대한 미안함'이라는 발언이 등장하자 참석자들이 생뚱맞다는 반응을 보였다. 군인은 그게 아니라는 표정을 지으며 서둘러 이야기를 이어갔다.

"어제 민주평통 연설을 듣고 우리 군은 최종적으로 마음을 결정했습니다. 오늘 오전 핵심 지휘부에 있는 몇몇이 긴급하게 모여 의견의 일치를 보았습니다. 모두 같은 의견이었습니다. 참고가 될까 봐 제가 의견들을 적어왔는데 잠깐 소개하겠습니다."

군인은 양복 상의의 안주머니에서 주섬주섬 쪽지 하나를 꺼내더니 읽기 시작했다.

"이런 대통령이 있다는 게 정말 수치스럽고 창피하다."

"똥별이라니, 도대체 나라를 지킨 별을 어떻게 보고 하는 소리인가?"

"왜 국민을 적으로 만드는가? 이런 사람이 대통령인가? 이제는 군까지 적으로 만들고 있다. 대통령에게는 적이 아닌 국민이 없을 지경이다."

"개성공단이나 남북교류에 신경 쓸 때부터 알아봤다. 잃어버린 십
년이란 말은 정말 틀린 구석이 하나도 없다."

군인은 적어온 의견들을 또박또박 낭독했다. 참석자들 모두가 고개
를 끄덕였다. 박수를 치는 사람도 몇 있었다.

"저희 군은 오늘 의견의 일치를 보았습니다. 대통령은 당연히 즉각
물러나야 합니다. 그 뜻을 전하기 위해 오늘 제가 여기에 참석했습니
다. 그동안 여러 차례 요청을 받았지만 군의 정치적 중립성을 지켜야
한다는 차원에서 자제해왔습니다. 그러나 이제 인내가 한계에 도달했
습니다. 저희는 1980년 이후 이십오 년, 즉 사반세기 만에 다시 정치
현실에 대해 저희 의견을 정확히 밝히려고 합니다. 대통령의 즉각 퇴
진을 요구합니다. 그리고 이를 위해서 저희의 힘을 보태겠습니다. 다만
저희가 말하는 힘이 물리적 힘이나 군사행동을 의미하는 것은 아닙니
다. 어디까지나 의견의 표시로 동참하는 것입니다. 이 점 오해 없으시
길 부탁드립니다. 이상입니다. 감사합니다."

좌중이 술렁대었다. 군이 힘을 보탠다는 표현이 어쩌면 힘이 되는
것 같기도 했고 어쩌면 부담스럽기도 했다. 실장이 좌중을 진정시킨
후 말을 이었다.

"네, 고맙습니다. 이렇게 이미 모든 부문, 모든 분야의 사람들이 현
정권에 등을 돌리고 있습니다. 퇴진은 이미 돌이킬 수 없는 대세입니
다. 이 여세를 몰아가야 합니다. 듣자니 검찰 쪽에서도 지난번 측근 비
리와는 차원이 다른 자료를 다양하게 준비 중이라고 합니다. 이제까

지는 그래도 대통령의 임기를 존중해왔는데, 앞으로는 퇴진을 목표로 자료를 전방위적으로 수집해서 마지막 흔들기에 가담하겠다고 합니다. 그동안 접수된 투서들만 제대로 검증해서 열 건 가운데 한 건만 사실로 밝혀내도 정권은 엄청난 타격을 받을 것이라고 합니다."

"네, 좋습니다. 하루빨리 그만두게 하고 선거 좀 빨리 치릅시다. 우리 세상을 만듭시다. 하긴 지금도 사실상 우리 세상이긴 하지만…, 그래도 우리 말 잘 듣는 정부를 빨리 세웁시다."

언론사 손 주필이 추임새를 넣었다.

"그렇지 않아도 개헌을 추진하면서 임기를 일 년 단축하는 방안을 검토한다고 하는데, 그럴 것 없이 더 확실하게 흔들어서 내려오게 만드는 게 좋겠습니다. 판정승보다 케이오승이 화끈하지 않습니까? 기왕 하는 것 확실하게 해야 합니다."

기업 측 실무자였다. 지난번 모임 때에 보인 조심스러운 말투는 온데간데없었다. 오히려 분위기를 잡는 데 앞장서는 모습이었다.

결국 군인의 요청으로 밸런타인 21과 맥주가 주문되었다. 평소 마시던 것보다는 한 급 아래였다. 군인이 직접 폭탄주를 제조하면서 잔을 돌렸다. 그는 테이블을 돌며 참석자들과 번갈아 러브샷을 했다. 이날 술값은 자신이 모두 부담하겠다고 큰소리도 쳤다. 다음은 김인수와 러브샷을 할 차례였다. 군인이 건배사를 부탁했다. 기다렸다는 듯 김인수는 사양하는 기색 없이 말을 시작했다.

"여러분, 건배를 하기 전에 꼭 드릴 말씀이 있습니다. 사실 이 말씀을 드려야 할지 많이 망설였습니다. 그러나 냉정하게 사태를 보고 상황을 판단하는 게 좋겠다는 생각으로 감히 말씀드립니다. 이제 대통령 흔들기는 중단하는 게 좋겠습니다. 이 시점에서 접을 필요가 있습니다. 그동안 정치권의 사람들, 특히 정세 판단에 밝은 전문가들과 깊이 상의하고 고심했습니다. 다양한 의견이 있었지만, 그래도 삼 분의 이에 해당하는 사람이 다음과 같은 의견에 동의했습니다."

장내에 침묵이 흘렀다. 김인수가 양주폭탄을 단숨에 들이켰다. 그로서는 이 자리의 첫 잔이었다. 다들 그의 이야기를 숨죽인 채 기다렸다. 그가 말을 이었다.

"저도 대통령을 빨리 자리에서 내려오게 하고 싶습니다. 그러나 그렇게 되면 다음에 치러지는 보궐선거에서 우리가 완패할 가능성이 큽니다. 대다수 전문가의 의견이 이 점에서 일치했습니다. 저도 생각이 짧았던 것 같습니다. 과유불급이라고 했습니다. 지나치게 흔들면 오히려 역풍을 맞는다는 사실을 잊고 있었습니다."

좌중이 크게 술렁거렸다. 군인은 황당하다 못해 낭패스럽다는 표정이었다. 기업 측 실무자도 실망스러워하는 기색이 역력했다. 언론사 손 주필이 말했다.

"그건 정치공학만을 연구하는 사람들의 이야기입니다. 민심을 모르고 하는 소리지요. 김 대변인, 이번에는 김변의 생각이 틀린 것 같네요. 나는 동의할 수 없어요."

"저도 같은 생각입니다."

"저도 똑같습니다."

몇몇 사람이 손 주필의 말에 동감을 표했다. 그러나 김인수는 논의를 더 질질 끌고 가면 안 된다는 판단이었다. 이런 문제일수록 짧고 굵게 정리할 필요가 있었다.

　"그렇지 않습니다. 여러분은 탄핵의 기억을 잊으셨습니까? 그때는 민심이 우리 편이 아니었다고 생각하십니까? 안 됩니다. 절대로 대통령을 지금 시점에서 물러나게 하면 안 됩니다. 설사 물러나겠다고 해도 못 물러나게 해야 합니다. 견고한 양쪽 지지층 사이에서 동요하는 중간층은 대통령이 사임하는 순간, 연민과 동정심으로 하나가 될 것이 분명합니다. 그냥 이대로 갑시다. 대통령 사임은 우리에게는 최악의 패입니다."

개헌

2006년 12월 29일은 금요일이었다. 한 해의 공식 업무를 사실상 마무리하는 날이었다. 겨울의 추위가 매서웠다. 동지가 엊그제였던 만큼 어둠도 일찍 내려앉았다. 대통령은 관저 응접실에 홀로 나와 있었다. 어두워지는 창밖의 풍경 속에서 옥외등 하나가 외롭게 빛을 발하며 그나마 따뜻함을 전해주고 있었다. 지난 사 년 동안 그에게 위로가 되어준 불빛이었다. 응접실 소파에 앉아 대통령은 지난 한 해를 정리하고 있었다. 소파에 비스듬히 몸을 눕힌 채 천장을 보았다. 큰 직사각형 모양의 천장에는 작은 정사각형 패널들이 기하학적으로 배열되어 있었다. 무척 낯설었다. 그러고 보니 지난 사 년 동안 이 응접실의 천장을 차분히 응시한 적이 한 번도 없었다. 이렇게 잠시라도 여유롭게 천장을 바라본 적이 없었던 것이다. 그는 분명히 워커홀릭이었다.

이날 그는 많은 일정과 행사를 소화했다. 해를 넘길 수 없는 결정들도 많았다. 아침에는 비서실장, 정책실장, 안보실장과 함께 식사를 했다. 청와대의 장관급 참모들이었다. 그 자리에서 대통령은 사임이나 임기 단축을 더는 거론하지 않으리라고 언급했다. 어떤 배경에서 그런

결심을 하게 되었는지는 따로 밝히지 않았다. 그것 역시 해를 넘기기 전에 가르마를 타야 할 문제로 인식했다고 말하는 정도였다. 세 명의 실장은 안도의 한숨을 내쉬었다. 그러면서 임기 마지막 해에는 매사를 더욱 꼼꼼하게 챙기며 보좌하겠다는 결의를 밝혔다. 다만 비서실장은 청와대를 떠나겠다는 의사를 밝혔다. 후임이 결정되면 바깥으로 나가 전국을 순회하며 이 정부의 치적을 전파하는 전도사가 되겠다는 계획이었다. 대통령은 일단 사의 표명을 받아들였다. 그에게는 이런 상황에 대비해 미리 준비해놓은 비서실장감이 있었다. 마지막 해에는 정치적 판단보다는 관리 측면이 더욱 강조될 것이었다. 그런 만큼 오랫동안 호흡을 같이해온 사람이 적임이었다. 전 민정수석이 적격이라고 판단했다. 원칙에 충실하면서도 매사에 공정한 캐릭터였다. 임기 막바지인 만큼 그것이 강점이 될 수 있겠다 싶었다. 관료 출신의 정책실장과 학자인 안보실장은 끝까지 대통령을 보좌하도록 할 생각이었다.

　아침 식사를 마친 후 대통령은 대변인이자 연설기획비서관인 진익훈을 잠시 응접실로 불렀다. 임기 단축이나 사임을 더는 거론하지 않기로 한 배경을 설명해두려는 것이었다. 그 점을 생략하면 진익훈의 기록에 공백이 생길 터였다. 그는 역사로 남을 기록에 이유 없는 공백을 두고 싶지 않았다.
　"어제저녁 총리가 초청해서 공관에 다녀왔네. 갔더니 초기 지지자들 그룹에서 핵심 역할을 하던 사람과 문화예술계 사람들이 자리를 함께하고 있더군. 깜짝 놀랐지. 나는 그 사람들이 다 내 곁을 떠난 줄

알고 있었다네. 대연정을 제안했을 때는 반쯤 떠났고 그 후 한미FTA
를 추진했을 때는 완전히 떠나간 것으로 알았다네. 그런데 그 사람들
이 나를 만나러 온 거야. 나를 위로하겠다고. 나에게 힘을 실어주겠다
고… 자기들은 영원히 내 편을 들 것이라며, 그동안 섭섭함을 표현한
게 있었다면, 그야말로 섭섭함을 표현한 것으로 생각해달라고 그러더
군. 나에 대한 지지와 동지의식은 변함이 없다는 거야. 그 사람들이 그
렇게 말하면서 간곡한 어조로 호소하기에 나도 덜컥 약속을 하고 말
았네. 결국 그 사람들의 진정성에 감동을 받은 거지. 나는 혼자가 아
니로구나 하고 생각했다네. 그래서 사임이나 임기 단축 문제는 다시
거론하지 않겠다고 약속한 것이네. 일시적인 기분일 수도 있겠지만 어
쨌든 약속은 약속인 만큼 지키려고 노력하는 게 옳겠지. 그렇게 만나
서 가볍게 술도 한잔하고 돌아오는 길에 보니 내가 기분이 아주 좋아
져 있더군. 내가 나 혼자가 아니라는 사실이 기뻤던 것 같네. 자네나
몇몇 친구가 가까이서 나를 보좌하고 있지만, 바로 옆에 있기 때문에
실감은 못 하지. 그런데 떠나갔다고 생각한 친구들이 여전히 나와 함
께하고 있다고 느끼니 외롭다거나 힘겹다거나 하는 생각이 순식간에
사라지더군."

　아무 말도 하지 않은 채, 진익훈은 그냥 받아 적기만 했다. 대통령
이 고마웠고, 그런 대통령에게 용기와 힘을 준 그들이 고마울 따름이
었다. 그때 진익훈의 노트북 자판 위로 작은 물방울 하나가 툭 떨어졌
다. 그는 얼른 양복의 옷소매로 눈물을 훔쳤다. 그러고는 대통령이 눈
치채지 못하도록 고개를 푹 숙인 채 모니터를 응시하며 자판에 두 손

을 올려놓은 자세를 유지했다. 그러나 아무리 기다려도 대통령은 말을 이어가지 않았다. 알 수 없는 침묵이었다. 한참 후에야 진익훈은 조심스럽게 고개를 들었다. 뜻밖에도 대통령은 진익훈의 얼굴을 똑바로 주시하고 있었다. 무언가 할 말이 많은 사람 같아 보였다. 자세히 보니 그렇게 진익훈을 응시하는 대통령의 눈가에도 물기가 고여 있었다. 대통령은 더는 아무 말도 하지 않았다.

이날 첫 회의는 오전 아홉 시에 관저에서 열렸다. 신년 초로 예정된 연임제 개헌 제안을 최종적으로 점검하기 위해 소집된 회의였다. 대통령은 이 자리에서도 사임이나 임기 단축을 거론하지 않았다. 각 정파가 개헌 제안을 진지하게 검토해줄 것을 간곡히 호소하는 내용으로 담화문을 준비하라고 지시하는 정도였다. 이번 기회가 개헌을 할 수 있는 최선의 시점, 즉 이십 년마다 한 번 오는 적기임을 누누이 강조했다. 또한 그동안 모든 정치 지도자가 약속하거나 언급했던 사안인 만큼 정치적으로 해석하지 말아달라는 요청도 덧붙였다.

두 시간에 걸친 회의를 끝낸 후 대통령은 청와대 직원들의 종무식에 직접 참석했다. 밝은 표정이었다. 우울한 분위기를 예상했던 직원들은 대통령의 밝은 안색에 다소 어리둥절해 하기도 했다. 그래도 다들 반기는 모습이었다. 그는 이날 직원들에게 '대인춘풍 지기추상'을 이야기했다. 다른 사람은 봄바람처럼 따뜻하게 대하되, 자기 자신은 가을 서리처럼 엄격하게 대하라는 당부였다. 남은 일 년 청와대 내부만이라도 잡음이나 문제가 더는 생기지 않았으면 하는 소망의 반영이었다. 종무식을 마친 대통령은 다시 관저로 올라가 국무총리, 부총리들과 점심을 함께했다. 총리의 자상한 배려에 대통령은 거듭 고마움을 표했다.

식사를 마친 대통령은 오랜만에 낮잠에 빠져들었다. 상황이 여의치 않다 보니 그동안에는 낮잠조차 사치스러웠었다. 아니, 누워봐도 잠이 오지 않았었다. 그런데 이날은 굳이 청하지 않았음에도 졸음이 자꾸 밀려왔다. 대통령은 잠시 꿈을 꾸었다.

많은 사람이 꿈에 등장했다. 청와대에 들어온 후 새롭게 임용한 참모들, 그리고 오랫동안 곁에서 동지처럼 일했던 젊은 참모들. 그는 그들 모두에게 미안함을 말하고 있었다. 왜 그런지 이유는 알 수 없었다. 그들이 자신을 돕고 있는 것에 대한 미안함 같기도 했다. 그래서 생겨난 고마움 같기도 했다. 모처럼 대통령은 꿈속에서 참모들과 즐거운 시간을 보내고 있었다. 그때 그들이 있는 한가운데로 신문 한 장이 날아들었다. 위로 접힌 반면의 절반이 검은 바탕에 흰 글자였다. 그 큼지막한 활자의 내용은 '또다시 대형 측근 비리'였다. 대통령은 아니라고 소리를 질렀다. 손사래도 쳤다. 그러나 좀처럼 입이 떨어지지 않았다. 왜 말을 할 수 없게 되었는지 이유를 알 수 없었다. 답답한 마음에 손과 발을 마구 움직였다. 헛발질까지 하는 자신을 느낄 수 있었다. 그때였다. 누군가 그를 불렀다.

"대통령님, 왜 그러십니까? 꿈을 꾸셨습니까?"

꿈이었다. 그는 그것이 꿈이라는 사실이 새삼스럽게 고마웠다. 그리

고 다시 한나절이 지난 저녁, 그는 외부 손님과 함께할 만찬을 기다리
며 응접실에서 지난 일 년을 반추하고 있었다.

　마지막 일 년이 어떻게 전개될지는 아무도 알 수 없었다. 그래도 취
임 사 년차였던 지난 한 해가 재임 중 가장 힘겨웠던 해로 기록될 가
능성이 커 보였다. 어쩌면 이십여 년에 달하는 그의 정치 역정 중에서
도 가장 불편하고 고된 한 해로 남을 것이었다. 사사건건 발목을 잡
는 지뢰들이 있었고, 그의 한마디는 언제나 시비의 대상이 되었다. 개
혁은 뜻대로 진전되지 않았다. 진영의 맨 뒤쪽에서 던지는 돌까지 온
몸으로 맞아야 했다. 대화와 타협으로 새로운 민주주의 시대, 나아가
동북아의 평화 공동체를 만들고 싶었지만 역부족이었다. 야당은 그를
'친북'이라 매도했고, 진보정당은 그를 '신자유주의'로 규정했다. 소속
된 여당에서도 그는 '인기 없는 대통령'이었다. 그렇게 몰락해온 한 해
였다. 대통령이 되면서 꾸었던 많은 꿈이 파편처럼 부서져 버린 한 해
이기도 했다. 절망의 나락에서 그는 다시 일어서려 하고 있었다. '이것
이 바닥일 것'이라는 생각이 그를 일으켜 세우고 있었다. 다음 해에는
아무리 못해도 지금보다는 나을 것이라는 낙관이었다. 그렇게 올해처
럼 하루하루 최선을 다하고, 그렇게 하루하루 달력에 곱표를 쳐나가
다 보면 어느덧 임기의 끝이 보일 것이라는 기대가 있었다. 인터폰이
울렸다. 1부속실이었다.
　"손님들 다 오셨습니다."
　대통령이 대식당으로 들어서자 헌법학자들이 기다리고 있었다. 그

는 일일이 악수를 나누었다.

"개헌과 관련해서 좋은 의견을 듣고 싶어서 이렇게 모셨습니다."

식사 도중, 그리고 식사를 마친 후 개헌과 관련한 대화가 오갔다. 잠시 사담을 나누던 중 참석자 가운데 한 사람이 이야기했다.

"검사장 하는 친구와 이야기할 기회가 있어서 솔직히 이야기해보라 했더니 검찰, 검찰총장이 오히려 자유로움을 부담스러워한다고 합니다…. '만일 정권이 야당으로 넘어간다면 이 분위기가 다시 과거로 돌아갈 것 같냐'고 물었더니, 과거로 돌아갈 것으로 본다고 하더군요."

대통령이 웃으면서 대답했다.

"검사장이라서 그렇게 대답했을 것입니다. 만일 옛날로 돌아간다면 이 년만 지나면 사고가 생길 것입니다."

2006년이 그렇게 저물고 있었다.

사저

2009년 5월의 둘째 날. 고향의 산과 들은 더없이 푸르렀다. 절정을 지나온 봄이 초여름을 향해 달리고 있었다. 햇볕이 뜨거워지면서 신선하던 공기에도 열기가 느껴졌다. 부지런한 농부들이 아침 일찍부터 몸을 움직이는 모습이 시야에 들어왔다. 그는 이제 농부가 아니었다. 농부이고자 했지만, 세상은 그에게 기회를 주지 않았다. 그는 사저의 중정에 선 채로 하늘을 올려다보았다. 하늘은 화창했다. 이곳의 우울과 침잠을 헤아려준다면 조금이라도 우중충한 얼굴을 했을 법했다. 야속하게도 하늘은 땅 위의 한 사람을 위해 특별한 배려를 해주지 않았다. 전직 대통령은 기원했다. 그 맑은 하늘처럼 자신을 향한 모든 의혹과 의심이 깨끗하게 밝혀지기를.

김해공항에서 날아오른 비행기가 사저 위를 날고 있었다. 날개 끝에서 불빛이 점멸했다. 정상 비행 중이라는 신호였다. 깜박이는 신호를 보낼 수 있다는 것은 살아 있음을 증명하는 표시였다. 그는 더는 말할 수 없는 처지였다. 살아 있다고 점멸 신호를 내보낼 에너지가 그에게는 남아 있지 않았다. 문득 어디론가 떠나고 싶다는 생각이 들었다. 그러나 그는 떠날 수도 없는 처지였다.

전날 아침, 서울의 대검찰청 중앙수사부에서 조사를 마친 후 전직 대통령은 사저로 돌아왔다. 검찰청을 나와 다시 버스에 오르자 만감이 교차했다. 살아오는 동안 경험하지 못한 큰 상처가 가슴에 아로새겨졌다. 담배를 피우고 싶었지만 참아야 했다. 변호 역할을 하는 참모들이 동승했는데도 버스 안은 조용했다. 잠을 청하려고 눈을 감았지만 잠은 오지 않았다. 고향의 사저에서는 먼 곳에서 돌아오는 전직 대통령을 많은 참모가 기다려주었다. 오랜 비서들도 있었고, 전직 장·차관도 있었다. 고맙기 이를 데 없었다. 자신을 만나 영광을 누리기보다는 모진 세월을 함께 겪어야 했던 사람들이다. 베푼 것은 별로 없는데, 이런 일로 시골까지 내려오게 한 저간의 사정이 미안했다. 서울로 올라갈 때, 그리고 돌아올 때 그들이 힘과 용기를 주었다. 그렇다고 작금의 상황에 큰 변화가 생길 것은 아니었다. 그래도 사람이란 사람과 함께 있을 때 살아 있음을 느끼는 법. 전직 대통령에게는 검찰 수사를 받고 돌아온 시점이 오히려 자신이 살아 있음을 확인하는 순간이 되었다.

2009년에 접어들자 많은 사람이 그의 곁을 떠났다. 떠나는 것은 사실 그 이전부터였다. 권력이 내리막길을 달릴 때부터였다. 대통령이 되었을 때 밀물처럼 밀려들어 왔듯이, 권력을 손에서 놓기 시작할 무렵 사람들은 썰물처럼 빠져나갔다. 한때 손을 잡았던 사람들은 그의 기억에서 대통령을 지웠고, 대통령은 언제부터인가 보이지 않는 그 사람을 기억에서 잊어갔다. 그는 정권 교체기마다 겪어야 하는 일종의 출애굽기라고 생각했다.

가장 먼저 떠난 것은 당이었다. 당시 여당의 핵심들이 그를 멀리하기 시작했다. 장차 영남권에서의 출마를 기대하고 발탁한 사람들도 떠났다. 새로운 정권에 합류한 사람도 있었고, 소리 소문도 없이 사라진 사람도 있었다. 그들과의 인연이 영원할 것이라고는 생각하지 않았다. 그래도 반타작은 될 것으로 생각했다. 현실은 달랐다. 권력을 놓는 순간부터 그 대부분이 전직 대통령과의 인연을 차단하기 시작했다. 영남에서 야당 인재를 키운다는 일의 덧없음을 다시 한 번 절감해야 했다. 그는 욕심을 버렸다. 영남 땅 고향의 한 귀퉁이에서 생활하는 것만으로 하나의 축이 되겠다고 생각했다. 하지만 그것 또한 순박한 생각이었다.

새 정부가 기록물을 가져갔다며 전직 대통령을 압박하기 시작하면서부터 다시 많은 사람이 등을 돌렸다. 어차피 혈혈단신으로 시작한 정치였고, 세력도 없이 도전한 대통령이었다. 그는 아쉬워하지 않았다. 그도 살아갈 방법을 터득해야 했다. 2008년 가을, 형님이 구속되었을 때 그는 사람들에게 자신을 찾아오지 말라고 청했다. 자신은 이제 더는 인사를 받아야 할 대상이 아니라고 생각했다. 눈치 보면서 오는 사람이나, 그런 사람을 웃으며 맞아야 하는 자신이나 모두가 부담이었다. 그렇게 2009년의 아침을 맞았다. 오지 말라고 했지만 그래도 꽤 많은 전직 참모가 새해를 그의 고향 땅에서 맞았다. 그는 그 자리에서 새해 구상을 밝혔다. 고향에 돌아온 후 많은 꿈이 좌절되고 소박한 목표들이 수포로 돌아갔지만, 그래도 마음을 붙이고 의지할 일 하나는 남아 있었다. 글을 쓰는 일이었다. 그는 '글로 일가를 이루겠다'는 포부를 밝혔다. 형님 사건의 후폭풍이 지나면 이제는 정말 차분하게 앉아서 글을 쓸 생각이었다. 글로 세상을 바꾸고 글로 사람의 생각을 바꾸는 것. 그것이 상처 난 대통령의 유일한 활로였다.

글을 쓰기 위해 대통령은 우선 진익훈을 서울에서 불러 내렸다. 퇴임 후 곧바로 데려오고 싶었지만 망설이던 일이었다. 인터넷 시대에 온라인으로 주고받으면 될 일을, 굳이 이곳으로 삶의 터전을 바꾸라고 하기가 부담스러웠다. 무엇보다 글 쓰는 일 이외에도 그가 해야 할 일이 많기 때문이었다. 농사도 지어야 했고 숲도 가꾸어야 했다. 잘사는 농촌 마을 만들기도 관심사였다. 수준 높은 시민들이 토론으로 합의를 도출해나가는 사이트도 만들어야 했다. 글쓰기는 아직 몇 년 후에 해도 충분할 일이었다. 그런데 그 일을 이렇게 빨리 시작하게 될 줄은 전혀 몰랐다.

진익훈은 조건 없이 내려왔다. 지난해 초겨울이었다. 주중에는 사저 인근에 머물다가 주말이면 서울 집에 다녀오는 생활이 계속되었다. 대통령은 집필팀과의 대화로 하루하루를 보냈다. 누구에게 무슨 이야기를 할 것인가? 대목을 구체적으로 구상하고 그것을 글로 표현하는 작업에 몰두했다. 어떤 일이든 그렇게 몰두하는 성격이었다. 바깥세상의 시끄러움으로부터 자신을 피신시킬 수 있는 유일한 방법이기도 했다. 그러나 그렇게 평화로운 시간도 오래갈 수는 없었다. 세상의 칼끝은 서서히 고향 땅으로 돌아온 전직 대통령을 향했다.

　사저 안의 시간은 천천히 흘렀다. 한 달을 넘기는 일도 예전 같지는 않았다. 얼굴 어딘가에 잔주름이 하나 생기고, 가슴팍에 남모를 시름 하나가 늘어나야 비로소 한 달이 가는 듯싶었다. 다시 2월이 되고 며칠이 지나지 않았을 무렵, 전직 대통령 내외는 불현듯 충청도에 있는 윤 회장의 골프장을 찾았다. 오랜 시간 그의 정치를 후원해온 사람이었고 이제는 둘도 없는 벗이 된 인연이었다. 고향의 사저에서 겨울잠을 자듯 침묵의 시간을 보내던 대통령은 그렇게 오랜만에 먼 곳까지 출타를 했다. 예전 같으면 하룻밤이나 이틀 밤을 묵을 생각으로 찾았을 길이었다. 그러나 이날은 특별한 예정도 없이 떠났다.

　"갑갑해서 왔습니다. 바람이나 쐴 요량으로요."

　늦겨울 찬바람이 대통령의 얼굴에 스쳤다. 그런 탓일까, 대통령의 표정은 차갑고 쌀쌀했다. 우수가 깃들어 보이기도 했다. 윤 회장은 대통령의 그런 표정에 익숙하지 않았다. 자주 보던 얼굴이 아니었다. 알 듯 말 듯 한 그 표정에서 쓸쓸함이 짙게 묻어났다.

　"잘 오셨습니다. 아예 며칠 좀 쉬다가 가세요. 원래 고향 집은 며칠 비워도 괜찮은 법이니까요."

　아프고 답답한 대통령의 시간을 살 수만 있다면 사고 싶은 것이 윤 회장의 심정이었다. 그는 활발하고 생기 넘치던 옛날의 대통령을 보고 싶었다.

　"저희 부부와 운동이나 한번 하시지요. 준비시키겠습니다."

대통령은 고개를 절레절레 흔들었다. 그렇게 하기 싫다는 의미가 아니라 그렇게 할 수 없다는 뜻으로 보였다.

"윤 회장이 지난번 여름 휴가 때 이야기했던 골프장 인근 집터를 한번 구경했으면 해서요."

뜻밖의 이야기였다. 윤 회장은 순간적으로 뜨거워지는 눈시울을 감추지 못했다. 대통령의 말은 결국 고향 사저의 힘겨운 생활에 대한 토로이기 때문이었다. 스스로 명분이 없다고 판단하는 일은 결코 거들떠보지 않는 것이 대통령의 캐릭터였다. 그가 힘겨움의 한가운데에 서 있음을 윤 회장은 비로소 깨달을 수 있었다. 참모나 비서들 앞에서는 여전히 의연한 모습을 보일 터였지만 그 속은 이미 숯덩이처럼 검게 타들었을 것이다. 대통령과 알고 지낸 이래 윤 회장은 비슷한 상황을 몇 차례 겪어보았다. 대통령 선거가 한창이던 중 예전의 생수사업 문제가 불거졌을 때가 그랬다. 재임 중 불법 대선자금 수사로 어려움에 처했을 때도 그랬다. 또 임기 후반으로 접어들어 인사 문제를 놓고 여당의 집중적인 공격을 받을 때도 비슷했다. 그래도 그때는 퇴로가 있는 힘겨움이었다. 대통령 후보 자리에서 물러나거나 싸움의 전선에서 물러나면 사라질 힘겨움이었다. 그러나 지금은 달랐다. 지금의 그에게는 퇴로가 없었다.

"네, 한번 가보시지요. 잘 생각하셨습니다."

두 쌍의 내외는 두 대의 승용차에 나눠 타고 골프장 인근의 집터를 둘러보았다. 골프장 입구 옆 골짜기를 따라 2킬로미터 정도 깊숙이 들어간 곳에 아늑한 터가 있었다. 그곳에 오래전에 지어진 집이 한 채 있었는데 그 자체로도 쓸 만했다. 적절히 뜯어고치면 거주공간으로 사용하기에 충분할 듯싶었다. 윤 회장은 아예 집을 허물고 새롭게 지을 생각도 했다. 대통령 내외는 이곳저곳을 찬찬히 살폈다. 둘 다 마음에 들어 하는 모습이었다. 이곳에 공간이 있으면 서울 나들이가 더 편해져서 손주들도 더 자주 만날 수 있을 것이었다.

저녁식사를 마치자 여덟 시가 가까웠다. 윤 회장은 일찌감치 클럽하우스의 침실을 정돈해두라고 직원들에게 지시해놓았다.

"이제 클럽하우스로 올라가서 쉬시지요."

"아닙니다. 오늘 내려가야지요."

"아니, 왜? 무슨 급한 일이라도…?"

윤 회장은 거듭 하룻밤 묵기를 청했고 대통령은 머뭇거리다가 입을 열었다.

"아닙니다. 그저 다른 곳에서 자기는 마음이 편치 않습니다."

서둘러 고향을 향해 떠나는 뒷모습을 지켜보는 윤 회장의 눈에 다시 이슬이 맺혔다.

모진 세월이었다. 그 만남이 있고 나서 일주일 후 윤 회장의 골프장에 검사와 수사관들이 들이닥쳤다. 압수수색과 수사가 다방면으로 이루어졌다. 대통령의 후원자라는 것 말고는 달리 이유를 찾을 수 없었다. 대통령의 후원자이기 때문에 감수해야 하는 고통이었다. 대통령은 입을 닫았다. 하고 싶은 말은 많았지만 할 수 있는 말은 없었다. 그래도 그때까지 대통령의 주변에서 벌어진 일들은 적어도 사익을 추구하다 생긴 불상사이거나 불미스러운 일이었다. 그러나 이번에는 달랐다. 이런 일이 또 언제, 어디서, 어떻게 벌어질지 짐작할 수 없었다. 그래도 윤 회장은 상식을 기대했다. 세상의 많은 사람이 자신처럼, 또는 자신과 비슷한 수준의 상식으로 일을 처리할 것이라는 기대였다. 허망한 기대였다. 압수수색이 이루어진 지 두 달 만에 윤 회장은 결국 감옥에 갇히는 신세가 되고 말았다.

나날이 대통령의 웃음이 헛헛해졌다. 말수도 부쩍 줄어들었다. 가끔은 우울한 이야기로 분위기를 가라앉히는 경우도 있었다. 전에 없던 일이었다.

희망 섞인 이야기도 없지는 않았다. 그것은 대통령의 이야기라기보다 사저 안의 분위기였다.

"입춘 때 어떤 사람이 그러던데, 올봄부터 운이 풀릴 거라고 합니다."

"식당 유리에 우담발라 꽃이 피었어요. 무언가 좋은 일이 생길 징조입니다."

기대와 달리 상황은 오히려 급전직하했다. 그는 말했다.

"아무래도 운명의 여신은 우리 편이 아닌 것 같습니다."

준비된 시나리오가 있다는 듯 모든 일은 일사천리로 진행되었다. 급기야 대통령과 가까운 친구도 구속되었다. TV를 켜면 언제나 전직 대통령과 관련된 뉴스에 시간의 절반이 할애되었다. 신문은 더했다. 그와 관련된 기사가 일 면 머리를 장식하지 않는 날이 없을 정도였다. 그는 비리의 몸통이 되어 있었고, 만인의 손가락이 그를 향해 있었다.

누구의 말처럼 4월은 잔인한 달이었다. 그는 자신이 이제까지 살아오면서 세상 누구에게 이렇게 잔인했던 적이 있었는지를 되돌아보았다. 아무리 생각해도 그런 기억은 없었다. 생각의 끝에서 오래전 자신이 했던 말이 떠올랐다. 대통령으로 당선되었을 무렵, 그가 차 안에서 수행비서에게 했던 말이다.

"임진혁 시대에는 진정한 임진혁 시대가 안 올지도 몰라."

이제 그 말이 부메랑이 되어 돌아와 그의 가슴을 치고 있었다. 그렇듯 아무리 어렵고 힘들어도 지켜내야 할 마지노선이 있었다. 자신의 허물 때문에 민주진보진영이 무너지는 일만큼은 끝까지 막아내야 했다. 그 점이 걱정스러웠다. 그는 자신의 이름을 기꺼이 버리기로 했다. 그것은 사람들이 지지하고 환호하던 임진혁과 지금 이처럼 초라해진 임진혁을 분리해내는 일이었다. 이제 그는 사람들이 지지하던 그 임진혁이 더는 아니었다. 그는 홈페이지에 글을 올렸다.

"이제 저를 버리셔야 합니다."

계속해서 싸운다는 것이 무의미하다는 판단도 들었다. 싸울 힘도 없었다. 예나 지금이나 싸운다는 것은 세력이 있어야 가능한 일이었다. 적어도 대한민국 땅에서는 그랬다. 지금의 그에게는 남아 있는 세력이 없었다. 그나마 남아 있던 사람들도 이번 일로 자신을 떠날 것이었고, 또 혹여 오겠다는 사람들이 있다면 오지 말라고 해야 할 처지였다. 그에게 남아 있는 사람은 이제 가족뿐이었다. 그리고 사저에서 자신을 보좌하는 비서들, 거기에 집필 작업을 위해 서울에서 내려와 있는 참모 몇몇이 전부였다. 이들과 함께 엄청난 세력에 맞서 싸운다는 것은 불가능했다. 젊은 초선 의원 시절이라면, 아니 최소한 십 년 전이었다면 그래도 가능한 일이었을지 모른다. 그러나 지금의 그는 큰 상처를 입은 장수였다. 큰 칼도 없었지만 칼을 휘두를 힘조차 남아 있지 않았다. 격렬한 저항조차 구차해 보일 수 있는 상황이었다.

전직 대통령 임진혁은 모처럼 긴 잠에 빠져들었다. 부담스러웠던 검찰 수사를 받고 나니 피로가 몰려왔다. 어제까지만 해도 피로감을 느낄 겨를이 없었다. 몰려왔던 지인들이 떠나자 몸과 마음이 갑자기 노곤해졌다. 지난해 어느 시점부터 잘 이루지 못했던 잠들이 갑자기 밀려온 느낌이었다. 어디에선가 자신을 향해 시퍼런 칼날을 들이대고 있다는 생각이 들던 때부터 쉽게 오지 않던 잠이었다. 특유의 낙천적 성격도 불면까지는 치료하지 못했다. 상황이 나빠질수록 불면의 시간도 늘어갔다. 잠을 자도 잔 것이 아니었다. 잠은 꿈으로 채워졌고, 꿈은 모두 허황된 것이었다. 허황된 꿈들은 잠에서 깨어나도 눈앞의 현실처럼 생생했다. 그렇게 겨울을 보내고 봄을 맞았다. 불면은 당연히 건강을 해쳤다. 몸의 구석구석이 아파지기 시작했다. 봄이라는 변화에 적응하지 못한 신체가 부조화와 부작용을 보였다. 몸의 통증인지 정신의 통증인지 분간하기도 쉽지 않았다. 불면과 통증은 4월이 되자 정점으로 치달았다. 그는 낮에도 항상 담배를 입에 물었고, 잠 못 드는 밤이면 서재에 나와 다시 담배를 물었다.

깊은 잠에서 깨어나 보니 날이 막 저물고 있었다. 여섯 시간 이상의

긴 잠이었다. 그는 중정에 나가 다시 봉화산을 응시했다. 노을이 반사된 탓인지 사자바위에 붉은 기운이 감돌고 있었다. 부엉이바위는 이미 어둠 속에 깊이 잠겨 있었다. 어린 시절 부엉이바위에 올라 가난한 마을을 내려다볼 때면 까닭 모를 우울함이 온몸을 휘감곤 했다. 그러나 사자바위에 오르면 밝은 세상이 보였다. 더 넓은 세상으로 나가는 기차와 사람들이 보였다. 그곳에서 그는 희망을 키웠고, 성공을 꿈꾸었다.

잠에서 깨어난 전직 대통령 임진혁은 정신을 가다듬었다. 그에게는 해야 할 일이 여전히 많았다. 여기까지 오게 된 자신의 삶부터 정리해두어야 했다. 자신의 기록에 공백을 남겨둘 수는 없었다. 우선 뼈대라도 만드는 일을 서둘러 시작해야 했다. 서재로 나온 그는 인터폰으로 담배를 찾았다. 담배를 갖고 온 비서관에게 물었다.

"요즘 왜 진익훈은 안 내려오지?"

"네, 진 선배도 여러 가지 사건이 있어서 그게 정리되어야 올 수 있을 듯합니다."

비서관의 대답을 듣고 대통령이 말했다.

"이제 검찰 수사도 끝났고, 특별히 더 진행될 일이 있겠는가? 그동안 중단했던 집필팀 운영을 다시 했으면 좋겠는데…."

비서관은 전직 대통령의 얼굴에서 새로운 의지를 읽었다. 그는 곧바로 진익훈과 집필팀에게 전화를 걸었다. 목소리는 더없이 밝았다.

"대통령님께서 다시 일하자고 하십니다."

집필

KTX811편이 동대구역에 도착했다. 진익훈은 빠른 걸음으로 열차에서 내렸다. 에스컬레이터를 성큼성큼 걸어 올라온 그는 화장실부터 들른 다음, 제일 가까운 카페에서 따뜻한 아메리카노 한 잔을 주문했다. 동대구역은 언제나 사람들로 붐볐다. 매표소는 매표소대로, 상가는 상가대로 사람들이 북적였다. 커피를 들고 진익훈은 다시 플랫폼으로 내려갔다. 목적지로 가려면 무궁화호 열차로 갈아타야 했다.

한 시간 거리였다. 그 구간을 달리며 따뜻한 커피를 맛보는 게 진익훈의 유일한 낙이었다. 정말 그랬다. 이 시대의 이 세상을 살아가는 낙은 그것 말고는 아무것도 없었다. 앞으로 또 어떤 일이 닥칠지 몰랐다. 불편한 봄이었고 불안한 나날이었다. 기차는 경산, 청도, 밀양을 지났다. 누군가가 초봄이면 철로 변 비탈에 복사꽃이 흐드러지게 피어나 장관을 이룬다며, 놓치지 말고 꼭 볼 것을 권했다. 무척 더디게 가는 봄이었다. 하지만 복사꽃이 활짝 피던 4월에, 그는 이 기차를 탈 수 없었다.

5월 중순이었다. 계절은 이제 늦봄으로 접어들고 있었다. 그래도 이 날만큼은 그동안의 마음고생을 떨쳐내고 조금은 홀가분한 마음으로 복사꽃 진 풍광이라도 감상하겠다는 것이 진익훈의 마음이었다. 대구시 구간을 벗어나자 차츰 복숭아밭이 보이기 시작했다. 복사꽃은 이미 떨어지고 없었다. 그래도 그의 눈에는 잘 단장된 과수원 구석구석에서 연분홍빛 복사꽃이 수줍게 얼굴을 내밀고 있는 것처럼 보였다. 기차가 경산을 지나고 청도에 가까워지자 보이지 않는 복사꽃의 향연은 더욱 화려해졌다. 차창 밖은 말 그대로 복사꽃 물결이었다. 그는 그 물결 속으로 빠져들었다. 이미 온기는 사라졌지만 컵에 담긴 아메리카노의 향이 그의 코끝을 자극했다. 진익훈은 취한 듯 차창에 기대었다. 그는 마음속으로 기도했다.

"이대로, 여기서, 시간이 멈추게 해주십시오."

간절히 기도했음에도 시간은 멈추지 않았다. 정확한 간격을 두고 반복되는 기차의 덜컹거리는 소리가 그 증거였다. 시계의 초침처럼, 기차는 현실이라는 시간의 한가운데를 달리고 있었다. 눈을 감은 채 진익훈은 더 큰 소망을 위해 기도했다. 잠시 후 이 감은 눈을 다시 뜰 때면, 정확히 사 년 후의 세계에 있게 되었으면 하는 소망이었다. 왜 꼭 사 년이어야 하는가, 특별한 이유는 없었다. 어쩌면 그 무렵이면, 우리를 향한 이 광풍과도 같은 저주와 비난이 가라앉아 있을지도 모를 일이었다. 어쩌면 그 무렵이면, 우리를 향한 이 두렵고 무서운 사람들의 손가락질과 냉소가 사라져 있을지도 모를 일이었다. 그런 세상으로 직접 갈 수만 있다면, 더없이 소중한 이 사 년의 인생도 기꺼이 건너뛸

수 있을 듯싶었다. 어이없고 턱없는 기대였지만 어쩌면 그런 기적이 있을지도 모르는 일이었다. 그 기적을 붙잡고 싶었다.

진익훈은 눈을 감은 채 복사꽃 천국의 잔상 속에서 차분히 숫자를 세기 시작했다. 하나, 둘, 셋… 마침내 숫자가 아흔아홉을 지나 백에 도달하는 순간, 진익훈은 조심스럽게 눈을 떴다. 시선이 곧바로 창밖을 향했다. 복사꽃 떨어진 풍광이 이어지고 있었다. 다시 객차 안으로 시선을 돌렸다. 그는 무궁화호 1911편 2호차의 45번 좌석에 앉아 있었다. 하나도 달라진 것 없이 엄연한 현실이었다. 허튼 기도와 소망을 붙잡고 있는 스스로가 가여워 진익훈은 고개를 떨어뜨렸다. 눈물이 와락 쏟아졌다. 기억의 저편에서 언젠가 이 기차를 타고 이 길을 지나던 무렵, 이렇게 울었던 기억이 어슴푸레 떠올랐다. 이십팔 년 전의 일이었다.

그는 갓 스물을 넘긴 청년이었다. 파란색 수의에 초록색 요시찰 수번을 단 기결수는 수갑을 차고 포승줄에 묶인 채 이감길에 올랐다. 목적지는 순천교도소였다. 동행이 있었다. 친구의 애인을 죽인 죄로 십오 년 형을 선고받아 이감되는 장기수였다. 진익훈과 동갑이었다. 두 명의 교도관이 옆에 앉아 일거수일투족을 감시했다.

1월 중순, 한겨울이었다. 비둘기호 객차에는 생각보다 사람이 적은 편이었다. 대구를 지나 경산과 청도, 밀양과 삼랑진을 거쳐 진주와 순천까지 가는 기차였다. 복도를 따라 다른 객차로 이동하는 사람들이 파란색 수의 차림의 진익훈과 장기수를 목격할 때마다 흠칫 놀라는 표정이었다. '나는 학생입니다'라고 말해주고 싶었지만 차마 그럴 수 없었다. 마주 앉아 있는 장기수의 입장을 생각해서라도 올바른 처신이 아니었다. 형이 확정되자마자 삭발을 한 탓에 장기수의 모습에는 험악함과 초라함이 교차하고 있었다. 잔여 형기가 석 달 미만인 진익훈은 운 좋게도 대학생의 장발을 그대로 유지할 수 있었다. 두 기결수의 대조적인 모습이었다.

두 교도관이 점심용으로 갖고 온 건빵을 나눠주었다. 종일을 달리는 완행열차였지만, 진익훈에게 그날은 인생에서 가장 짧게 느껴진 하루였다. 그렇게 보고 싶던 바깥세상이었고 사람들이었다. 형형색색의 옷으로 멋을 부린 사람들이 그저 신기하게 보일 뿐이었다. 멀리 MT를 떠나는 것으로 보이는 여대생들의 모습은 차마 시선을 돌릴 수 없을 만큼 어여뻤다. 한 사람의 모습이라도 더 눈에 담아두어야 남은 두어 달의 징역을 버틸 기억이 만들어질 것이었다. 진익훈은 부지런히 이곳저곳을 살피며 사람들을 구경했다. 그러나 한낮의 완행열차는 역에 정차할 때마다 타는 손님보다 내리는 손님이 더 많았다. 대전역을 지나자 객차 안의 사람은 절반으로 줄었다. 대구역을 지날 무렵에는 그마저도 한두 명으로 줄었다. 차창 밖으로 시선을 돌렸지만 한겨울의 풍경에는 이렇다 할 볼거리가 없었다. 따분해진 진익훈은 장기수에게 말을 걸었다.

"어떡하다가 그런 일을…"

장기수는 머뭇거리는 기색 없이 자신의 사건을 이야기했다. '우발적'이라는 표현을 몇 차례나 되풀이했다. 설명은 충분하지 않았고 이해는 쉽지 않았다. 친구의 애인이라 했지만 희생자에 대한 특별한 감정 같은 것도 엿보였다. 어쩌면 사랑과 집착일지 모른다고 진익훈은 생각했다. 구치소에서는 자신의 사건을 이야기하는 사람이나 듣는 사람이나 대체로 무심한 편이었다. 사람을 강간하거나 죽인 경험들이 하루에도 몇 차례 이야기되었지만 거기에는 아무런 느낌도 감정도 담겨 있지 않은 경우가 많았다.

집회 및 시위에 관한 법률 위반. 진익훈의 죄명이었다. 팔 개월로 비교적 짧은 징역형이었다. 서대문구치소 12사 상 7방에서 형기의 삼 분의 이를 이미 복역한 셈이었다. 판사는 미결통산도 거의 인정해주었다. 결국 남은 복역 기간은 이 개월 반이었다. 그냥 서대문구치소에서 출소할 수 있도록 배려해줄 법도 했다. 그러면 기결수라 면회가 한 달에 한 번으로 제한되는 것만 달라질 뿐, 모든 생활은 그대로일 것이었다. 그런데 형이 확정되자마자 이틀 만에 이감 명령이 내려졌다. 가더라도 가까운 의정부나 안양, 조금 멀다면 청주쯤으로 생각했는데 완전한 착각이었다. 저 멀리 전라남도 순천의 교도소였다.

장기수와는 더 이어나갈 대화가 없었다. 하는 수 없이 진익훈은 사물보따리를 뒤져 챙겨 온 책을 꺼내었다. 황석영의 《장길산》 5권이었다. 한 달 전 희연이 넣어준 책이었다. 빠른 전개와 해학이 무료함을 달래는 데 최고였다. 그로서는 박경리의 《토지》에 비해 잡념도 덜 생기고 몰입도도 높았다. 가진 게 시간뿐인 감옥에서는 대하소설이 특별한 대접을 받았다.

기차가 막 청도역을 지날 무렵이었다. 진익훈은 책 속에서 특별한 표시를 발견했다. 101쪽부터 홀수 면마다 좌우와 위아래 여백에 작은 구멍들이 촘촘하고 빼곡하게 뚫려 있는 것이었다. 무언가 뾰족한 바늘 같은 것으로 종이를 살짝 뚫은 자국들이었다. 짝수 면에도 계속 똑같은 자국들이 있긴 했는데, 그것은 홀수 면에 구멍을 뚫다 보니 자연스레 생긴 흔적이었다. 문제는 홀수 면의 자국들이었다. 바늘 자국들이 만드는 선을 따라 익훈의 시선이 움직이기 시작했다. 잠시 후 익훈의 혀가 아주 작고 낮은 톤으로 두 개의 음절을 발음했다.

'익, 훈.'

음절이 낱말을 이루었다. 그 낱말이 모여 문장이 되고 있었다. 문장은 다시 페이지를 거듭하면서 하나의 편지로 완성되고 있었다. 희연의 편지였다. 직계가족이 아니라 면회도 할 수 없는 처지에서, 익훈의 어머니를 통해 전할 수 없었던 이야기를 희연이 적어놓은 것이다.

익훈아, 힘들지?

그래도 건강해야 돼.

언제나 함께 있고 싶었는데.

이제는 나도 못 버틸 것 같아.

미안해. 힘이 되지 못해서.

더 이상 기다리지 않을게.

사랑해. 너무 보고 싶었어.

순간 익훈이 고개를 떨어뜨리며 얼굴을 책 속에 파묻었다. 수갑이 채워진 두 손이 더는 움켜쥘 수 없었는지 책은 이내 바닥으로 떨어지고 말았다. 그는 두 손으로 얼굴을 감싼 채 눈물을 쏟았다. 포승에 묶인 몸이 가늘게 떨렸다. 기차가 밀양역에 접근하고 있었다.

무궁화호 1911편이 밀양역에 도착했다. 진익훈은 상념에서 현실로 돌아왔다. 대통령의 고향을 방문하는 사람들은 KTX편으로 밀양역까지 온 후 이곳에서 무궁화호로 환승하는 경우가 많았다. 지난해 말까지는 그랬다. 새해가 된 이후로는 그런 사람들의 숫자가 부쩍 줄었다. 어쩔 수 없는 상황의 반영이었다. 진익훈은 혹시라도 아는 사람을 만날 수도 있다는 생각에 고개를 숙였다. 미안함 때문이었다. 지근거리에서 수족처럼 일한 측근임에도 대통령이 처해 있는 힘겨운 상황을 함께하지 못하고, 혼자 멀리 떨어져 있다는 사실에 대한 미안함이었다. 어려울수록 힘을 보태야 하는데, 오히려 자꾸만 멀어지려 하는 자신의 속마음에 대한 부끄러움이기도 했다.

지난해 12월 초, 진익훈은 보따리를 싸서 대통령의 사저로 내려왔다. 주말엔 자신의 집으로, 주초에는 대통령의 사저로 향하는 생활이 시작되었다. 대통령의 청이 있었다. 글을 쓰기로 마음을 먹은 대통령에게는 그가 필요했다. 또 다른 비서관 출신 필사도 진익훈과 함께 내려왔다. 2008년 봄 미국산 쇠고기 수입 협상의 타결을 계기로 시작된 촛불시위가 정국을 강타한 뒤, 지난 정부에 대한 검찰 수사가 시작되었다. 수사는 그 대상이 전방위에 걸쳐 있었다. 언제 끝날지 도저히 가늠할 수 없는 수사였다. 부패를 척결한다는 명분을 내건 만큼 정치적 의도가 있는 수사라고 항변하기도 어려웠다. 새 정부의 민정수석인 김인수는 검찰이 본연의 임무를 다하는 것일 뿐, 청와대와 무관한 일이라고 거듭 선을 그었다. 고강도 수사가 계속되면서 지난 정부에서 핵심적 역할을 했던 관계자들은 나날이 피폐해지는 일상을 조용히 감내해야 했다. 진익훈도 예외가 아니었다. 청와대 대변인으로 두 차례 격무를 감당했던 후유증인지 그에게는 우울증까지 겹쳐 있었다. 어디로 튈지 알 수 없는 검찰 수사에 대한 불안감도 떨쳐지지 않았다. 마음만 먹으면 죄인을 만들어낼 수도 있다는 분위기였다. 이십팔 년 전, 독재 정권에 의해 구속되고 징역형을 살아야 했던 그 시절과 다를 것이 없어 보였다. 더욱 큰 문제는 해가 바뀌는 시점에도 검찰의 기세가 수그러들 기미가 없다는 데 있었다. 그렇게 미래를 알 수 없는 불안한 상황이었지만 사저에 내려온 집필팀은 최선을 다해 대통령의 글쓰기를 보좌했다. 이런저런 이유로 대통령의 말이 제대로 귀에 들어오지 않는 날이 많았다. 그래도 가까운 거리에서 대통령과 호흡을 맞춰온 이십 년 세월이 있었다. 덕분에 진익훈은 최소한의 할 일은 할 수 있었다. 스스로도 기본은 해야 한다고 다짐하고 또 다짐하는 나날이었다.

2009년 1월. 집필팀 회의를 하던 어느 날 오전의 일이었다. 나날이 심각해지는 우울증 때문에 극도의 무력감을 보이던 진익훈은 순간적으로 자신의 병세를 대통령 앞에서 토로하고 말았다. 자신의 분위기를 대통령이 이상하게 여길 수도 있다는 걱정이 앞선 탓이었다.

"대통령님, 사실은 제가 지금 깊은 우울증에 걸려 있습니다. 제가 조금 넋이 나가거나 가끔 답답하게 보여도 이해해주셨으면 합니다."

대통령이 깜짝 놀라는 표정을 짓더니 금세 얼굴이 굳었다. 그러고는 곧바로 되물었다.

"나 때문에 그런 거지? 내가 이렇게 힘들게 만들어서 그렇구나."

뜻밖의 반응이었다. 대통령이 그런 사람이라는 걸 잘 알면서도 잠시 잊고 있었던 것이다. 진익훈은 자신의 가벼운 처신을 오래도록 후회해야 했다.

글을 쓰기 시작한 대통령은 여러 가지 악조건 속에서도 의연함을 유지했다. 강한 정신력이었다. 진익훈이 생각해도 대통령은 나약한 자신과는 완전히 상반된 캐릭터의 소유자였다. 어려울수록 힘을 내는 사람이었다. 대통령에게는 언제나 상황을 돌파하려는 의지가 충만해 있었다. 그렇게 글쓰기에 몰두하는 동안 대통령의 사저에도 봄이 깃들었다.

잔인한 봄이었다. 설마 했던 일들이 하나하나 사실로 변했다. 상황은 예상보다 심각했다. 4월, 대통령이 주재하던 집필팀 회의가 중단되었다. 윤 회장이 구속되고 대통령의 측근들이 검찰에 소환되었다. 아는 사람들의 이름이 연일 신문에 오르내렸다. 사실을 하나둘 알게 된 대통령의 낯빛은 날이 갈수록 어두워졌다. 진익훈도 이제는 대통령의 사저에 내려갈 수 없는 처지가 되고 말았다. 내려갈 수는 있었지만, 그것이 누구에게도 아무런 도움이 되지 못한다는 판단이었다. 안타까운 상황에서도 사저와 사저 근처에서 몇몇 비서가 의연하게 대통령을 지키고 있었다. 그들에게 고마울 따름이었다. 진익훈은 그들에게 대통령의 근황을 전해 들으면서 그곳에 가지 못하는 자신을 책망했다. 당당하지 못한 자신이 한없이 부끄러웠다. 대통령이 자신에게 베풀어준 사랑을 생각한다면 결코 있을 수 없는 일이었다.

봄이 정점을 향해 치달을 무렵이었다. 확인되지 않은 보도들이 춤을 추었다. 진익훈은 2006년 가을과 겨울을 생각했다. 재임 중 대통령이 가장 힘들어하던 시기였다. 사임을 생각하고 임기 단축을 고려하던 때였다. 대통령을 그만두려는 힘과 대통령 자리에서 밀어내려는 힘이 상충하던 시절이었다. 반전의 반전 끝에 대통령은 남은 임기 일 년을 마칠 수 있었다. 그때처럼 일련의 프로그램이 작동하고 있을지도 모를 일이었다.

미완으로 끝난 당시의 음모는 현재진행형일 가능성이 컸다. 진익훈은 문득 자신의 머릿속에서 아직도 풀리지 않은 채 남아 있는 퍼즐을 떠올렸다. 이지원 시스템에서 눈 깜짝할 사이에 결재된 문건, 그래서 추악한 범죄의 주역이었지만 살아남아 검찰의 항명 과정에서 결국 총장에 오른 사람 이치훈, 쇠고기 촛불시위 이후 검찰 주도로 시작된 지난 정부에 대한 전방위 수사… 최근 거기에 퍼즐 조각 하나가 추가되었다. 대통령이 검찰 수사를 받은 직후인 5월 초, 어느 시사주간지의 기사였다.

임진혁 전 대통령에 대한 수사는 작년 가을 임명된 현 김태성 검찰총장의 작품이라기보다는 전임 이치훈 총장의 작품이라는 설이 파다하다. 잘 알려져 있듯이 이 총장은 김인수 민정수석의 같은 과 삼 년 선배이다. 지난 정부에서 총장에 임명되었지만 성향이나 인맥은 지금의 여권과 더 가깝다. 항간에는 당시부터 김 수석이 자기 사람으로 철저하게 뒤를 봐주고 있었다는 소문도 있다. 실제로 임 전 대통령에 대한 수사의 단서나 물증들은 이 총장 시절에 이미 철저히 확보되어 있었다고 한다. 수사 개시 시점을 저울질하던 중 이 전 총장의 임기가 만료되었고, 현 김태성 총장이 배턴을 이어받게 되었다는 것이다. 한편 김태성 현 검찰총장이 이 전 총장의 절친한 고향 후배라는 점도 눈여겨볼 만한 대목이다.

기사는 진익훈에게 미완의 퍼즐을 완성하라고 재촉하고 있었다. 그는 며칠간 방에만 틀어박힌 채 퍼즐을 맞추는 데 몰두했다. 그러던 중 사저의 대통령이 그를 찾았다. 다시 글을 쓰자는 것이었다.

무궁화호 1911편의 차창 멀리 대통령 사저의 뒷산이 보였다. 정상의 사자바위가 선명하게 시야에 잡혔다. 진익훈은 문득 김인수의 이글거리는 눈빛을 떠올렸다. 동시에 오래전 그가 진익훈에게 퍼부었던 이야기도 귓속으로 파고들었다.

"내가 살아 있는 한, 너에게 반드시 복수하고 말 것이다."

김인수는 진익훈의 눈앞에 불끈 쥔 주먹을 들이대며 말했다.

"지구 끝까지 쫓아가서라도 너를 파멸시키고 말 거다. 이제 나는 그걸 위해 사는 사람이다."

잊고 살았던 것은 아니었다. 잊고 싶지도 않았다. 굳이 생각하지 않는 게 편하다는 생각으로 살았을 뿐이다. 그러나 무언가 풀리지 않는 미스터리나 퍼즐을 마주할 때면 김인수의 눈빛이 떠오르곤 했다. 임진혁 정부를 공격할 때의 표독함, 그 이상의 표독함이 깃든 눈빛이었다.

"전직 대통령에 대한 사법처리 문제는 검찰이 알아서 판단할 문제입니다."

이틀 전 청와대 민정수석 김인수는 방송국 카메라 앞에서 이렇게 말했다. 표독함을 얼굴 뒤로 감춘 온화한 모습이었다. 그날 김인수의 뒤편으로는 비서로 보이는 젊은 남자 한 명이 서 있었다. 낯익은 얼굴이었다. 어디선가 분명히 본 적이 있는 얼굴이었다. 그러나 그것이 어디였는지는 전혀 기억이 나지 않았다. 이틀 동안 그 얼굴의 신원을 확인하기 위해 인터넷을 검색하고 김인수에 관한 기억을 모두 떠올려보았지만 헛수고였다.

잠시 후 무궁화호가 목적지에 도착했다. 사저에서 소형버스가 마중을 나왔다. 사저를 출입하려면 이 방법밖에 없다고 했다. 걸어서 출입하면 다음 날 신문에 사진이 대문짝만하게 나온다는 것이었다. 관련하여 추측 기사도 난무한다는 것이었다. 그것이 전부는 아니었다. 잠시 후 사저에 도착한 소형버스가 정문을 통과하는 순간, 진익훈과 일행은 탑승객이 없는 것처럼 좌석 아래쪽으로 몸을 깊이 숙여야 했다. 진익훈은 눈을 질끈 감았다. 방송국 카메라를 보며 말하고 있는 김인수의 온화한 모습이 굳게 감긴 눈꺼풀 안에 정지된 모습으로 아로새겨져 있었다. 그때였다. 김인수의 뒤편에 서 있는 비서의 모습이 클로즈업되면서 그를 만났던 순간이 영화의 한 장면처럼 되살아났다. 삼 년 하고도 두 달 전인 2006년 3월 장대비가 퍼붓던 날, 청와대 여민2관의 전산실이었다.

국정감사

"김일권 증인, 1987년 12월 12일은 대통령 선거를 나흘 앞둔 날입니다. 이날 무슨 일을 하셨는지 혹시 기억하십니까?"

세상이 바뀌었다. 1987년 대통령 선거는 후보 단일화에 실패한 야권의 패배였다. 그러나 이듬해 치러진 총선거에서는 야당이 과반수를 넘겼다. 그 힘을 바탕으로 야 3당은 정국의 주도권을 잡아 1988년 9월에는 정기국회가 열리자마자 청문회 정국을 열었다. 한쪽에서는 연일 '5공화국의 비리'와 '광주민주화운동'에 관한 청문회가 진행되었다. 각 상임위원회도 십팔 년 만에 부활한 국정감사를 진행하면서 군사정부 하에서 은폐된 진실을 밝히는 한편, 오랜 적폐와 비리를 추궁했다. 법제사법위원회에서도 상황은 다르지 않았다. 제2야당의 임진혁 의원이 주 공격수였다. 진익훈은 두 달 전부터 임 의원의 5급 비서관으로 일하고 있었다.

지난봄 익훈은 학생운동권 출신의 여자와 결혼했다. 인수와 희연이 결혼한 지 일 년 만의 일이었다. 곧이은 아내의 임신 소식에 익훈은 직장을 찾기 시작했다. 언제까지 룸펜으로 지낼 수는 없었다. 국회의원 비서직이 유일하게 취직이 가능한 직종이었다. 이력서를 냈는데, 운이 좋았다. 번역을 하면서 훈련해온 글쓰기 실력을 인정받은 것이었다. 그는 초선 의원임에도 큰 활약상을 보이며 무섭게 성장하고 있는 임진혁 의원의 비서관이 되었다. 그러고는 곧바로 국정감사를 준비했다. 익훈은 이십여 일 동안 의원회관에서 날밤을 새우며 국정감사를 보좌했다. 감사 일정이 마무리될 즈음이었다. 대검찰청에 대한 감사가 있었다. 이날은 5공화국에서 열 배 이상 외형이 성장해 권력의 특혜를 받았다는 의혹이 제기된 지평그룹 김일권 회장이 증인으로 채택되어 의원들의 신문이 이루어졌다. 항간에서는 지평 김 회장이 수년 동안 은밀하게 조성해온 거액의 비자금을 대통령 선거일 며칠을 앞두고 여권에 전달했다는 의혹이 제기되고 있었다. 시민단체가 이를 고발했고 검찰이 수사를 벌였지만 '증거 불충분'으로 종결 처리되고 말았다. 검찰의 수사가 미진했다고 판단한 임진혁 의원이 김 회장을 국정감사장으로 불러냈다. 김 회장은 그룹의 직원들은 물론 자신의 인맥을 총동원하여 임진혁 의원에게 유형·무형의 압력을 가해왔다. 증인 채택을 취소해주기만 하면 앞으로 치를 선거 때마다 자금을 제공하는 것은 물론, 자신의 직원들을 선거운동원으로 동원해주겠다는 제안도 했다. 그러나 임진혁 의원은 대꾸조차 하지 않았다. 결국 김일권 회장은 법사위의 대검찰청 국정감사에 출석하여 증언대 앞에 서게 되었다.

"정확한 기억이 없습니다."

"지난번 검찰 수사의 발단이 되었던 제보에 따르면, 오후 여덟 시에 여당 이 후보의 사무실 근처 식당에서 이 후보와 한 시간에 걸쳐 식사를 했고, 식사가 끝난 후 이 후보가 자리를 떠나자 미리 준비해간 현금 이억 원을 이 후보 비서의 차량 트렁크에 실어준 것으로 되어 있습니다. 이런 사실 없습니까?"

"이미 검찰 수사에서 밝혔듯이 그런 사실 없습니다."

"그러면 그날 그 시간에는 무얼 하셨습니까? 채 일 년도 되지 않았는데, 그렇게 기억이 없으십니까?"

"임 의원님께서는 일 년 전 어느 날의 일을 그렇게 속속들이 기억하고 계십니까? 그러면 임 의원님은 지금 말씀하시는 그날 저녁에 무얼 하셨습니까?"

회의실 안이 소란스러워진다. 여당 의석에서는 웃음이, 야당 의석에서는 실소가 번진다.

"김일권 증인, 지금 질문하는 사람은 접니다. 증인이 아닙니다."

임진혁 의원이 준엄하게 꾸짖자, 증인이 자세를 바로한다. 임 의원이 다시 질문한다.

"제가 이렇게 묻는 데는 이유가 있습니다. 일 년 중에도 사람들은 특별한 날이라면 기억을 하게 되어 있습니다. 참고로 저는 일 년 전이라 해도 그날이 저의 생일이면 그날 무엇을 했는지 거의 기억할 수 있습니다. 마찬가지입니다. 증인, 작년 12월 12일이 무슨 날인지 아십니까?"

증인이 약간 혼란스러워하는 표정으로 대답한다.

"저는 잘 모르겠습니다."

"증인이 잘 모르실 것 같아서, 제가 정확히 이야기하겠습니다. 작년 12월 12일은 음력으로는 10월 22일입니다. 음력 10월 22일. 이래도 모르시겠습니까?"

증인이 수건으로 얼굴의 땀을 훔친다. 추궁이 계속되자 증인이 대답한다.

"제 생일입니다."

임진혁 의원이 기다렸다는 듯 준비된 이야기를 시작한다.

"자, 문제의 12월 12일은 음력 10월 22일, 바로 김일권 증인의 생일이었습니다. 검찰이 이 건 수사 당시 이 사실을 파악하고 있었는지는 알 수 없습니다. 이날이 생일인지 아닌지는 반드시 중요한 건 아니기 때문입니다. 아무튼 검찰은 이날 김일권 증인과 이 후보의 저녁 회동이 없었던 것으로 결론을 내렸습니다. 이 후보 측도 만남을 부인했다고 검찰은 밝힌 바 있습니다. 그러나 이 후보는 현직 대통령입니다. 검찰이 과연 살아 있는 권력을 얼마나 철저하게 조사했는지 의심스러울 수밖에 없습니다."

잠깐 이야기를 멈춘 임 의원이 물을 한 모금 마신다. 그러자 목이 타는 듯 김일권 증인도 물 한 컵을 비운다. 임 의원의 이야기가 계속된다.

"아무튼 검찰은 양측 관계자의 진술을 근거로 사건을 무혐의로 종결 처리했습니다. 그런데 그렇게 결론을 내리기까지는 김일권 증인이 이날 평소와 다름없이 집에 일찍 들어와 함께 식사했다는 가족들의 증언이 결정적이었습니다. 부인과 가정부 그리고 그의 운전기사, 이상

세 사람의 증언이 정확히 일치한 것입니다. 증언의 구체적인 내용을 보면 이날 김일권 증인은 회사에서 여섯 시 무렵 퇴근해서 일곱 시경 집에 돌아왔습니다. 그리고 여덟 시 무렵, 이날 찾아온 아들과 딸의 부부 등 가족들과 늦은 식사를 했다고 합니다. 증인, 이 사실 알고 있지요?"

증인이 고개를 끄덕이며 짧게 대답한다.

"네."

임 의원이 이번에는 다른 서류를 집어 들고는 위원장을 보며 말한다.

"존경하는 위원장님, 저는 오늘 검찰의 편파적 수사로 유야무야된 이 사건의 진실을 명명백백히 밝히기 위해서 이 국정감사의 현장에서 결정적 증언을 해줄 사람을 이 자리에서 바로 증언대에 세웠으면 합니다. 그 증인은 지금까지 김일권 증인이 말한 내용을 완전히 뒤집는 결정적 증언을 해줄 것입니다. 마침 그 증인은 오늘 증언을 해주기 위해 가까운 곳에 와 있습니다. 위원장님과 여야 의원 여러분께서 동의해주신다면 증언대 앞으로 부르도록 하겠습니다."

곧바로 여당 의석에서 소란이 일어났다.

"무슨 증인을 미리 합의도 없이 그 자리에서 불러요? 최소한 일주일 전에 해야지요."

"이건 여야 합의 위반이야! 여야 합의해서 증인을 선정하는 것 아닙니까?"

"이런 식으로 국회를 운영하면 어떻게 합니까? 정말 개판이네."

여당 의원들이 일제히 불만을 제기했다. 그러나 야당 의원들도 밀리지 않았다.

"절차도 중요하지만 실체적 진실이 중요합니다."

"온 국민의 관심이 집중된 사건입니다. 우리가 밤을 새워서라도 해야 할 상황입니다."

"조용히 해주십시오."

위원장이 소리쳤다. 6선의 관록을 지닌 야당 중진이었다. 여소야대의 힘은 법사위원장 자리도 야당의 몫으로 만들어놓았다. 임진혁 의원은 야당 법사위원장의 힘을 믿고 현장에서의 증인 채택을 계획한 것이었다.

"존경하는 임진혁 의원으로부터 현장에서의 증인 채택에 관한 동의가 있었습니다. 야당 의석에서 재청도 있고 삼청도 있었습니다. 여당 의원들이 반대 의사를 피력하고 있는데, 이 증인의 신분과 우리 위원회가 그 증언을 들어야 할 이유를 더 명확히 밝혀주시면 그에 따라 의사를 진행하도록 하겠습니다."

임진혁 의원이 뒤를 돌아보았다. 뒤쪽 벽면을 따라 각 의원실의 비서진이 국정감사를 보좌하기 위해 의자에 앉은 채 회의에 집중하고 있었다. 그 가운데 한 사람, 진익훈이 있었다. 임 의원이 눈짓을 보내자, 그는 곧바로 자리에서 일어섰다. 회의장으로 몸을 돌린 임 의원이 위원장과 의원들을 번갈아 보며 말했다.

"제가 증언을 듣고자 하는 사람은 바로 제 비서관인 진익훈 씨입니다."

여당 의석에서 다시 야유가 터져 나왔다.

"지금 장난하는 거야. 국회를 아주 우습게 아는군."

위원장이 다시 여당 의원들을 제지했다.

"이야기를 끝까지 들어봅시다."

임 의원이 계속해서 이야기했다.

"진익훈 비서관은 증인 김일권 회장과 어린 시절부터 잘 아는 관계였습니다. 이제 진 비서관이 김 회장 증언의 신빙성 여부를 증언해줄 것입니다."

여당 의석이 찬물을 끼얹은 듯 조용해졌다. 위원장이 자리에서 일어나 말했다.

"임진혁 의원의 제안대로 진익훈 씨를 증인으로 채택하고자 합니다. 이의 있습니까?"

"이의 없습니다."

야당 의석이 일제히 찬성 의사를 표시했다. 지켜본 위원장이 의사봉을 두드리려는 순간, 일부 여당 의원이 소리쳤다.

"이의 있습니다. 이건 일방적인 의사진행입니다."

그러자 위원장이 의사봉을 든 채로 이야기했다.

"그러면 표결을 할까요? 표결로 하겠습니다."

위원장의 결행에 여당 의석이 다시 혼란스러워졌다. 야당 의원들이 "그냥 빨리 진행합시다!"라고 외쳐댔다. 잠시 후 여당 의원들이 자리에서 일어나더니 간사가 대표로 발언했다.

"우리는 이런 방식의 회의 진행에 동의할 수 없습니다. 표결보다 퇴장을 선택하겠습니다."

여당 의원들이 줄줄이 회의장에서 나갔다. 이제 김일권 증인을 지켜줄 우군이 사라져버린 셈이었다. 익훈은 선서를 한 뒤 증언대에 앉았다.

임진혁 의원의 질문이 시작되었다.

"진익훈 증인, 김일권 증인을 알고 있나요?"

"네."

"평소에 김일권 증인을 자주 보시는 편인가요?"

"아닙니다. 어린 시절에 본 이후로는 한 번도 보지 못했습니다."

"그렇군요. 진익훈 증인은 작년 1987년 12월 12일 저녁에 어디에 있었습니까?"

"그날 김일권 증인의 아들 부부와 함께 있었습니다."

"아들 부부와는 잘 아는 사이입니까?"

"네, 어린 시절부터 친구였습니다."

"그날 만나서 저녁 식사를 같이했습니까?"

"네, 그렇습니다."

"그날 특별히 이야기했던 내용이 있나요?"

"네, 그날은 제가 결혼할 사람을 그 부부에게 소개하던 날이었습니다."

"아, 그랬군요. 그런데 그날 혹시 김일권 증인의 생일과 관련한 가족 모임에 대해서 들은 내용이 있었나요?"

"네. 사실은 그날이 증인의 생신인 줄 몰랐습니다. 그런데 아들인 김인수 씨가 '오늘 아버님 생신인데 바깥에서 중요한 저녁 식사 약속이 있어서 다음 날인 13일 일요일로 가족 모임이 연기되었다'고 말한 것을 들었습니다."

회의장 곳곳에서 탄성이 터져 나왔다. 임 의원의 질문이 계속되었다.

"그렇다면 김인수·민희연 씨 부부와는 언제 헤어졌습니까?"

"네, 밤 열 시가 넘어서 헤어졌습니다. 부부가 모두 증인의 집에 가서 잘 예정이라고 했습니다. 주말이고 다음 날 생신 모임도 있고 해서…."

"여기까지입니다."

진익훈에 대한 임진혁 의원의 증인 신문은 그렇게 마무리되었다.

권력과 여당이 신속하게 움직였다. 사건의 여파가 현 대통령에게 번지는 것을 차단하기 위해서도 서둘러 사건을 정리할 필요가 있었다. 불필요한 논란을 피하기 위해 재수사 방침이 천명되었고 서울지방검찰청에 수사팀이 꾸려졌다. 수사는 일사천리로 진행되었고 김일권 회장은 특정경제범죄가중처벌법상의 횡령과 배임, 그리고 정치자금법 위반으로 서대문구치소에 수감되었다. 장난 같은 운명이 수사 과정 전반에 걸쳐 있었다. 김인수는 검찰에 몸을 담고 있었지만 정작 아버지를 위해서 할 수 있는 일이 하나도 없다는 사실에 절망했다. 그 절망은 자연스럽게 익훈에 대한 강한 원망으로 이어졌다. 아버지를 증인에서 빼달라고 눈물로 호소했지만 돌아온 것은 차가운 거절이었다. 대한민국의 정의를 이야기하며 묵묵부답으로 일관할 뿐이었다. 격한 분노와 울분 속에 극도의 원망과 복수심이 하늘 높이 솟구쳐 올랐다.

인수의 아버지는 일 년 만에 석방되었다. 삼 년 육 개월의 실형이 확정되었지만, 살아 있는 권력이 여러 가지를 배려해주었다. 시범케이스였음에도 아주 빨리 석방된 것으로, 비슷한 시기에 비슷한 죄목으로 구속된 사람들 가운데 가장 큰 특혜를 본 셈이었다. 그러나 그 일 년 사이에 회사는 풍비박산이 났다. 다혈질이었던 그도 울화를 이기지 못해 몸져눕고 말았다. 회사를 정리한 김일권 회장 내외는 수중에 남은 돈으로 경기도의 한적한 교외에 집을 지었다. 부모가 그곳으로 이사하던 무렵, 김인수는 휴직을 신청한 뒤 아내와 갓난아이를 데리고 미국으로 향했다.

진익훈은 정치에 푹 빠져 있었다. 운동을 포기한 후 제도권 정치의 실무자로 들어올 무렵 마음 한 귀퉁이에 남아 있던 미안함과 죄의식, 부끄러움들도 많이 사라졌다. 의외였지만 국회에서도 해야 할 일이 많았다. 어쩌면 운동의 궁극적 지향은 정치가 아닐까 하는 생각까지 들었다. 그가 모시는 임진혁 의원은 젊은 보좌진의 우상이었다. 깨끗하고 똑똑했고, 당당하면서도 거침이 없었다. 거기에 인간적 매력도 있었다. 어떤 여론조사는 그를 차차기 대통령감으로 꼽기도 했다. 당이 자랑하는 대표적인 스타여서 보궐선거가 치러질 때마다 선거 현장에 투입되는가 하면 심야토론의 단골 공격수로 나서야 했다. 임 의원의 분주한 일정은 진익훈 비서관의 살인적인 일정을 낳았다. 새벽 다섯 시에 집을 나섰고 새벽 두 시 무렵이 되어서야 집으로 돌아왔다. 아내와 아이들을 마주할 시간이 부족했다. 그래도 그는 일요일마다 더욱 기를 쓰고 출근했다.

1992년. 또 한 번의 대통령 선거가 코앞으로 다가오던 무렵이었다. 진익훈에게 한 장의 부고가 날아들었다. 인수의 아버지였다. 한때 잘 나가는 인물이었지만 옥살이를 겪고 회사가 부도난 이후에는 몰락 외에 다른 길이 없었다. 나름대로 평안한 생활을 도모했지만 지난날에 대한 억울함 탓이었는지 끝내 뇌졸중으로 쓰러지며 의식을 잃고 말았다. 그리고 사흘 만에 마지막 숨을 거두었다. 출상을 하루 앞둔 날 진익훈이 조문을 했다. 다른 곳에서 이미 술을 한잔 걸친 상태였다. 그는 무릎을 꿇어 영정에 재배한 다음, 인수와 절을 주고받았다. 접객장으로 나오자 희연이 따라 나왔다. 익훈이 그녀의 두 손을 잡으며 위로했다.

"큰일 치르느라 힘들겠구나."

'미안하다'고 말하고 싶었지만 끝내 입이 떨어지지 않았다. 희연 또한 아무런 대답도 하지 않았다. 익훈은 대통령 선거 때문에 바쁘다는 핑계로 서둘러 자리를 떴다. 희연도 그런 그를 굳이 붙잡지 않았다. 인수는 끝까지 빈소 밖으로 나오지 않았다. 일 년 후면 미국 생활을 접고 한국으로 돌아올 것이라는 희연의 이야기가 마지막 인사였다. 1992년 대선은 야당의 패배로 끝났다.

그로부터 다시 십 년 후. 임진혁 의원이 대통령으로 당선되었다. 당선자는 청와대 입성을 준비했다. 익훈도 청와대에 들어갈 준비를 했다. 당선자는 진익훈에게 대변인을 맡아달라고 했다. 청와대로 처음 출근하던 날 밤, 진익훈은 다짐했다. 앞으로 오 년, 자신의 모든 것을 바쳐 보좌하겠다는 다짐이었다.

길고 긴 인연이었다. 악연이라면 악연이었다. 고비마다 엇갈린 인생이었다. 만일 과거의 그 시점으로 돌아간다면 다른 선택을 할 수 있을까? 진익훈은 고개를 흔들었다. 다시 한 번 이 삶을 산다 해도 똑같이 이 길로 왔을 것이었다. 김인수도 민희연도 마찬가지일 것이었다. 길고 긴 상념의 끝에서 진익훈은 휴대전화 연락처를 검색했다. '김, 인, 수' 세 글자가 입력되었다. 얼마 전 고등학교 동창을 통해 우연히 알게 된 청와대 민정수석의 전화번호였다. 지금은 진익훈 자신의 자존심을 지킬 때가 아니라는 생각이 들었다. 무엇보다 고통의 한가운데에 있는 대통령을 편안하게 해드릴 방법을 찾아야 한다는 생각이었다. 전화기를 계속 만지작거렸지만 그는 차마 버튼을 누르지 못했다.

'아마, 낯선 번호라서 전화를 해도 받지 않을 거야.'

진익훈은 스스로에게 변명할 거리를 찾았다. 사저 인근 빌라 204호. 그는 창문을 열어 뒤편 언덕을 바라보았다. 캄캄한 어둠뿐이었다. 조그만 불빛조차 보이지 않았다.

재회

    진익훈과 김인수가 재회했다. 우여곡절 끝에 성사된 만남이었다. 며칠을 망설인 끝에 진익훈이 휴대전화의 버튼을 눌렀다. 영문을 알 수 없었지만 청와대 민정수석의 휴대전화에는 지난 정부 대변인의 전화번호가 입력되어 있었다.

    "어, 진익훈! 잘 지내고 있는가?"

    김인수가 쾌활한 목소리로 전화를 받았다. 진익훈은 첫마디부터 주저했다. 입이 잘 떨어지지 않았다.

    "그래, 잘 지내고 있다. 너도 잘 지내지?"

    "허허. 살다 보니 네가 나에게 전화를 다 하는구나. 너희 정부 시절에 그렇게 매섭게 몰아붙일 때도 전화 한 번 안 하더니… 그런데 무슨 일이냐?"

    김인수가 사무적으로 물었다. 진익훈은 용건을 이야기했다.

    "그래, 한번 만나보고 싶어서 전화했다. 이런저런 이야기할 것도 있고 해서…"

    "이야기할 것? 허허, 익훈아. 너도 겪어봐서 알겠지만 청와대 고위

관계자한테 이야기할 것 없는 사람은 없더구나. 모든 사람이 이야기할 게 있으니 보자고 한다. 그런데 그 사람들 다 못 만난다. 만나면 무슨 이야기를 할 건지 제목이라도 이야기해야 만날지 안 만날지를 판단하는 것 아니냐? 내 말 이해하지?"

"충분히 이해한다. 그럼! 이해하고말고."

백번이라도 이해할 수 있는 일이었다. 자신의 경험도 다르지 않았다. 그러나 그렇게 말하는 김인수에게 진익훈은 적의를 갖지 않을 수 없었다. 지금 이 상황, 이 2009년 5월의 세상은 전직 대통령 문제로 떠들썩한 마당이었다. 이 마당에 전직 대통령의 대변인이 새 정부의 민정수석에게 전화를 걸어서 만남을 제안한다면, 그 용건이 무엇인지 물어볼 필요도 없는 게 아닌가. 초장부터 자신을 굴복시키려는 김인수의 뒤틀린 심사가 읽혔다. 그러나 지금의 진익훈은 그런 언짢음을 표현할 위치가 아니었다.

"대통령 이야기를 좀 했으면 해서…."

"우리 대통령? 아니면 너희 대통령?"

김인수의 질문은 거칠 것이 없었다. 그의 대변인 시절 논평이 떠올랐다. 진익훈은 호흡을 가다듬으며 또박또박 말했다.

"물론 우리 대통령에 대한 이야기지."

그날로 약속이 잡혔다. 오랜 인연에 대한 나름의 배려일 수도 있었다. 진익훈은 이 년째 장 속에 처박아두었던 양복을 꺼냈다. 새 정부의 민정수석을 만나러 가는 터에 추레한 모습을 보이고 싶지는 않았다. 그러나 꺼내는 양복마다 몸에 맞지 않았다. 일 년이 넘는 기간 동안 체중이 빠진 탓이었다. 청와대에서 날마다 기자들과 회식하던 생활이 끝나자 부어올랐던 살이 자연스럽게 빠진 탓이었다. 모든 양복이 헐렁했다. 본의 아니게 헐렁한 모습이었다. 몸에 맞는 콤비를 가까스로 찾아 얼추 바지를 맞추어 입고는 약속 장소로 향했다. 장소는 청와대 인근이나 시내가 아닌 신촌으로 정했다. 김인수의 요청이었다. 어쨌든 사람들의 눈을 피하는 게 좋겠다는 취지였다.

사실 시내와는 달리 대학가에서는 정치인을 알아보는 사람이 별로 없었다. 진익훈이 대변인 시절에 직접 깨달은 사실이었다. 종로나 광화문 일대에서는 마주치는 두 사람 가운데 한 명꼴로 청와대 대변인의 얼굴을 알아보았다. 그러나 신촌 거리에서는 그의 얼굴에 주목하는 사람이 거의 없었다. 장소는 연세대학교 바로 앞 독수리다방이었다. 여전히 인수는 《도난당한 편지》의 효과를 신뢰하고 있는 듯했다. 연대 앞에서 가장 붐비는 곳이었다. 대학교에 입학하던 그해, 희연과 인수를 자주 만나던 곳이기도 했다. 옛날 그 건물의 그 다방, 그대로는 아니었지만 감회가 새로웠다. 하지만 지금은 그런 감회에 젖을 순간이 아니었다.

김인수가 먼저 와서 기다리고 있었다. 젊은 학생들이 커피와 담소를 즐기는 곳에서 양복 정장과 콤비 차림의 중년들이 심각한 표정으로 이야기를 시작했다. '도난당한 편지가 여기 있으니 누구 아는 사람 있으면 어서 찾아가시오'라고 밝히는 모습이었다. 진익훈은 거두절미하고 본론부터 꺼냈다.

"사안으로 보면 구속할 이유가 전혀 없을 것 같은데, 왜 수사를 끝내놓고 후속 조치를 미루고 있는 거지?"

김인수가 황당하다는 표정을 지었다. 그걸 몰라서 묻느냐는 모습이었다. 진익훈이 다시 물었다.

"여론을 만들려고 기다리는 건가? 아직도 언론플레이 할 게 남아 있는 건가?"

김인수가 고개를 세차게 가로저었다. 그러고는 야릇한 웃음을 지으며 말했다.

"너희 정부 때 그랬듯이, 우리도 검찰 일에는 일절 개입하지 않는다. 그래서 대답할 말이 없다. 내가 고개를 가로젓는 것은 아니라는 뜻이 아니라 모른다는 뜻이다."

이번에는 진익훈이 피식 웃었다. 그걸 나보고 믿으라는 것이냐는 표정이었다. 진익훈이 다시 말했다.

"이 정도면 모욕할 만한 건 다 한 것 아니냐? 개망신시켰잖아? 너희가 우리 때 억울했다고 치자. 지금 너희는 그 열 배로 보복한 것 아니냐? 이제 그만하자."

진익훈이 소리를 높였다. 주변 학생들이 일제히 그에게 시선을 돌렸다. 당황한 것은 김인수였다. 진익훈의 돌출행동 앞에서 어찌할 바를 모르는 모습이었다. 진익훈은 그런 학생들의 시선이 오히려 고맙게 느껴졌다. 그렇게 지켜보는 사람들이 있다는 사실이 힘이 되는 느낌이었다. 그러나 안타깝게도 잠시 그곳으로 향했던 시선들은 금세 하나둘씩 원래의 자리로 돌아가 아무 일 없었다는 듯 무관심한 표정이 되었다. 그러자 이번에는 김인수가 차분한 목소리로 이야기했다.

"익훈아. 내 이야기 잘 들어라. 지금까지 살아오는 동안 내가 정말 어렵고 힘들었던 때가 있었다. 그때 내가 누구한테 기대야 했겠니? 나에게는 친구가 있었다. 둘도 없는 친구. 그 친구는 내 아내의 첫사랑이기도 했다. 아니 어쩌면 유감스럽게도 아내는 지금도 여전히 그 친구를 사랑하고 있을지도 몰라. 아무튼 그래서 내가 그 친구한테 부탁하면, 내 힘겨움을 틀림없이 덜어줄 것으로 믿었지. 조금도 의심치 않았어. 마침 그 친구는 그렇게 우리의 고통을 덜어줄 수 있는 길목에 있었어. 그런데 놀랍게도 그 친구는 그 순간 우리를 외면하더군. 정말 걸인처럼 빌고 있는 우리 부부 앞에서 냉정하게 시선을 돌려버리더군."

"옛날이야기는 하지 말자. 지금 그 이야기가 중요한 건 아니잖아."

진익훈이 말을 막고 나섰다. 그러나 인수는 거침없이 이야기를 계속했다.

"내가 도와달라고 내민 손을 너는 잡아주지 않았지. 그때 맹세했어. 나는 너와 같은 놈이 되지 않겠다고. 나는 다른 놈이 되겠다고! 그래서 나는 지금 네가 도와달라고 하는 손을 거절하지 않는다. 나는 네 손을 잡고 너를 돕고 싶다. 그런데 말이다. 그런데, 내가 도울 방법이 전혀 없다. 이것은 청와대 일이 아니다. 그래서 내가 할 수 있는 일이 아니다. 내가 개입할 일은 더더욱 아니다. 나는 돕고 싶다. 그러나 어쩔 수 없다. 미안하다."

진익훈은 큰 벽을 느꼈다. 일말의 기대가 있었던 게 사실이었다. 지푸라기라도 잡는 심정이었고 그래야 하는 처지였다. 그러나 예상과 크게 다르지 않았다. 멋있게 포장하여 변명하고 있지만 결국은 끝장을 보겠다는 이야기였다.

"그러면 한 가지만 물어보자."

낙담한 표정으로 익훈이 말하자 인수가 어서 말해보라는 표정을 짓는다.

"이치훈 검찰총장 말이다. 사실상 네가 키워온 사람 아니냐? 그 사람의 추악한 범죄가 발각되어 옷 벗을 위기에 처했을 때 청와대 이지원 시스템에 침투해서 그를 살려낸 장본인이 바로 너라는 사실 잘 알고 있다. 그래서 검찰총장이 되었던 만큼, 너한테 보답하기 위해서 대통령과 우리 정부를 탈탈 털기 시작한 것 아니냐? 내 말이 맞는지 틀리는지만 대답해라."

김인수가 묘한 웃음을 짓는다. 그러나 대답은 없다. 다시 진익훈이 말한다.

"이제 돌아가야겠다. 이럴 것이라고 예상하지 않은 건 아니지만 막상 너희 반응을 보니 마음이 무겁다. 내가 인생을 잘못 살았던 때문이겠지. 아무튼 바쁜데 이렇게 만나줘서 고맙다."

진익훈이 자리에서 일어섰다. 더는 구걸할 필요가 없었다. 어쩌면 괜한 만남이었다. 잘못 소문이라도 나면 '전 대통령 측, 현 정권에 구명운동'이라는 못된 기사가 나올 수도 있었다. 뒤돌아서 나오려는 진익훈에게 김인수가 말했다.

"한마디만 하자. 너 정치 오래 했잖아. 잘 알 텐데… 세상 모든 권력투쟁은 정치야. 정치라는 게 뭐야? 종합예술이다. 민주주의는 뭐냐? 여론정치야. 그러면 이 시대에 권력을 가지려면 여론을 얻어야 돼. 결국은 여론을 우리 편으로 만드는 쪽이 승리하고 권력을 쟁취하는 거지. 자신만 믿지 말고, 또 다른 엉뚱한 곳에 기대지 말고, 여론을 가져야 돼. 이런 사태를 만들지 않으려면 여론을 얻었어야지. 그 수많은 시간 동안 너의 대통령과 정권이 한 일이 뭐야? 여론을 하나하나 팽개치는 일 아니었냐? 결국은 여론이야. 그 여론을 얻기 위해서는 악마와도 손을 잡아야 해. 그것이 정치야!"

김인수가 진익훈에게 바싹 얼굴을 들이대며 히죽 웃었다. 진익훈이 물었다.

"그래서 너는 그렇게 미성년자를 성추행한 악마와 손을 잡은 거냐?"

진익훈의 추궁에 김인수가 갑자기 껄껄껄 웃었다.

"그래, 맞아. 진익훈에게 철저히 복수하기 위해서는 악마와 손을 잡아야 했어. 확실하게 보복을 하기 위해 가장 약점이 많으면서도 가장 악한 친구를 찾아야 했지. 하하."

김인수가 예의 표독한 표정을 지었다. 항상 익훈의 눈앞에서 사라지지 않던 표정이었다. 그 표정을 지워버리려는 듯 익훈이 고개를 절레절레 흔들더니 셔츠 앞주머니에서 무언가를 꺼냈다. 보이스레코더였다.

"그래, 그렇게 시인해줘서 고맙다. 이제 나는 네가 청와대의 문서를 절취하고 변조한 범죄를 시인하는 녹음을 확보했으니, 너를 고발하도록 할게. 아니 도대체 믿을 수 없는 검찰이 이걸 어떻게 처리할지 모르니, 우선 언론에 뿌리는 게 낫겠다."

녹음기의 존재를 확인한 김인수의 낯빛이 파랗게 변하는가 싶더니 금세 험상궂은 모습으로 변했다. 그러더니 이번에는 기괴한 웃음을 짓기 시작했다. 웃음소리가 점점 커지자 주변 학생들의 시선이 김인수의 얼굴로 집중되었다. 그러나 학생들은 김인수를 향해 손가락질만 할 뿐, 제지하려고 나서지는 않았다. 김인수의 기괴한 표정이 섬뜩해지고 있었다. 진익훈은 온몸에 소름이 돋았다. 일단 자리를 피하는 게 좋을 듯싶었다. 학생들에게 도움을 요청하려는데 입이 떨어지지 않았다. 몸도 제대로 움직일 수 없었다. 그냥 발만 허둥댈 뿐이었다. 그때였다.

"진 선배, 빨리 일어나세요. 비상이에요."

진익훈은 꿈에서 깨어나 눈을 떴다. 사저 옆 빌라의 204호였다. 역시 꿈이었다. 쉽게 만날 수 없는 사람을 쉽게 만날 수 있었다고 생각했는데… 그는 씁쓸한 웃음을 지었다. 잠을 깨운 후배가 진익훈의 어깨를 흔들었다.

"잠 깨세요. 지금 막 연락이 왔는데, 통신사 차량을 앞세우고 몇 대의 차가 이쪽 마을로 오고 있답니다. 사저를 압수수색하는 것 아니냐는 추측입니다."

진익훈은 베란다 창가로 나갔다. 아직 차량의 행렬은 시야에 들어오지 않았다. 빌라에서 생활하는 후배들이 모두 204호로 모였다. 모두 긴장한 표정이 역력했다. 그래도 사저에 대한 압수수색만큼은 없을 것으로 기대했는데… 전직 대통령에 대한 예우의 마지노선이 무너진다는 생각에 분노하는 모습들이었다. 그때 진익훈의 휴대전화가 울렸다. 사저의 비서였다.

"차량 행렬은 그냥 언론사의 취재 차량들인 것으로 확인되었습니다. 걱정 안 하셔도 될 것 같습니다. 아무튼 대통령님께서 보자고 하십니다. 식사들 하시고 아홉 시 반까지 들어오십시오. 차를 보내겠습니다."

진익훈은 안도의 한숨을 내쉬었다. 그러고는 서둘러 샤워를 했다. 마을회관 앞 테마식당에서 아침을 해결하고 싶었지만, 그곳에는 사진기자들이 진을 치고 있었다. 마을 어디를 가더라도 카메라의 시선이 쫓아다녔다. 결국 일행은 빌라에서 컵라면으로 아침을 때웠다. 아예 먹지 않는 후배들도 있었다. 소형버스가 빌라의 지하주차장에 도착하자 진익훈과 후배들이 차에 올랐다. 사저 정문을 통과할 무렵에는 모두 머리를 숙였다. 후배 한 명이 말했다.

"이렇게까지 살아야 하다니…. 진 선배, 우리 반드시 재기합시다. 이 시련을 딛고 꼭 일어섭시다. 안 되면 나 혼자라도 다시 서서 꼭 명예를 되찾을 겁니다."

사저에 들어서니 대통령이 서재에 나와 있었다. 그가 집필팀 참모들을 향해 눈인사를 했다. 오늘은 그가 그동안 준비한 회고록의 뼈대를 놓고 토론하는 날이었다. 대통령이 밝은 표정으로 일행에게 물었다.

"자네들, 밥은 먹고 다니는가?"

5월 19일 화요일이었다.

오래된 생각

초선 시절의 어느 날, 임진혁 의원을 태운 차가 돈화문 앞 삼거리에서 좌회전을 하고 있었다. 운전을 하던 기사가 급한 마음에 밀리는 삼거리로 꼬리를 물고 들어갔다. 이를 지켜본 교통경찰은 차를 바깥 차선으로 뺄 것을 요구했다. 교통법규 위반으로 스티커를 발부받을 상황이었다. 기사는 실랑이할 의사가 전혀 없었다. 빨리 잘못을 시인하고 그 자리를 떠나야 하겠다는 생각뿐이었다. 예정된 시간까지 목적지에 차를 대려면 그럴 겨를도 없었던 데다, 어쨌든 이름과 얼굴이 알려진 의원님에게 혹시라도 누를 끼칠까 봐 조바심이 앞섰다. 기사는 운전석 옆의 창문을 조금만 내렸다. 교통경찰과 의사소통이 될 정도면 충분했다. 의원님의 모습을 최대한 가려야 했기 때문이다.

"예, 그렇게 되었네요. 어서 딱지 끊어주세요."

기사와 대화하면서도 교통경찰은 뒷좌석의 사람을 확인하려는 눈치였다. 일종의 습관처럼 보였다. 당시 임진혁 의원은 잠깐의 눈길만으로도 충분히 신원이 확인될 만큼 잘 알려진 얼굴이었다. 교통경찰의 표정이 달라졌다. 말투도 덩달아 이상해졌다. 훈계조의 이야기가 나오

312

기 시작한 것이다. 이야기의 요지는 '높은 사람의 차라면 높은 사람답게 질서를 잘 지켜야 한다'는 것이었다.

"예, 예. 알았으니까 빨리 위반 스티커 끊어주세요."

기사의 거듭되는 재촉에도 교통경찰은 훈계를 멈추지 않았다. 임진혁 의원은 상황이 빨리 종료되기를 기다렸다. 그의 바람과는 달리 교통경찰의 훈계는 그칠 기색이 없었다. 참다못한 그는 차에서 내려 교통경찰에게 다가가 소리를 버럭 질렀다.

"알았다는데 왜 이러는 거요? 잘못했다고 하니 스티커를 끊어주면 될 일이지, 왜 이렇게 말이 많은 거요?"

교통경찰이 당황했다. 그러나 그것으로 임 의원의 화가 풀린 것은 전혀 아니었다.

"내가 국회의원인 줄 알면서 이렇게 하는 정도면, 일반 사람들 만나면 얼마나 못살게 굴지 뻔히 짐작이 갑니다."

분노가 좀처럼 가라앉지 않았다. 시간이 갈수록 오히려 분이 솟구쳤다. 결국 그는 교통경찰을 자신의 차에 태우고는 해당 경찰서로 가자고 요구했다. 다음 일정이 촉박했지만 이미 그의 관심사가 아니었다. 경찰서로 가는 차 안에서도 그는 교통경찰의 자세에 대해 심하게 꾸짖었다. 혼쭐이 난 교통경찰은 결국 눈물을 쏟고 말았다. 며칠 후 임진혁 의원은 해당 경찰서에 전화를 걸어 그날 있었던 일에 대해 자신의 대응이 다소 과했다며 정중히 사과의 뜻을 전했다. 그것이 초선 의원 임진혁이 부당하다고 생각되는 공권력에 항의하는 방식이었다.

그로부터 이십 년이 지난 2009년 봄, 전직 대통령 임진혁은 이제 더는 그 방식을 고집할 수 없었다.

침대에 누워 있었지만 잠은 그의 곁으로 오지 않았다. 애초에 잠을 청할 마음도 없었다. 가끔씩 눈을 떠볼 때마다 그의 앞에는 깊이를 알 수 없는 막막한 어둠이 펼쳐졌다. 눈을 떠도 눈을 감아도 온통 암흑이었다. 멀리 디지털 시계의 숫자들이 현재 시각을 말해주기 위해 빛나고 있었지만 그에게는 특별한 의미가 없었다. 더디게 흐르던 시간이 일순간 빠른 속도로 흐르기 시작했다. 이 세상에 대한 일말의 아쉬움이 시간을 빠르게 흐르도록 만들고 있었다. 쏜살같던 시간은 이내 숨을 고르는가 싶더니 다시 힘겨운 모습으로 천천히, 아주 천천히 흐르기 시작했다. 가슴을 옥죄어오는 현실의 고통이 느껴지면서부터였다. 그는 새벽이 오기를 소망했다.

다시 담배 생각이 났다. 담배는 불면의 밤들을 함께해준 유일한 벗이었다. 어둠 속을 더듬어 내실을 나선 그는 마당의 작은 통로를 가로질러 서재로 향했다. 늦은 저녁 경호관들에게 받아놓은 몇 개비의 담배가 남아 있었다. 서재는 내실보다 어둠이 짙지 않았다. 경호 데스크에서 새어 나오는 불빛이 네모진 마당과 정원을 은은하게 비추고 있었다. 책장 앞 탁자 위에는 담뱃갑과 재떨이가 그대로 놓여 있었다. 사저에 근무하는 비서들이 퇴근하면서 치우는 것을 깜빡했는지, 재떨이에는 낮에 피운 꽁초들이 어지러이 뒹굴고 있었다. 말이 재떨이일 뿐, 실제로는 찻잔 받침에 휴지를 포개어 접은 다음 물을 축여놓은 것이었다. 꽁초들은 이미 말라버린 휴지 위에서 초라한 모습으로 누워 있었다. 또 다른 자신의 모습을 보기라도 하듯이 그는 그 광경을 어둠 속에서 한참 동안 물끄러미 바라보았다. 서재의 불을 켤 필요는 없었다. 아직 동이 트려면 두어 시간이 남아 있었지만, 때아닌 자신의 움직임이 당직 경호관을 긴장시킬 수도 있었다. 데스크는 사람의 기척을 눈치채지 못하고 있었다. 그는 조용히 성냥을 그었다. 허파를 돌고 나온 연기가 쉬이 흩어지지 않은 채 서재 안을 맴돌았다. 연기 또한 마땅히 갈 곳이 없는 듯했다. 정돈되지 않은 모습으로 제각기 다른 방향을 향해 놓여 있는 의자들 위에서 연기와 어스름한 불빛이 부닥쳤다. 담배 연기는 맞은편 벽에 드리워진 브리핑용 스크린에도 다가가 부닥쳤다.

그동안 응접실을 겸한 이 서재에서 많은 회의가 있었다. 회의보다 더 많은 손님 접대도 있었다. 검찰의 수사가 시작된 4월 이후로는 관련한 일들을 논의하기 위한 대책회의가 대부분이었다. 그동안 그 의자에 앉았던 사람들의 얼굴이 파노라마처럼 떠올랐다가는 내뿜는 담배 연기와 함께 사라졌다. 스크린에는 며칠 전까지 붙잡고 천착하려 했던 진보주의 담론의 얼개들이 스크롤되고 있었다. 작년 말부터 일주일에 두어 차례 계속해온 집필팀 회의를 마무리 지은 것도 엊그제의 일이었다. 그가 의도해서 그리된 것은 아니었지만, 집필 참모들도 팀의 해산을 건의해왔다. 그는 두말하지 않고 그 제안을 받아들였다. 뜻한 바는 아니었지만 공교롭게도 마지막 인사를 한 셈이 되었다. 그날 낮, 담배를 얻어 피울 생각으로 비서들의 공간을 찾아간 그는 한참 동안 그곳에 선 채로 일하는 비서들의 모습을 지켜보기도 했다. 모두 책상에서 자기 일을 하느라 고개도 들지 않고 있었다. 시선이 마주칠까 부담스러웠지만 그들의 모습을 그렇게 지켜보는 것으로 그는 나름의 인사를 했다. 어쨌든 자신을 위해 서울에서 이곳까지 내려와 고생한 비서들이었다.

담배는 빠르게 타들어 갔다. 두 달여에 걸친 불면과 정신적 피로로 입안은 껄끄럽다 못해 모래 알갱이들을 머금은 것처럼 헐어 있었다. 담배 맛은 썼다. 담배를 이유로 깊은숨을 들이마셨다 내쉬게 되는 것이 그나마 위안이었다. 다시 새로운 담배에 불을 붙이는 그의 앞에 몇몇 사람의 얼굴이 떠올랐다. 옥에 갇혀 있는 사람들이었다. 함께 사법시험 공부를 했던 친구들이었다. 검찰 수사의 표적이 된 측근들의 모습도 떠올랐다. 후원자인 윤 회장의 얼굴도 있었다. 그를 면회하고 돌아온 비서의 말이 가슴을 쳤다. 면회를 할 때도 재판정에서도 눈물을 펑펑 쏟았다는 것이었다. 그 힘겨운 와중에도 그는 자신을 위해 봄 점퍼를 준비해 보내주었다. 그 마음 씀씀이에 사무치는 아픔이 있었다. 때아닌 감옥생활이 뇌종양을 급격히 악화시킬 것 같아 착잡함을 넘어 안타까움에 눈시울이 뜨거워졌다. 뇌종양을 이유로 신청된 보석은 이런저런 이유로 판단이 지체되고 있었다. 그의 고통이 언제까지 계속될지 알 수 없었다. 모두 다 자신을 만난 것에서 비롯된 고통이었다. 자신을 만난 일이 없었다면 겪지 않았을 고통이었다. 그 사람들의 고통이 자신에게서 비롯되었다는 사실만으로도 괴로웠지만, 그 고통을 대신해주거나 조금이라도 나눌 수 없다는 현실은 그야말로 참담한 고통이었다. 그는 면회조차 갈 수 없는 처지였다.

그 한 사람 한 사람에게 그는 마음속으로 위로의 말을 건넸다. 그는 모든 것이 자신의 불찰에서 시작된 일이라 생각했다. 누구를 탓하고 싶지도 않았다. 그래도 일말의 아쉬움은 어찌할 수 없었다. 그는 서둘러 한 개비 남은 담배에 불을 붙였다.

며칠 전까지만 해도 그는 재판을 통해 싸울 각오를 다졌다. 이미 큰 생채기가 나 있었지만 그래도 명예를 지키는 것이 중요하다는 생각이었다. 설령 감옥에 가는 일이 있어도 글을 쓸 수만 있다면 그 생활도 버틸 수 있을 것 같았다. 그래서 쏟아지는 엄청난 비난의 화살 속에서도 자신을 이야기하고 싶었다. 또 자신에게 뒤집어씌워진 누명의 한 귀퉁이라도 제대로 벗겨내고 싶었다. 그러나 그것은 삶의 구차한 연명은 될 수 있을지언정, 가까운 사람들이 자신으로 인해 받는 고통을 덜어내는 방법은 아니었다. 감옥 안에서 자신의 무죄를 주장하면서 한편으로는 진보의 미래를 성찰하는 글을 쓴들 효과는 크게 없을 듯싶었다. 그런 한편에서는 사실이 아닌 그 모든 것을 사실이라고 인정해버릴까 하는 생각도 있었다. 그는 이렇게 토로하기도 했다.

"내가 차라리 사법절차를 포기하는 것은 어떻겠나? 이 말은 내가 그냥 모든 걸 인정해버린다는 뜻이다."

그렇게 고뇌와 갈등으로 나날을 보내다 보니 어떻게든 싸워야 한다는 마지막 의지조차 서서히 무너져 내렸다. 보석이 허가되지 않은 윤 회장의 모습도 눈앞에서 사라지지 않았다. 참모들과 회의를 하던 도중 우연히 나온 이야기도 그의 가슴을 아프게 찔렀다. 다들 압수수색을 각오해야 하는 비정상적인 생활을 하고 있었다. 자신으로 인해, 자신을 모셨다는 이유로 모든 사람의 삶이 고통스럽고 피폐해지고 있었다. 원래 삶과 죽음의 경계를 두려워하지 않는 사람이었다.

필터까지 타들어 온 마지막 담배의 뜨거움이 손끝으로 전해졌다. 그는 홀가분한 표정으로 재떨이에 담뱃불을 비벼 껐다. 꽁초의 불씨 때문에 물기가 말라버린 휴지가 타들어 가면서 매캐한 냄새가 코를 찔렀다. 서재를 나서면서 그는 담배 연기와 휴지 타는 냄새가 빠져나가도록 문을 살짝 열어놓았다. 침실로 들어가기 전에 생각해두어야 할 것이 있었다. 세상에 남겨놓을 말이었다. 그는 내실 컴퓨터 앞에 앉아서 한참을 멍하니 생각했다. 그러나 컴퓨터를 켜지는 않았다. 몇 시간 후.

새벽이 사저에 깃들었다. 깜박 잠이 들었던 것일까. 누군가와 이야기를 나눈 듯싶었다. 현실인 것 같기도 했고 꿈인 것 같기도 했다. 잠깐 무언가 생각을 한 것 같은데 한 시간여가 뭉텅이로 흘러간 것을 보니 그런 것 같기도 했다. 긴 시간의 불면이 짧고 얕은 잠을 불러왔고, 짧고 얕은 잠들이 모여 또 다른 불면을 이루어온 나날이었다. 그는 자리에서 일어나 영원히 다시 돌아오지 않을 외출 준비를 했다. 침실의 창밖으로 산이 보였다. 마당의 홍매화는 어느새 잎이 무성해져 있었다.

'어느새 꽃이 피고 졌지? 그러고 보니 올해는 꽃이 피고 지는 줄도

몰랐군.'

　5월 23일이었다. 숫자를 보자 갑자기 노공이산이란 필명이 떠올랐다. 조심스럽게 문을 열고 나온 그는 내실의 컴퓨터를 켰다. 춘분도 두 달이 훌쩍 넘은 늦봄이라 새벽의 내실은 불을 켜지 않아도 사물을 구별할 수 있을 만큼 환했다. 그는 준비된 말들을 치기 시작했다. 다섯 시 이십일 분이었다. 평소와 다름없이 흔글 신명조 13포인트를 선택했다.

　　나로 말미암아 여러 사람의 고통이 너무 크다.
　　앞으로 받을 고통도 헤아릴 수가 없다.

　몇 줄을 치고 나서 그는 잠시 멈추었다. 일단 마우스를 움직여 저장 키를 눌렀다. 다섯 시 이십육 분이었다. 첫 줄이 문서의 제목이 되었다. 그는 평소에도 첫 문장이 그 파일의 성격을 가장 잘 나타내준다고 생각했다. 첫 문장을 그대로 파일 제목으로 활용해야 내용도 파악하기 쉽고 검색도 용이하다는 것이었다. 그는 생각을 다시 가다듬었다. 써야 할 내용이 정리되자 그는 문장을 고쳐나가기 시작했다. 첫 줄 앞에 새롭게 한 줄을 삽입했다.

　　너무 많은 사람들에게 신세를 졌다.

　그러고는 생각해두었던 말들을 이어나갔다. 두 번째 줄의 문장도 손을 보았다.

나로 말미암아 여러 사람이 받은 고통이 너무 크다.

이른 새벽, 때아닌 키보드 소리가 내실에 울려 퍼졌다. 흔한 일은 아니었지만 아주 없는 일도 아니었다. 그는 조심스럽게 한 글자 한 글자 완성해나갔다.

여생도 남에게 짐이 될 일밖에 없다.
건강이 좋지 않아서 아무것도 할 수가 없다.
책을 읽을 수도 글을 쓸 수도 없다.

너무 슬퍼하지 마라.
삶과 죽음이 모두 자연의 한 조각 아니겠는가?
미안해하지 마라.
누구도 원망하지 마라.
운명이다.

화장해라.
그리고 집 가까운 곳에 아주 작은 비석 하나만 남겨라.
오래된 생각이다.

마지막으로 저장 키를 눌렀다. 다섯 시 사십사 분 삼십이 초였다. 문서를 닫았다. 바탕화면에 새로운 파일이 생성되었음을 확인한 그는 자리에서 일어나 경호 데스크로 인터폰을 했다.

"봉화산 산책을 하려고 하네, 준비해주게."

혼자 가는 길이었으면 하는 소망이 있었지만 그럴 수는 없었다. 살아 있는 한 혼자 나가는 것 자체가 문제가 되는 신분이었다. 천천히 이런저런 생각을 하며 가고 싶기도 했지만, 꿈꿀 수 없는 꿈이었다. 그는 점퍼를 입었다. 현관을 나서자 바람이 싸늘했다. 오랜만의 외출이라 그럴 것이었다. 대문을 나서자 기다리고 있던 경호관이 꾸벅 절을 했다. 갑작스러운 외출에 적이 당황한 눈치였다.

"가세."

사저의 담을 따라 앞장서 걸으려는 순간, 슬픔이 와락 밀려오며 눈에 눈물이 살짝 고였다. 최근 두어 달 동안에는 여러 마음고생 탓인지 눈물도 메말라 있었다. 모든 것이 허허롭게 느껴질 뿐이었다. 막상 집을 떠나는 순간은 허허로움조차도 이겨낼 수 없는 감정의 기복이 있었다. 자연의 순리에 의한 마지막이 아니라 스스로의 인위적 선택에 의한 마지막이었다. 다시는 보지 못할 얼굴들이었고, 다시는 걷지 못할 길이었다. 어디서 날아왔는지 모를 나무 냄새와 흙냄새, 그 끝에서 어린 시절 이 길을 뛰어 달리던 소년 임진혁의 모습이 클로즈업되었다. '이제 내가 너를 만나러 간다.' 그는 뜨거워진 눈시울을 주체할 수 없었다. 고개를 숙이자니 어색할 것 같아서 얼른 담장 밑으로 다가가 허리를 숙여 웅크린 자세로 그곳의 풀을 뽑았다. 고향에 내려온 뒤로는 습관이 된 행동이었다. 풀들로, 그리고 담장으로, 눈길을 돌리는 곳마다 소년의 모습이 따라왔다. 소년이 울고 있었다. 소년의 눈물 앞에서 그는 가까스로 스스로를 추스를 수 있었다. 경호관은 우두커니 뒤에 선 채로, 잔뜩 웅크리고 있는 그의 등을 바라볼 뿐이었다. 그가 다시 일어서서 걷자, 경호관이 뒤를 따랐다. 그는 성큼성큼 걸었다. 혹시라도 경호관에게 이상한 느낌을 주어서도 안 되었다. 그에게는 망설이거나 주저할 틈조차 없었다.

싸늘하던 아침 공기가 상쾌하게 느껴지기 시작했다. 그가 살아왔던 고통의 세계를 채우고 있는 공기와 지금의 공기는 완전히 다르게 느껴졌다. 한 달 전까지만 해도 멀리 앞산에서 망원렌즈를 통해 사저의 일거수일투족을 감시하던 카메라도 이제는 없었다. 앞을 향해 성큼성큼 걸으면서 그는 산을 올려다보았다. 사자바위도, 부엉이바위도 늘 그렇듯 똑같은 모습으로 서 있었다.

시간이 많지 않았다. 떠올려보고 싶은 얼굴들과 반추해보고 싶은 일들이 많았지만 한 걸음 뒤에서 따라오는 경호관이 부담스러웠다. 언제부터인가 그의 인생은 스스로에게도 부담스러운 것이 되어 있었다. 정치인이 되기 이전, 그 자유로웠던 시절이 때로는 그립기도 했다. 따지고 보면 이 모든 것이 정치를 하면서 시작된 일이었다. 언제나 각오하면서 살았지만, 막상 고통이 다가올 때면 그 시련의 세월을 힘겹게 이겨내야 했다. 경호관은 다행히 이상한 낌새를 눈치채지 못한 듯했다. 선한 품성의 경호관이었다. 이제 그를 잠시 떨어져 있게 해야 할 시간이었다. 부엉이바위 위에 앉아서 담배가 있느냐고 물었다. 경호관은 당황한 표정을 지으며 없다고 대답했다. 아쉽긴 했지만 그것으로 그만이었다. 담배에 아쉬움과 미련이 남을 상황은 아니었다. 법사님이 절에 계신지 알아보고 오라고 심부름을 보냈다. 경호관으로서는 경호 근무지의 이탈이 되는 셈이다. 자신이 그렇게 하도록 시킨 것이니 큰 문제는 되지 않을 것이었다. 그는 마을과 사저를 바라보며 큰 한숨을 쉬었다. 그러고는 자리에서 일어섰다.

그는 자신이 사랑했던 사람들, 자신이 사랑했던 나라, 그러나 이제 더는 사랑할 수 없게 된 그들을 향해 미안함의 인사를 보냈다. 무엇보다 사랑했던 자신에게 작별의 인사를 보냈다. 다시 한 번의 심호흡. 그는 영원으로 가는 길로 한 걸음을 내디뎠다.

추도사

2009년 5월 25일 오후. 잔인한 봄이 떠나가고 있었고 진익훈은 사저 인근의 작은방에 갇혀 있었다. 임진혁 대통령이 떠난 지 이틀이 지난 때였다. 그가 서거했다는 사실은 어디에서도 확인되지 않았다. 대통령은 여전히 이 작은 마을에 머물고 있었다. 지나가는 사람들은 모두 대통령을 이야기했고, 모인 사람들의 화제도 대통령이었다. 사저 근처 빌라 204호의 큰방 겸 거실은 그렇게 분주했다. 마을회관에서는 슬픈 곡조의 노래가 쉼 없이 흘러나왔다. 〈그런 사람 또 없습니다〉도 그중 하나였다. 눈으로 보는 것, 귀로 듣는 것, 숨 쉬는 공기도 모두 다 임진혁이었다. 대통령은 그렇게 그곳에 살아 있었다.

204호의 작은방. 창을 열면 두어 달 전인 3월에 사저 뒤편의 장군차를 옮겨 심은 비탈이 보였다. 그날 사저에서 오백 미터 거리도 안 되는 그곳에 대통령은 참으로 오랜만에 외출했다. 얼굴은 건조했고 웃음기는 찾아보기 어려웠다. 대통령은 일에 열중하는 진익훈에게 무언가 가벼운 농담을 던졌다. 특유의 유머였던 것으로 기억되는데, 그날 진익훈은 웃지 않았다. 오랜만에 바깥 공기를 마신 대통령이 이야기를 이어가도록 대꾸를 해야 한다고 생각했지만, 정작 할 말이 없었다. 어색한 침묵. 대통령은 그 자리에 오래 서 있지 않았다. 오래 서 있을 상황이 아니었는지, 오래 서 있으면 안 되는 사람이라고 생각한 것인지는 알 수 없었다. 그 비탈, 그가 서 있던 자리를 보며 진익훈은 담배를 입에 물었다. 그날 대통령이 던진 농담은 끝내 기억나지 않았다. 눈물은 없었다. 눈시울도 뜨거워지지 않았다. 진익훈은 대통령의 서거를 실감할 수 없었다. 가혹한 일이었다.

이날 오전의 입관식에서 진익훈은 대통령을 만났다. 거짓말처럼 평안한 모습이었다. 참혹한 상상을 했던 탓일 수도 있었다. 그냥 기분 좋게 주무시는 건 아닐까 하는 생각도 문득 들었다. 진익훈은 발아래 쪽에서 절을 올렸다. 앞뒤의 사람과 달리 여전히 눈물은 나오지 않았다. 왜 울어야 할 순간에 울지 못하는 것일까. 실감이 안 되는 것일 뿐이라고 스스로에게 변명하는 수밖에 도리가 없었다. 어서 빨리 현실감을 되찾기만을 바랄 뿐이었다.

검은 양복, 검은 넥타이, 반팔 흰 셔츠를 받아들고는 옷을 갈아입었다. 몸에 맞지 않았다. 이 화창한 봄날에 검은 상복이라니. 마을 한쪽에 있는 빌라에는 검은색 물결이 넘쳐났다. 눈빛들은 흐렸고 목소리들은 나지막했다. 204호는 여전히 분주했다. 높은 사람들의 회의가 열릴 때마다 진익훈은 작은방으로 기어들어갔다. 서거의 과정이 반추되어 이야기되는 것조차 싫었다. 다시 창문을 열고 비탈을 바라보며 담배 연기를 내뿜었다. 회의가 끝나고 결과가 전달되었다. 글을 쓰라는 것이었다. 두 가지 글이었다. 하나는 서거 직전 대통령의 근황에 대한 것이었고, 다른 하나는 영결식에서 총리가 낭독할 추도사였다. 또 한 번 가혹한 일이었다.

엄두가 나지 않았다. 이 지경에 글이라니…. 명문과 명필이 많지 않은가. 항변하고 싶었지만 항변하지는 않았다. 따지고 보면 모두 같은 처지였다. 모두가 아픈 가슴을 부여안은 채 해야 할 일을 하나하나 챙기고 있었다. 슬픔에 젖어 있을 시간이 그들에게는 없었다. 생전의 대통령을 보좌할 때와 다를 바가 전혀 없었다. 진익훈은 204호 작은방의 작은 밥상 위에 노트북을 올려놓고 창을 등지고 앉았다. 추도사가 급했다. 총리가 읽어보고 자신의 호흡에 맞게 수정할 여유까지 있어야 했다. 그런데 무엇을 쓸 것인가? 무엇을 키워드로 해야 하는가? 기조는? 분위기는?

가까이서 모실 때라면 간단히 끝날 일이었다. 그에게 물어보면 되는 일이었다. 원고를 작성할 일이 있을 때면 그는 자리에 선 채로도 핵심 메시지를 불러주었다.

"그 정도면 됐다, 마!"

그랬다가 이삼일 후에 다시 생각난 듯 아쉬운 대목이나 부족한 내용을 보충해주곤 했다. 이제는 어쩔 수 없이 진익훈 혼자 써야 할 글이었다. 누구의 의견도 묻지 않고, 누구의 도움도 없이. 대통령의 부재가 피부로 와 닿는 순간이었다.

진익훈은 '감성'을 쓰기로 했다. 지난 이십 년, 정치인 임진혁의 글과 말을 위해 일해온 세월이었다. 때로는 대통령의 말을 대신해서 썼고, 때로는 대통령이 주인공인 글을 썼고, 때로는 대통령이 읽을 글을 썼다. 대통령을 위한 연설은 이것이 처음이자 마지막이었다. 같은 땅에 발을 딛지 않고 있는 사람인 대통령에게 보내는 편지였다. 사람들이 기꺼이 울어줄 준비가 되어 있다고 생각했다. 오히려 마음 놓고 펑펑 울 수 있도록 해야 한다고 진익훈은 생각했다. 대통령이 떠나는 길, 끝까지 이를 악물고 울음을 참는 사람이 없도록 감성을 최대한 담아내기로 했다. 무엇을 말할 것인가?

　입관식 때, 평안한 대통령의 모습을 보면서 진익훈이 속으로 한 말이 있었다. 서거하기 얼마 전, 홈페이지에 올린 대통령의 말이었다. '정치, 하지 마십시오'였다. 자판을 두드렸다. '대통령님, 부디 다음 세상에서는 다시 대통령 하지 마십시오. 정치하지 마십시오. 또다시 바보 임진혁으로 살지 마십시오.'

　앞뒤의 문장을 만들고 전체 구성을 마쳤다. 비서실장과 또 다른 필사가 살도 붙이고 흐름도 잡아주자 완성도가 높아졌다. 그렇게 완성된 원고를 총리 측에 넘기려는 순간, 주저와 망설임 끝에 그는 글의 일부를 수정했다. '정치하지 마십시오'로 시작되는 일련의 대목을 삭제했다. 마음에 부담이 있었다. 진익훈은 다시 하루를 더 고민했다. 청와대 대변인 시절 그를 보좌했던 직원들과도 다시 상의했다. 결론은 '넣어야 한다'였다. 진익훈은 마음을 고쳐먹었다. 대통령의 삶과 죽음은

'한국 정치에 대한 치열한 애증'의 연장선상에 있다는 판단이었다. 그 애증의 족쇄에서 자유롭게 해드리고 싶었다.

'대통령님, 다음 세상에선 부디 정치하지 마십시오.'

에필로그

가끔 가끔 찾읍시다.

오랜 세월이 흐른 뒤에

조심 조심 아주 조금씩

다시 찾읍시다.

"설마 지금도 자고 있을까?"

나이가 지긋한 어르신들이 대통령의 사저를 향해 천천히 발걸음을 옮기던 중, 어떤 할머니가 당치도 않다는 듯 큰 소리로 말한다. 5월 15일 아침 아홉 시. 대통령의 얼굴을 꼭 보겠다는 할머니의 소망에 누군가 찬물을 끼얹는 농담을 던진 모양이다. 그러나 이날 할머니는 실제로 기대를 이루지 못한다. 그 시각 대통령은 이미 외출할 준비를 시작하고 있다. 가는 봄의 정겨운 햇살이 유난히 낮아 보이는 사저의 담장 위로 쏟아져 내린다.

대통령은 언제나 그렇듯 가까운 곳에 있다. "나와주세요!" 합창을 하면 한걸음에 달려 나와 미소로 인사한다. 악수를 청하면 내민 손을 마주 잡으며 따뜻한 체온을 전해준다. 그는 여전히 낮은 담장 앞을 찾는 방문객들의 다정한 벗이다.

엷은 하늘색 재킷에 밀짚모자. 그것이 외출 준비의 시작이고 끝이다. 대통령은 이날 인근 생림면에 있는 제다(製茶) 시설을 둘러보기 위해 사저를 나선다. 그의 출타를 지연시킬 시급한 결재는 없다. 옷에 맞는 넥타이를 고르기 위해 고민하지 않아도 좋다. 카메라 촬영에 대비해 번거롭게 메이크업을 할 필요도 없다. 그냥 햇볕에 그을리는 것을 막기 위해 선크림을 바르면 충분하다. 단출한 차림에 단출한 수행원으로 대통령은 차에 몸을 싣는다. 오늘은 일반 승용차가 아니라 지프다. 장군차 재배지로 가려면 좁은 길을 따라 높은 언덕과 고개를 올라야 하기 때문이다. 일행은 좁은 1차선 도로를 천천히 달려 행사지로 향한다. 어쩌다 느릿느릿 가는 트럭을 만나도 빨리 앞질러갈 방법은 없다. 그의 승용차에는 비상등이 없다.

"하늘나라에 온 것 같네요."

장군차 재배지에서 기다리던 사람들에게 대통령이 수인사를 한다. '1창 2기' 등 요령을 설명 듣고 나서 그는 사람들과 함께 찻잎을 따기 시작한다. 뜨겁게 달구어진 솥 안에서 찻잎을 덖는 전문가의 숙달된 솜씨를 지켜본 후 그도 따라 해본다. 비비면서 말리는 과정을 거쳐 다시 건조. 그런 대통령 앞으로 누군가가 지나가자, 설명하던 교수가 '어딜, 앞으로 지나가느냐'고 야단친다. 순간, 멋쩍어하는 건 오히려 대통령이다. 그가 밝게 웃으며 말한다.

"괘안습니다."

제다 과정 체험이 끝나자 장군차밭의 주인은 그의 일행을 위해 오찬을 베푼다. 정성껏 준비한 장군차 비빔밥 한 그릇이 대통령을 위해 먼저 나온다. 또다시 대통령이 어색해한다.

"제가 아직 어디 가서 어른 노릇을 못 합니다. 밥그릇이 제게 먼저 오면 어색해하죠. 대통령 오 년 하는 동안 그래서 고생 많이 했습니다."

"도라지꽃의 꽃말은 영원한 사랑입니다."

인근의 식물원을 찾아 둘러보던 중, 대통령이 빙그레 웃으며 말한다. 다종다양한 식물이 곳곳에 자리를 잡고 있다가 대통령의 발목을 잡는다. 은은한 파스텔 빛을 발산하며 흐드러지게 피어난 산수국의 향연이 대통령의 탄성을 자아낸다. 벌개미취, 노루오줌, 황기, 삼지구엽초…. 진익훈에게는 그저 이름 모를 식물이지만 대통령 앞에서는 이름을 가진 존재로 다시 태어나 '꽃'이 되고 '약초'가 된다. 해박한 지식보다는 그 하나하나를 소중히 기억하는 배려가 남다르다. 식물원장이 '노간주'라는 이름의 나무를 기념으로 식수해줄 것을 청한다. 그 나무의 특징을 잘 알고 있는지 대통령이 작은 걱정을 토로한다.

"이거, 지독하게 안 크는 나무인데…."

그 지적의 의미를 이해했다는 듯 식물원장이 웃으며 대답한다.

"그렇습니다. 하지만 아주 오래 사는 나무입니다. 그래서 선택했습니다."

대통령과 마주친 아이들이 소리친다.

"엄마, 엄마! 대통령 왔다."

놀라기는 어른들도 마찬가지다.

"아니, 어디 이런 델 다 오셨어?"

대통령에게 자연보다 더 소중한 존재는 바로 그 속에 사는 사람들이다. 대통령은 사람들의 무리를 우회하는 일도 없고, 내미는 손길을 거절하는 법도 모른다. 어린이들에게는 더욱 애정과 관심을 가지고 작은 격려를 아끼지 않는다.

"구경 잘했어?"

"그래, 이리 와서 손 한번 잡아봐라."

"나중에 이 사진 보면서 나보고 아빠라고 하지 마라. 하하."

마을회관에서 주민들과 대화를 나눈 뒤 대통령은 막걸리 한 잔을 들이켠다. 어느 곳이든 일하는 사람이 있는 마을은 무엇이 달라도 다르다고 덕담을 건넨다. 그는 이제 전직 대통령이라기보다 시민 임진혁에 가깝다. 마을회관을 나서면서 그가 말한다.

"세상을 변화시키는 것은 역시 사람입니다."

2017년 5월 15일. 봄이 그렇게 가고 있다.

작가의 말

　1년 전 이맘때였다. 1월의 맹추위가 기승을 부리던 날, 산책길에서 녀석을 만났다. 지난여름부터 산책할 때마다 마주친 길고양이였다. 무더위가 한창일 때 녀석은 개천가 돌 틈에서 자랐다. 두려운 시선으로 바깥세상을 살피던 녀석은 캣맘의 보살핌으로 어엿한 어른이 되었고, 겨울이 되자 인근 비탈에 마련된 스티로폼 집에서 추위를 피해 밤을 보냈다. 겁이 많은 탓인지 조금이라도 다가서면 쏜살같이 달아나버리곤 했다. 녀석과 나는 매일 아침마다 짧게 시선을 맞추는, 그런 정도의 사이였다. 그런데 이날은 달랐다.

　내가 다가서자 여느 날과 다름없이 녀석은 집에서 뛰쳐나와 달아나기 시작했다. 그런데 몇 걸음 달리던 녀석이 갑자기 멈추어 서더니 거꾸로 나를 향해 다가오기 시작했다. 순간 나는 녀석의 걷는 모습이 이상하다는 사실을 발견했다. 뒷다리 하나를 땅에 딛지 못하는 것이었다. 다른 고양이와 싸운 것인지, 내력은 알 수 없었다. 녀석은 다리를 절룩이며 비탈을 내려오더니 내 앞 2미터 지점 근처에서 가만히 멈추어 앉았다. 그러고는 가만히 허공을 응시했다. 당황한 것은 오히려 나였다. 자신을 도와달라는 사인임에 틀림없어 보였다. 나만 보면 달아나기 분주했던 녀석이 나에게 손을 내민 것이었다. 그러나 기쁜 마음으로 내가 한 걸음 두 걸음 다가서자 녀석은 뒤로 물러나며 꼭 그만큼의 거리를 유지했다. 야생에서 생긴 본능일 것이다. 그런 상태에서는 녀석을 도울 방법이 없었다. 실제로 나는 녀석을 위해서 해줄 것이 하나도 없었다. 그런 나 자신에 대해 나는 다시금 절망했다.

2009년 5월의 그날 이후, 몸과 마음에 병을 지니고 살았다. 병을 이겨내기까지는 4년 정도의 시간이 필요했다. 2009년 그때 차라리 건너뛰고 살았으면 하고 허튼 기도를 했던 세월이었다. 어쨌든 새로운 다짐이 병든 나를 일으켜 세웠다. 살아가는 동안, 내 주위에 아프고 힘든 처지에 있는 존재들을 외면하지 말자는 생각이었다. 그들이 보내는 절박한 신호에 귀를 기울이자는 다짐이었다. 두려움과 비겁함으로 숨지 말고, 이 땅에 함께 살아가기 위해 내가 할 수 있는 최소한을 하자는 각오였다. 막다른 골목에 몰린 사람들, 약육강식의 세계에서 쫓기는 존재들을 위해 작은 힘이라도 보태겠다는 맹세였다.

다짐과 각오가 무색하게도 나는 다리 다친 고양이에게 해줄 것이 없었다. 그저 마음만 안타까울 뿐, 나는 수년 전의 그때와 달라진 것이 전혀 없었다. 무엇을 할 것인가? 무엇을 할 수 있을 것인가? 고민의 끝에서 글을 쓰기 시작했다. 이 소설은 그렇게 시작되었다. 소설 그 자체가 답일 수도 있고, 써나가다 보면 다시 새로운 답을 찾을 수도 있을 것이다.

부족한 원고를 출간해주신 위즈덤하우스, 끝까지 다듬어주신 박경순 편집장님, 윤서진 씨에게 깊이 감사드린다.

　돌이켜보면 그분에 대한 미안함이 한 시절을 지배했다. '미안해하지 마라'는 남겨놓으신 말이 있음에도 그 의미를 곱씹지 않았었다. 소설을 쓰는 동안 비로소 그 말씀이 내 가슴을 파고들었다. 이제 나는 그 미안함을 내려놓는다.

2017년 2월

윤태영